行走的樹

追懷我與「民主台灣聯盟」案的時代

增訂版

季季 著

每一個人都是一棵樹
每一棵樹都在行走
行走的樹環抱年輪
行走的人直視人生

目錄

自序

地球上真的有一種會行走的樹

季季，1978（攝影／王信）

《行走的樹》出版已十年。這次增訂版有三個重點。一是增補了六萬多字；包括楊蔚遺稿（小說）三篇及其相關判決書。二是修改副題。三是調整目錄；新增一章〈亡者與病者〉。

血脈裡猶有熱情未息

二〇〇五年九月至二〇〇六年九月在《印刻文學生活誌》撰寫「行走的樹」專欄期間，許多友人給我各種讀後意見，歸納而言是以下三種。

一、妳有那麼多痛苦往事，我們以前怎麼都不知道？妳為什麼都沒說？妳為什麼不早點寫出來？

二、那些痛苦的事情過去就算了，妳還提它幹嘛？

三、妳怎麼那麼勇敢，經過那些事還敢寫出來？

三種意見，三種人生態度。那一年間的書寫，身心確實備受煎熬；包括寫完〈阿肥家的客廳〉後全身劇痛發冷，割除膽囊取出半個雞蛋大的結石，從此成為無膽之人。而往事紛擾糾結，更常讓我寫至半途在電腦前俯案痛哭。我哭的是一個被扭曲的時代：在那時代的行進中被扭曲的人性，以及被扭曲了的愛，被扭曲了的理想。曾經在那個時代裡同行的友人：涉及「民主台灣聯盟」案的畫家吳耀忠，以及中輟的醫科生陳述孔（單槓），早已走完了灰暗的人生；涉及「密告」的楊蔚，也在二〇〇四年九月病逝印尼東爪哇農村。

我也痛哭被「民主台灣聯盟」案牽累的、傷痕纍纍的自己。那些記·憶·書寫，銘刻著在情感與婚姻之路上，深深傷害過我的人，以及深深撞擊過我的事件。我所描摹的往事，也許只是那個時代的一幅小小拼圖；然而，那是我所親歷的，瘡疤緩慢形成的過程。在淚眼之中，我目送年輕無知的生命遠去，並且看見當下的自己，血脈裡猶有熱情未熄。

一年行走二十公分的樹

撰寫「行走的樹」專欄第一篇時，我即寫了這樣的引言：

每一個人都是一棵樹
每一棵樹都在行走
行走的樹環抱年輪
行走的人直視人生

這引言是一種文學的想像與隱喻，也是一種生命態度。
當時並未想到真實與否的問題。
二〇〇六年十一月《行走的樹》出版後，我面對的讀者問題之一就是他們對書名與真實的懷疑：

為什麼妳的書名叫行走的樹？

真的有一種會行走的樹嗎？

另外兩種，則是學者對書名迥然有別的闡釋。

二〇〇七年二月，李奭學在《文訊》雜誌二六五期發表〈何索震盪——評季季著《行走的樹》——向傷痕告別〉；以下是他的解讀：

「行走的樹」這四個中文字，在英國文學史上有出典：莎劇《馬克白》中馬氏惡貫滿盈，一朝醒來，柏南森林的樹木居然會走動，來到居址所在的丹新南城堡。他懵懂於英軍喬裝圍城，自己已陷入了險境，還以為天降異相。放在季季的上下文中，莎士比亞的意象有道理：《行走的樹》全書所寫，殆陷入人生險境的季季，而其重點所在，正是她和楊蔚間幾近四十年的坎坷婚旅，可謂步步驚魂。

文學的想像無所不能，但是很慚愧，我沒細讀莎翁名劇，不知有此典故，實在不敢以此高攀。

然而，氣象學家彭順台的說法則非文學典故，而是地球上實際存在的自然景象；藉此也回答了讀者的疑惑。

彭順台（1952—）是從事日本文學翻譯數十年的黃玉燕（1934—）之女。中央大學大氣物理系畢業後赴美留學，獲紐約奧本尼大學「大氣物理」博士，任職美國海軍科學實驗室（註），也喜愛閱讀與寫作。二〇〇六年十二月，她在美國讀完《行走的樹》，打電話回台灣跟母親交換讀後心得。第二天，玉燕姊來電轉告，說彭順台每年都到南美洲做氣象研究，在哥斯達黎加的熱帶雨林，真的有一種樹會拖著根部緩慢行走；「為了爭取陽光和養分，一年行走二十公分。」——它的名字就是「行走的樹」（Walking Tree）。

原來，彭順台的「大氣物理」研究與我的「文學想像」是不謀而合的。

然而，一年行走二十公分，多．麼．緩．慢．的．移．動；多．麼．艱．難．的．生．存。

傷痕也該有它們的尊嚴

專欄結集出版前，印刻編輯部提醒我書名最好加個副題。我立刻想到「定位不明」的問題。據說，羅青一九七二年出版第一本詩集《吃西瓜的方法》，被書店放在「食譜」類。依此「類推」，《行走的樹》很可能被放在「森林」類、「生態」類、「自然保育」類等等。為免後患，倉促之間即以寫專欄時的心情起伏加了副題：向傷痕告別。

然而，我．錯．了。

書出之後我即發現，那個副題只是一種精神宣示；真正的傷痕是無法告別的。同時我也領悟，對待傷痕的最好方法是把它修補得更為完整。所以，這麼多年來，我不時在做的功課就是「修補」。其間因電腦硬碟故障，修補的文稿及創作中的長篇等等皆蕩然無存，讓我一度心灰意冷。

然而，我始終沒忘記「修補」，這重要的生命課題。幸而印刻留有檔案，請編輯部傳來後奮力重來，把以前寫錯的，寫漏的，有缺憾的，重新查明，盡力補正。這段過程中，與「民主台灣聯盟」案人物有密切關聯的朋友：蒙韶同學陳立樹，妻子鄒曉梅（見第五章〈烤小牛之夜〉）；陳映真婚前摯友裴深言（見第十二章〈亡者與病者〉），也都參與修補，情義感人。劉大任、向陽同意轉載他們的書評（見附錄）；李禎祥提供「高晞生判決書」等資料（見第十一章〈暗屜裡的答案〉），在此一併致謝。這些文字與史料的增補，讓傷痕在時光裡更為完整，也更有尊嚴。——是的，我越來越確信，傷痕也該有它們的尊嚴。

所以，十年之後，我決定捨棄那個精神宣示，換了更貼近那些傷痕本質的副題：追懷我與「民主台灣聯盟」案的時代。

祝福二度「遠行」的老友

關於目錄調整，我把初版第一章〈搖獎機．賽馬．天才夢〉提為序章，讓結構仍維持十二章。最後一章〈亡者與病者〉是新稿：悼念「民主台灣聯盟」案的老友吳耀忠與陳述孔；懸念如今仍在北京臥病的聯盟精神領袖陳映真。

二〇〇六年十月，陳映真在北京二度中風昏迷，一度病危插管，震驚海內外文學界。幸而後來轉危為安；住院迄今，已近十年。經過持續復健，聽說狀況已稍好轉，偶而可以坐著輪椅由妻子麗娜推到外面透透氣。
祝福二度「遠行」的老友。

二〇一五年六月十四日·台北

註：
彭順台現為「美國氣象學會」院士。

序章

搖獎機・賽馬・天才夢

九月，以及它的文學獎故事

「法規主角永遠給我們這教訓，一言以蔽之，這是人生：你當然是輸了；要緊的是你被毀滅的時候怎樣保持你的風度。」——張愛玲譯〈歐涅斯．海明威〉（一九六七年香港「今日世界社」出版《美國現代七大小說家》）。

在發聲與尋求傾聽之間，在自我肯定與尋求肯定之間，創作是慾望，發表是慾望，得獎是慾望，成名是慾望；愛情、金錢、權力也是慾望。我們不斷讀到那些書寫別人慾望的故事，偶或窺見那些慾望書寫者背後的故事。種種故事都是「歷史」，卻也仍如探照燈見證著「當下」；清楚的看到「你被毀滅的時候怎樣保持你的風度」。

1

一九七六年三月十八日，《聯合報》登出一則預告，將以十萬元徵選三篇小說。這個預告所佔版面不大，在文藝界卻如平地一聲雷，寫小說者無不興奮走告，老中青都有人摩拳搓掌，想要一搏高下。

那個離解嚴還得等十年的時代，小說獎大多是軍方、黨部、政府單位所辦，獎金不高，卻必須反映特定主題；最常見者是「反共」、「宣揚國策」、「反攻大陸」、「反映人生光明面」……。一九六四年我曾聽一些軍中作家私下說起參加那些文學獎的經驗，其中一個前輩直爽的說道：

千萬注意喲，如果你的小說主角跟人打架或打麻將，結尾一定要「打贏」；萬一「打輸」了，那你是絕對得不了獎的，哈哈哈……。

《聯合報》是當時民營第一大報，從一九五三年林海音主編副刊後即逐步建立了鼓勵純文學作品的傳統；文藝界對該報將舉辦小說獎當然刮目相看，拭目以待。十天之後，「聯合報小說獎」徵文辦法於三月二十八日正式公佈，主旨很簡單：「希望鼓盪沉寂已久的小說創作」；首獎五萬元，二獎三萬元，三獎二萬元；七月三十一日停止收件，九月十六日社慶當日公佈結果並頒獎。

當時的聯副主編馬各，是這個開創性構想的推動者。馬各本名駱學良，一九二七年生，福建南平人，畢業於政大前身的「中央幹部學校」；曾任南平《南方日報》及上海浦東《大滙報》編輯，一九四八年就在上海出過詩集《荒村小唱》與散文集《野祭》。一九四九年六月來台任台南《中華日報》編輯並主編「新文藝」周刊。一九五三年，他與尹雪曼、王書川合辦「新創作出版社」，主編出版《自由中國創作小說選集》；出版個人小說集《媽媽的鞋子》與散文集《提燈的人》；一九五五年又由高雄大業書店出版散文集《遲春花》。一九五六年，馬各轉任台北《聯合報》編輯。一九五九年，《聯合報》編輯部由萬華火車站旁的大理街小巷搬進新落成的康定路二十六號大樓，馬各與年長他八歲的「聯副」主編林海音旁桌而坐，常從林海音手上拿到好文章先讀為快並交換意見，有時也在「聯副」發表小說與散文。

一九六三年四月二十三日，「聯副」發表一首十四行詩〈故事〉，第一節四句：「從前有一個愚昧的船長，因為他的無知以致於迷航海上，船隻漂流到一個孤獨的小島；歲月悠悠一去就是十年時光。……」總統府高層一口咬定這是影射蔣中正總統，致電《聯合報》發行人王惕吾必須處理，否則將查封該報。王惕吾致電林海音，她立即「主動請辭」，然而總統府高層不滿意，要求「予以解聘」。如此一番來去，《聯合報》躲過被查封的厄運，馬各則奉命接編「聯副」。

〈故事〉作者筆名風遲，本名王鳳池，湖北人，當時三十三歲，在高雄市新興區公所戶籍課服務。事發之後，警總寫信請他到台北「談一談」，三個人輪流問話，談了一整天不放他回去，在牢裡關了半年，十月二十三日才「交付感化三年」，裁定書註明：「影射總統愚昧無知，並散布政府反攻大陸無望論調，打擊民心士氣，無異為匪張目……。」他在台北縣「土城生教所」坐監三年五個月，一九六六年十二月十七日獲釋。

（文藝界後來以「船長事件」簡稱這個因詩惹禍、所幸僅一人被捕下獄的白色恐怖案。那年我還在雲林縣的省立虎尾女中讀高三，經由林懷民介紹開始與馬各通信談文學，一九六四年三月到台北讀台大夜補班，第一個見到的朋友也是馬各，但他從沒告訴我這件文學界的白色恐怖案。我也沒料到過了五年會受到陳映真、吳耀忠、丘延亮等人的「民主台灣聯盟」案所波及。在以下的章節裡，你將看到一九六八年被捕多達三十六人的，台灣近代文學史上最知名的白色恐怖案；也同樣會看到「警總」、「交付感化」、「土城生教所」等字眼。而被《聯合報》「解聘」的林海音，不但熱心的一如以往幫助楊蔚，後來還協助我擺脫與楊蔚的痛苦婚姻。）

2

馬各在「船長事件」事發次日受命代編「聯副」兩個月；六月由聯合報系《現代知識》主編平鑫濤接任，前後十二年。一九七六年二月，平鑫濤因個人的《皇冠》事業太忙，無暇兼顧，馬各再度受命主編「聯副」，不久即向社方提出創辦「聯合報小說獎」的構想。

為了鼓勵參賽者，馬各特於徵文辦法登出後，邀請台大中文系教授黃得時、評論家彭歌、小說家七等生、台大外文系教授顏元叔與朱炎，發表對文學獎的看法與期待，座談紀錄於七月八日在「聯副」發表。黃得時說，「發掘」只是舉辦徵文的出發點，重要的是如何「培養」；如果頒發了獎金就算完成使命，即失去徵文的意義。彭歌說：「設置文藝獎的最大問題是，應該由什麼人，根據什麼標準來評選？如果所託非人，或者去取標準失當，則無論獎金多麼重，榮譽多麼高，都不能發生鼓勵的作用。」朱炎希望藉此培養「國家級的作家」；得獎作品必須具有「藝術性和使命感」。

一九七六年，馬各二度出任聯副主編，催生「聯合報小說獎」。

顏元叔認為，不必鼓勵成名作家參

加，但也不必禁止；要「硬碰硬！」七等生則呼籲「不論男女老少，一起把他們的新作品拿來參加這一次的大競賽，……希望評審者不要一本過去的老成見，應重視所選擇的作品是否優秀，而不應考慮那人是新作家還是老作家。……」——七等生的意見其實不合邏輯，因為評審拿到的稿子並無作者署名；不可能知道「那人是新作家還是老作家」。

座談紀錄發表後，稿件源源而至，七月三十一日截止統計，來稿一二一二件；新人參加者眾，文壇名家也不少。評審過程中，初、複審由聯合報編輯部主任等六位同仁負責，馬各唯恐有遺珠之憾，不但自己把所有初審淘汰稿帶回家看一遍，還請我也幫忙把所有稿件重看一遍。一千多份稿件，水準參差，有些顯然是老作家的陳年舊稿，稿紙暈黃散發霉味，或甚至被蠹魚咬得遍體鱗傷，翻閱時唯恐一不小心就體無完膚。

徵文辦法規定字數五千至一萬五千字，「但如寄中篇而錄取者，除獎金外，另酌致稿酬。」由於未限制一人一篇，有些人一口氣寄來三篇：一篇七千字，一篇一萬多字，一篇三萬多字。曾台生的〈我愛博士〉，就是我從她的三篇初審淘汰作品中挑出來的。還有女性參賽者的男友是著名作家，特請男友在稿末親筆書寫「懷著感動的熱淚看完」，「一篇誠懇感人的作品」之類的「讀後感」；並且鄭重簽名落款，形同背書。

（那位著名作家是我熟識的、文藝界最著名白色恐怖案的要角。他簽名背書的「讀後感」，應是很重要的文學獎史料，但我沒影印留存。當時他出獄一年多，鋒頭正盛，我看到那些「讀後感」驚訝莫名。他簽名背書的其中一篇小說，經決審委員評為佳作，發表之後引起學界一陣喧騰與恐慌。有些好事者還在雜誌輪流爭辯，女性主義者指責男主角是「公害」，男性沙文主義者則嘲諷女主角是「害公」。那位小說新人一夕成名，次年竟傳出割腕自殺的消息。——原來為她背書的名家與另一個「她」結婚了！不過她在後來的故事裡勇往直前，繼續周旋於主角、配角之間……。）

3

九月十六當天公佈評審與得獎名單，也舉行了頒獎典禮。決審委員朱西甯、林海音、林懷民、尉天驄、彭歌、顏元叔。也許評審寄望過高，竟無一篇作品獲得六票通過，以致首獎從缺，決定二獎增為兩名：丁亞民〈冬祭〉、蔣曉雲〈掉傘天〉，獎金各三萬元；三獎也增為兩名：黃文鴻〈沉情〉、朱天文〈喬太守新記〉，獎金各二萬元。另增佳作十名，獎金各三千元：七等生〈大榕樹〉、馬叔禮〈四秒鐘〉、蔣家語〈關山今夜月〉、小赫〈功在杏林〉、千華〈生日蛋糕〉、鄭清文〈故里人歸〉、朱天心〈天涼好個秋〉、黃鳳櫻〈小喇叭手〉、蔡士迅〈凶煞〉、曾台生〈我愛博士〉；獎金總額比原定的多三萬元。二獎得獎人，丁亞民十八歲，蔣曉雲二十二歲；三獎得獎人，黃文鴻二十六歲，朱天文二十歲。十四位得獎者，僅鄭清文、七等生是六〇年代即已成名的「前輩」，其餘十二位都是文壇新面孔。

九月十六日是星期四，為了方便上班上課者，頒獎典禮訂在下午四點半於忠孝東路四段的聯合報社八樓舉行。儀式很簡單，參加者僅有工作人員、評審委員、得獎者與家屬。有四位得獎人因「在國外求學、在營服役或不能離開工作崗位」而缺席。

其中一個得佳作者也缺席，卻在頒獎現場製造了兩分鐘的無聲插曲；所幸有驚無險。

當時《聯合報》社長是劉昌平，一九二四年生，一九四八年畢業於復旦大學新聞系，專業學養談吐俱佳，一頭銀髮尤顯溫文儒雅。比他小四歲的馬各則蓄著短鬚，削瘦坦率，社內同仁喊他「小鬍子」。那天典禮尚未開始，劉社長匆匆走來，神情有點緊張的拿著一張紙給馬各，小聲說道：「小鬍子，這×××是誰啊？你看看，這張電報，好像是一個沒得獎的人發來的。」馬各看完電報，低聲對他說：「有得獎，但不是大獎。」社長聽完點點頭，轉身去與評審委員打招呼，坐下來等待頒獎。我悄悄從馬各手中抽過那張電報，瞄完又悄悄塞還給他。「莫名其妙！」馬各低聲怒道，隨手一撕兩半，踱到牆邊，丟進垃圾桶。

哎呀呀，我心裡暗叫一聲。在那樣的時刻那樣的場合，我也許能小心的踱到垃圾桶邊，但我怎能於眾人之前彎下腰，伸出手，在垃圾桶裡掏撿那電報碎片？——這應該也是很重要的文學獎史料，卻那樣率性的（或幸運的）屍骨無存了。

那封電報，是一個以筆名發表作品的小說名家L以他的本名發來的，難怪劉社長不知他是誰。電報的內容，先是指責第一屆聯合報小說獎的評審，「像台灣銀行的搖獎機，隨便一搖就搖出得獎結果。」接著還寫：「謝謝貴報邀請我參加頒獎茶會，恕我不便前去參加，以免吃了茶點當場嘔吐！」

台銀從一九五〇年四月開始發行「愛國獎券」，每十天一次；每張五元，特獎二十萬。一九七六已調高為每張二十元，特獎一百萬，最小獎也有一百元。那時台灣經濟尚未大幅起飛，台銀搖獎機輕搖幾下確實能滿足許多人的發財夢（當然也相對的破碎了許多人的發財夢）。但是文學獎評審作業分初、複、決三審，時程將近兩個月，怎麼會像十天搖一次的台銀搖獎機？我在來稿登記簿發現，L的外遇女友也參加小說獎但未獲獎。他那封「以免吃了茶點當場嘔吐」的電報，表露了雙重的憤怒與失望，也突顯了其人之品性。

在名利的面前，一封薄薄的電報也見證了人性有時是多麼脆弱。——「你當然是輸了；要緊的是你被毀滅的時候怎樣保持你的風度。」

（過了半年多，暑夏的某個假日夜晚，L突然偕女友來我家。閒聊不久即進入主題。「妳可不以跟馬各先生說一下，讓我們也加入「特約撰述」……？」—啊！我真想把耳朵摀起來。

馬各在「第一屆小說獎」結束後，向社方建議成立「特約撰述」制度，由社方每月支付五千元生活費給簽約作家，條件是每月需交一篇小說給「聯副」；作品發表另付稿酬。當時已簽約的第一批作家包括吳念真、小野、丁亞民、李赫、季季；朱天文、天心姊妹則合領一份。

他見我面有難色，接著說道：「如果不能增加兩個，就增加我一個也可以……。」我委婉的說：「不知道可不可以，報社有預算制度，這些事馬各也是要上簽呈的……。」

我不好意思說破那封電報的事。但L難道那麼快就忘了嗎？或者他以為發給社長的電報，馬各不會看到？總之，這又見證了那幾個字：「怎樣保持你的風度」。）

4

不過解讀一篇作品，角度因人而異。那年我為《書評書目》社主編《六十五年短篇小說選》，十四篇入選作品只有兩篇出自「聯合報小說獎」得獎作品：小赫〈功在杏林〉與七等生〈大榕樹〉。

（馬各也曾與丁樹南合編《五十五年短篇小說選》、《五十六年短篇小說選》，大概覺得我這本年度小說選編得還不錯，第二屆小說獎開始收件後問我是否願去《聯合報》副刊服務？這個因緣開啟了我其後三十餘年的編輯生涯。）

關於「第一屆聯合報小說獎」的得失，馬各直到一九八二年才在《風雲三十年》（聯副三十年文學大系・史料卷）撰文回憶說，一九七六年第一次辦文學獎，草擬辦法與施行規則時，確有考慮不夠周延之處。例如決審委員請了六名，沒有預料到如果出現兩篇各得三票，可能難以決斷高下。又例如「會議一開始，評委一致同意名次的決定必須全票通過，因此，第一獎始終選不出來。……」

但評委五人並不就保證首獎能順利產生。例如一九七八年首屆「時報文學獎」評委五人，報導文學類卻由邱坤良與曾月娥合得甄選獎；因為兩篇作品各得兩票，只投一票的委員堅持己見，沒有評委能遊說成功，首獎只好從缺。

一九八〇年我轉到《中國時報》服務，從第三屆開始參與時報文學獎作業，其中一屆散文獎也差點首獎從缺，幸而被余光中的一句話扭轉了結果。余教授是文藝界名嘴，說話不急不徐，條理清晰而幽默；右手寫詩左手寫散文，常為時報文學獎擔任新詩與散文決審。有一年評散文，最後一輪圈選，出現兩篇兩票的局面，其中一位評委認為兩篇成績都不夠突出，建議同列甄選獎，首獎從缺。他一說完，只見余教授微微一笑，不慌不忙說道，他在香港中文大學教書時，偶而看電視轉播賽馬，常常看到兩隻馬明明同時抵達終點，但裁判宣布結果時，必然有一隻是冠軍，另一隻是亞軍。說到這裡，余教授停頓一下，大家不解的看著他，只見他摸著耳朵說道：「原來其間的差距只有半個耳朵的距離。」一句話畫龍點睛，重新投票時，首獎順利誕生。

（歷屆時報文學獎評審無數，「只有半個耳朵的距離」是我認為最微妙的評審語言。我自此深記，並且深思其意。在我們的生命裡，如果你能躲過「只有半個耳朵的距離」，也許就能僥倖逃過一劫。尤其在白色恐怖的故事裡，千鈞一髮之際，若躲過「只有半個耳朵的距離」，也許就不致被捕入獄。然而，你也不得不承認，在生命的許多時刻，我們往往措手不及的，恰恰面對那殘酷的「只有半個耳朵的距離」：不及方寸，無以迴旋；只能被拳腳交加，或者俯首就擒。）

5

然而第一屆「聯合報小說獎」引起的最大風波，不是「首獎從缺」或「公害」與「害公」之爭，而是徵文辦法僅規定報社員工與眷屬不能參加，沒規定評審委員眷屬不能參加。結果朱家姊妹天文、天心雙雙得獎，她們的父親朱西甯飽受攻擊，主其事者馬各也備受困擾。事過六年，馬各在《風雲三十年》發表〈譬如飲水——兩編聯副雜憶〉一文，憶及創辦小說獎之事，首度對朱西甯公開表達歉意：

說起小說獎，我對朱西甯先生覺得抱歉，這是我心裡想說卻一直沒說的話。因為小說獎，他遭到許多困擾，包括被懷疑與被謾罵。

馬各說，他去請朱西甯擔任評委，朱先生考量兩個女兒要參加，起先堅不應允，經他一再力邀，確信朱先生能以公正的眼光評審作品；而且「六位評選人也由不得哪一個決定」，朱先生後來才勉予答應。所以，「陷朱西甯先生于『不義』，完全是我的錯。我始終以為正直是每個人做人的基本原則，不必要懷疑也不應該懷疑的。沒想到別人的想法跟我不一樣。我太天真了。……」

他也提到，決審會議過程確實激烈，「每位評選委員都有他們心目中的佳作，比如朱西甯先生喜歡〈功在杏林〉，林海音先生喜歡〈沉情〉，顏元叔先生喜歡〈關山今夜月〉。……既然評委各有堅持，「第一獎從缺，增加二、三獎實在是當時可行的折衷方案。」

6

四十年過去，回頭看看那十四位得獎者。當年獲得二獎的兩人，丁亞民祖籍江西，一九五八年生，剛自建國中學畢業，考上淡江建築系。後來從事電視劇寫作並移民加拿大，較少發表寫小說（二〇〇四年導演《她從海上來—張愛玲傳奇》在公視播出頗受矚目）；蔣曉雲祖籍湖南，一九五四年生，師大夜間部教育系四年級，一九七七年再以〈樂山行〉獲第二屆第二獎（第一獎小野〈封殺〉）；一九七九年更以〈姻緣路〉獲第四屆增設的中篇小說首獎；曾任《民生報》兒童版主編，後來結婚出國，未再見到作品發表。一九九〇年我去舊金山開會遇到她，她說在佛羅里達一律師事務所工作，笑稱沒空寫小說。不過蔣曉雲初心未滅，能量飽滿，退休後於二〇一一年秋出版首部長篇《桃花井》，其後撰寫「民國素人誌」系列等作品，幾乎每年出一本書，是標準的「寫作模範生」。

獲得三獎的兩人，黃文鴻嘉義人，一九五〇年生，台大藥學系畢業，得獎時還在明尼蘇達大學讀研究所，後來作品不多；曾在張博雅任衛生署長時擔任藥政處處長；卸任後在大學執教，現已退休；朱天文祖籍山東，一九五六年生，淡江英文系三年級，畢業後專事寫作，多次獲得兩大報文學獎，並於一九九四年以第一部長篇《荒人手記》獲第一屆時報百萬小說獎。她也參與電影編劇，卻始終以小說寫作為首要志業，第二部長篇《巫言》埋首多年，二〇〇七年底出版後也備受讚揚。已出版小說、散文、劇本等作品二十餘部。

獲得佳作的十人，七等生苗栗人，一九三九年生，台北師範畢業任國小教師，得獎次年在遠行出版小全集，後來持續創作，出版《譚郎的書信》等多部長短篇及散文集；二〇〇三年十月在遠景出版全集後宣布封筆：「因為我已寫完我這一生要寫的作品。」馬叔禮祖籍河南，一九四九年生，淡江中文系畢業，《三三集刊》編輯；後來轉向中國傳統文化的探討與教學，較少發表小說。蔣家語祖籍廣西，一九五四年生，政大西語系畢業，曾任《民生報》記者與編輯，一度轉向兒童文學創作，後來罹癌多年，於二〇〇八年三月九日往生，得年五十五歲。小赫本名楊宏義，台南人，一九五五年生，台大醫學系四年級，第三屆再以〈祁教授〉獲得第三獎；畢業後返回台南行醫，少有作品發表。千華本名席慕蓉，祖籍蒙古，一九四三年生，比利時布魯賽爾皇家藝術學院碩士，獲獎時任新竹師專副教授，現已退休。她是著名詩人與畫家，出版多部暢銷一時的詩集與散文集；「但只用過那一次筆名，也只發表過那一篇小說。」鄭清文台北縣新莊人，一九三二年生，台大商學系畢業，任職華南銀行，現已退休，出版《大火》、《報馬仔》、《三腳馬》、《燕心果》等長短篇與兒童文學三十餘部，並於一九九九年以《三腳馬》英譯本獲美國「桐山環太平洋文學獎」。朱天心一九五八年生，台大歷史系肄業；畢業後與天文一樣專事寫作，後來也在聯合報文學獎與時報文學獎多次獲獎；已出版《方舟上的日子》、《想我眷村的兄弟們》、《古都》等十餘部小說與散文集。黃鳳櫻畢業於台北女師專，獲獎時二十五歲，任國小教師，次年保送師大英語系，再以〈憶慧沒有ㄐ一ㄐ一〉獲第二屆佳作，後來作品不多。蔡士迅住台中，沒再發表作品。曾台生筆名曾心儀，祖籍江西，一九四八年生，文化大學夜間部大傳系畢業；曾任店員、美容師等職。〈我愛博士〉發表後，傳出男主角有所影射，引發文藝界爭論；成名後熱中政治活動。

一九七八年十二月，《聯合報》報系新創《民生報》，以體育、生活、文化、娛樂新聞為主，熱愛文學也熱愛體育的馬各，由《聯合報》副總編輯調升《民生報》執行副總；後來還曾任曼谷《世界日報》執行副總等職；一九九五年退休。

二〇〇五年夏天，我與馬各在電話裡重敘小說獎種種舊事，他不無感慨的說：「看看當年這些得獎人，有些人對寫作只是階段性的熱情，後來都不寫了。從得獎到現在，一直認真在寫的，而且公認寫得越來越好的，朱天文和朱天心是不是其中的兩個？當年那些攻擊謾罵又有什麼意義？時間不就證明了這一切？」

7

二〇〇五年九月，聯合報文學獎又將公佈結果；時報文學獎決審與自由時報新設的第一屆「林榮三文學獎」複審，也都在火熱進行之中。生於九月逝於九月的張愛玲，也已辭世十周年。在這個特別的，眾多張迷緬懷「九月之女」的月份，多少懷抱著張愛玲〈天才夢〉的文學靈魂，正在延伸創作慾望，引頸而盼榮耀加身。現在的文學獎，辦法較前完備，評審過程嚴謹，當然不可能再出現張愛玲參加《西風》雜誌徵文的「天才夢公案」。對張迷來說，最出乎意料的是這個「公案」竟然糾結張愛玲五十餘年；直到去世前一年仍耿耿於懷，可說「陰魂不散」。

一九九四年九月，張愛玲獲得第十七屆時報文學獎「特別成就獎」，十二月三日在「人間副刊」發表得獎感言〈憶西風〉：「得到時報的文學特別成就獎，在我真是意外的榮幸。這篇得獎感言卻難下筆。三言兩語道謝似乎不夠懇切。不知怎麼心下茫然，一句話都想不出來。但是當然我知道為什麼，是為了從前西風的事。」

《西風》是一本綜合月刊，大三十二開，一九三六年九月由黃嘉德、黃嘉音創刊，聘林語堂為顧問；他在創刊號中說：「我每讀西洋雜誌文章，而感其取材之豐富，文體之活潑，與範圍之廣大，皆足為吾國雜誌模範。又回讀我國雜誌，而嘆其取材之單調，文體之刻板，

中華民國八十三年十二月三日 星期六

憶西風

第十七屆時報文學獎特別成就獎／得獎感言

張愛玲

◄張愛玲，一九四四年。

距離上回張愛玲的名字出現在「人間」的版面，至少有十年以上的光陰。這十年間，世事擾擾，張愛玲女士發表的新作並不多；今年刊行的「對照記」，雖然只有薄薄的一百二十五頁—張愛玲是如此地惜墨如金—因此可以說是文學（當然也是文壇）的一件盛事。我們很高興，因爲這本小書的出版，讓我們有機會把一個時報文學的「特別成就獎」加諸張愛玲的名下。據我們所知，除了一九三九年西風雜誌的那個獎，這個獎因此是五十年來的另一個獎。

雖然，一如預料地，張愛玲女士今天將不克親自來台領獎—我們十分高興收到了她的得獎感言「憶西風」、一封親筆信和兩張

一九九四年張愛玲獲得第十七屆時報文學獎特別成就獎，在「人間」副刊發表得獎感言的版面。

及範圍之拘束，因每憤而有起辦《西風》之志。」

《西風》內容涵蓋傳記、史話、遊記、探險、文學、電影、戲劇、書評、西書精華、西洋幽默等三十餘項。主要撰稿人，除了林語堂，還包括負責編務的黃嘉德、黃嘉音，以及老舍、許以牧、胡悲等十餘人。林語堂當時已以《生活的藝術》、《吾國吾民》、《京華煙雲》等英文著作揚名美國，張愛玲尚就讀於聖瑪利亞女校高二，也希望有一天像林語堂那樣以英文小說揚名國際。一九三九年歐戰爆發，原已考取倫敦大學的張愛玲只好改到香港大學入學，九月看到三十七期《西風》刊登慶祝三周年的紀念徵文「我的……」，於是寫了〈天才夢〉去應徵。

她在〈憶西風〉裡說：「收到雜誌社通知說我得了首獎，就像買彩票中了頭獎一樣。……不久我又收到全部得獎名單。首獎題作〈我的妻〉，作者姓名我不記得了。我排在末尾，彷彿名義是『特別獎』……。西風從來沒有片紙隻字向我解釋。我不過是個大學一年生。後來結集出版就用我的題目《天才夢》」。

《西風》顯然是親國民黨的雜誌：一九三六年在上海創刊，一九四一年十二月（上海淪陷）休刊。一九四四年七月於重慶復刊。一九四五年十二月（抗戰勝利）遷回上海。一九四九年五月（上海解放）停刊。張愛玲參加徵文時，初到港大入學，等她一九四二年夏天回到上海，《西風》已休刊，無從追問首獎憑空蒸發的詳情。抗戰勝利，《西風》從重慶遷回上海，張愛玲早已紅遍上海灘，正為了胡蘭成背負著「漢奸文人」的罵名，更不可能親自去向《西風》追問底細了。

公案附身，竟至終身難解。五十餘年間，有關張愛玲的書寫，常會提到她的〈天才夢〉以及參加《西風》徵文「名列十三」之謎；怎料她去世之前一年還為此事糾結，在她生前發表的最後文字裡算了懸念終生的總帳：「五十多年後，有關人物大概只有我還在，由得我一個人自說自話，片面之詞即使可信，也嫌小器，這些年了還記恨？不過十幾歲的人感情最劇烈，得獎這件事成了一隻神經死了的蛀牙，所以現在得獎也一點感覺都沒有。隔了半世紀還剝奪我應有的喜悅，難免怨恨。現在此地的文學獎這樣公開評審，我說了出來也讓與賽者有個比較。」

至於那位獲得「首獎」的〈我的妻〉作者，連張愛玲都不記得他的名字，其他人當然更不可能記得。不過，首獎、二獎、三獎或十三獎的作者，經過幾十年的賽馬長跑，最後我們記得的，是後來迎頭趕上並且一直跑在最前面的那隻馬，而不是當年的首獎、二獎、三獎；這就不僅僅是「只有半個耳朵的距離」了。

創作是慾望。發表是慾望。得獎是慾望。成名是慾望。「只有半個耳朵的距離」確實永遠誘惑著年輕參賽者的慾望。文學獎的故事，永遠說不盡；作家的故事，政治與愛情與名利的故事，永遠在牽扯之中；「要緊的是你被毀滅的時候怎樣保持你的風度。」

後記：

1.本章原是《行走的樹》二〇〇六年初版第一章。如按當年目錄排列，二〇一五年補寫的〈亡者與病者〉即為第十三章。而「亡者」已矣，「病者」何堪，當需趨吉避凶遠離「十三」，乃將原來第一章提為序章，讓最後一章〈亡者與病者〉列為第十二章。另外，本章開頭提到的張愛玲，生於九月，逝於九月。我最早的筆友林懷民的母親鄭翩翩，以及我的前夫楊蔚，同在二〇〇四年九月十六日辭世。馬各也在二〇〇五年九月十六日辭世。所以，本章副題也由「九月的文學獎故事」，改為「九月，以及它的文學獎故事」，藉此兼向三位同在九月十六日辭世者致意。而且，本章提到的一些人與事，穿行其後各章至最後一章，提為序章也凸顯其領頭羊之意象。

2.本文為二〇一五年增訂版。初版原刊二〇〇五年九月一日《印刻文學生活誌》二十五期；馬各於出刊半個月後九月十六日（《聯合報》社慶日）辭世，享壽八十歲。

3.馬各是個老菸槍，年輕時亦善飲，曾因胃疾動手術，一九六六年四十歲才與曾久芳結婚。曾久芳比馬各小十五歲，輔大英文系畢業，溫柔大方笑容甜美；據說她母親起先不同意她嫁馬各，理由之一「他只有半個胃」。但馬各婚後戒菸戒酒，注重健康，假日常帶家人戶外踏青（有一次還帶我們二十多個作家同遊阿姆坪）。冀野、冀耕稍長後，馬各就常帶他們去海釣，一九八一年出版偕子同釣第一輯《斗笠貝・扳機魨及其他》，一九八三年出版《孩子與我》，一九八四年出版偕子同釣第二輯《春到七美》，這三本恬淡自然的散文集，記錄了他一生最平靜幸福的歲月。晚年雖受肺氣腫所苦，需用氧氣輔助器呼吸，聊起文學仍然意氣飛揚。去世的前一天，他還在電話裡跟我聊文壇、文學獎，聊了一個多小時。若不是說話吃力，他還會繼續聊下去的。唯一的遺憾是他自我要求過高，回憶錄未寫完即決定放棄（他的一生有多少精彩的，作家與作品的故事啊）。

4. 馬各一九七六年創設的「聯合報小說獎」，瘂弦接手後於一九七九年起增設中篇小說、長篇小說、極短篇三類；一九九一年起陸續增設新詩、散文獎；一九九四年正式更名為「聯合報文學獎」至二〇一三年，一直是寫作新手躍龍門的比試場。二〇一四年化繁為簡，改成「聯合報文學大獎」，以出版作品評選，獎金一〇一萬；首屆由六十八歲的散文家陳列以新作《躊躇之歌》與代表作《地上歲月》獲獎。

四十年之間，有多少人獲獎？有多人成名？有多少人早已不再寫作？甚至有多少人已經離開人世？最重要的是，有多少人理解張愛玲翻譯的這句話：「要緊的是你被毀滅的時候怎樣保持你的風度」。

第一章

大盆吃肉 飯碗喝酒的時代

追憶一個劫後餘生的故事

那幾隻老舊斑剝變形的鋁盆，那天想必和我們一樣歡暢淋漓。直徑三十公分，本來也許是洗臉盆或洗菜盆，平日裡吸納的，無非不甜不鹹不酸不辣的寡淡清水。然而那個特別的日子，深褐色的國小課桌排成兩列，躺臥其上的銀灰鋁盆們，懷裡分別擁抱著芋頭燒肉，紅燒黃魚，白斬雞，炸排骨，五彩米粉，雪白饅頭……。鋁盆們吸足了濃郁精氣，滿懷著奉獻的喜悅，正把一陣陣肉香魚香米粉香送入我們的鼻腔。陪在旁邊的是一盤盤涼拌黃瓜，扁魚白菜，銀魚莧菜；雞蛋豆干豬耳朵等等滷味，以及一鍋鍋蚵仔湯，味噌豆腐湯……。黑松汽水，福壽清酒，傍著鋁盆湯鍋菜盤們默默而坐，等著歡送盛會開始。

「今天要吃個盆底朝天！」主人李錫奇舉起了筷子。

「也要喝個不醉不歸！」詩人鄭愁予拿起了杯子。

1

一九六四年十一月八日，農曆十月初五，立冬第二天，是個星期日，天有點陰灰，還好沒下雨。上午十點半，準時到了台北火車站旁的公路局西站，和詩人張拓蕪、鄭愁予、楚戈、辛鬱、許世旭，畫家陳庭詩、歐陽文苑等人會合，搭上往板橋浮洲里的公路局，要去李錫奇執教的中山國校聚餐，歡送他去日本。再過三天，十一月十一日，李錫奇就要代表中華民國到東京參加「第四屆國際版畫展」。那是他第一次出國，也是那時代我們一群清貧文青第一個出國的朋友。和他同行的還有「五月畫會」的韓湘寧，選擇與女友話別，不來參加歡送會。

那個時代，「入出境管理局」還隸屬於警備總部，護照申請與出國手續都需經過嚴格審核；首要條件必須在政治上「身家清白」，否則有錢也出不了國門。李錫奇、韓湘寧那年能出國是很不容易的，朋友們替他們高興之餘也都很羨慕。

到了中山國校，李錫奇笑嘻嘻一見如故，詩人洛夫、羅行，畫家秦松、吳昊、江漢東、鍾俊雄都已先來了。一群興高采烈的朋友，說是來為李錫奇送行，其實出錢買菜的是他，在校園一角矮小廚房做菜的是他媽媽，他的兩個弟弟和幾位中山國校老師則一趟又一趟幫著端菜到距離三十公尺的教室。

「袁寶」楚戈說：「我們只帶著一張嘴和兩條腿來。」

「高麗棒子」許世旭說：「我帶了一顆心來送你。」

「木公」秦松說：「幹麼那麼虛偽？你的心能挖出來吃嗎？」

「冷公」辛鬱說：「嘿嘿嘿，今天可讓我們錫奇破費囉。」

李錫奇笑得合不攏嘴，喜滋滋答道：「小意思，小意思，有錢，有錢！」

李錫奇那年二十六歲，是「現代版畫會」和「東方畫會」會員，台北師範藝術科畢業後就在中山國校當美術老師；七等生、雷驤都是他的同班同學。他說，在國校教書月薪三六〇元，但代表國家去東京參加國際文化活動（當時我們與日本尚有邦交），教育部不但核給他和韓湘寧五十天假期，每人每天還有十二美元生活費；「美元和台幣匯率一比四十，」李錫奇邊說邊伸出手指比著四十，「換算下來，一天就有四百八十元台幣，比我一個月薪水還多一百二十元呢，足夠我們今天痛快吃喝啦。」

二十多個大人擠在小朋友的桌椅間，教室角落的小唱機播放著歡快的〈水上組曲〉，中山國校老師大多低聲笑談著，畫家、詩人則大嗓門的鬧哄哄。愁予領頭拿起杯子，注入清酒，雙手向前高高托起，琅聲說道：「來，我先乾了這杯，祝我的小老弟李錫奇一路順風，為國爭光；各位老朋友新朋友，沒有杯子的就用飯碗吧。」

於是我們就在碗裡注入清酒，跟著愁予一起敬了李錫奇，繼續笑語喧譁，大盆吃肉，飯碗喝酒，一幅嘉年華歡樂圖。「高麗棒子」許世旭，喝了兩碗就熱情狂放鄉愁滿溢的唱起了〈阿里郎〉：「阿里郎，阿里郎喲，我愛我的阿里郎……。」接著又唱了〈桔梗謠〉：「道拉基，道拉基，道——拉基，白白的桔梗喲長滿山野……。」——許世旭是韓國詩人，當時在師大中文所讀碩士，聽說正在翻譯韓國古典小說《春香傳》；而且還兼任韓僑小學校長呢，不過大家都稱他「高麗棒子」。

辛鬱是杭州人，也用「古渡」筆名發表小說，而且擅唱各地小調。他先唱了河南小調〈一根扁擔〉，又唱了雲南民謠〈小河淌水〉，嗓音沉厚，餘韻綿長，大夥鼓掌吹口哨，叫他再唱兩首，他冷下臉來說：「我還沒吃飽呢。」秦松是李錫奇台北師範的學長，「現代版畫會」創會會長，也常寫詩發表，聽說前些年他的畫遭人檢舉「倒蔣」、「汙辱元首」，被警總叫去問話調查，心情一直不好。我們喝了幾口酒就開始吃菜吃米粉，他什麼也不吃，抓著酒瓶一口又一口。晃來晃去喝完了一瓶已經醉茫茫，掏出新樂園一支又一支的抽，拉著楚戈的手當菸灰缸。楚戈大概也半醉了，迷迷糊糊的讓秦松彈了一下又一下……。突然，一聲「哎喲」破空而出，原來秦松把一截菸頭按在楚戈手背上了。

楚戈反手在瘦得像竹竿的秦松臂上打了一下：「喂，木公，你搞清楚哦，這是我的手，不是菸灰缸！」

秦松依舊醉茫茫的笑著，抓抓頭搖擺著身子，從口袋裡又摸出一支新樂園。他那孤獨落寞的身影，幾十年來還在我的腦海搖擺。

（文學界有林海音、風遲的「**船長事件**」，藝術界則早在四年前就有秦松的「**倒蔣事件**」；可見「偉大領袖蔣中正」的「無遠弗屆」。

秦松一九三二年生於安徽，台北師範美術科畢業後任教於台北女師附小；一九五七年創立「現代版畫會」並任會長，一九五九年以版畫〈太陽節〉獲得巴西「聖保羅雙年展」榮譽獎，一時備受畫壇矚目。一九六〇年三月二十五日美術節，歷史博物館推出一四五位現代畫家舉行「現代美術畫展」，秦松以抽象油彩作品〈春燈〉、〈遠航〉參展。開幕當天，任教政工幹校美術系的梁又銘（1906—1984）、梁中銘—雙胞胎—兄弟，走到秦松的畫作前指控其〈春燈〉暗藏著倒寫的「蔣」字，有「汙辱元首」之意，要叫記者來拍照，並向當時陪在一側的展覽組長姚夢谷表示必須撤展。梁氏兄弟是「護國派」藝術家，地位不言可喻，姚夢谷也就立即派人取下。當時史博館長包遵彭（1916—1970）出身復旦大學新聞系，做過蔣經國系的「幼獅通訊社」社長，且與秦松同為安徽同鄉，卻也不敢冒犯梁氏兄弟，後來並由警總介入調查。此事震驚藝術界，也驚動當時管轄史博館的教育部高層。在藝術界極受尊敬的著名書法家張隆延（1909—2009），當時任職教育部「國際文教處」處長，基於愛才之心，特為秦松向高層說項，秦松才得走出警總大門。

「船長事件」的風遲，事發時默默無聞，沒有像張隆延這樣的「貴人」出面相助，只得入監感化三年，但出獄後任教國小至退休，得以安享晚年。秦松雖免去牢獄之災，卻因此深受打擊，對現實更為不滿。一九六七年，他在朱橋主編的《幼獅文藝》發表詩作〈在天祥上〉，出現如下之句：

推開我之右手推開左臂，推開我之左手推開右臂，推開一線青天，推起一輪血紅的太陽。

這詩也曾給他惹來麻煩，好在又有貴人出面，得以有驚無險。一九六九年他遠走紐約，希望在西方藝壇闖出名號，然而宏願未達，晚年落魄潦倒。二〇〇七年四月，友人發現他陳屍於新澤西家中浴室，已經死亡多日。

秦松的第一本詩集《原始之黑》（1966）即有如下之句：

結實在水泥地上，非花亦非樹。

一九八四年在中國友誼公司出版的詩集，書名則為《無花之樹》；這些文字無不隱喻著他孤寂寥落的心境。

如果沒有「倒蔣事件」，秦松也許能在台灣繼續隨性的創作吧？可惜那只是也許。我們相遇於一個熱情洋溢的盛會，卻永別於那個步步驚魂的時代。——一九六九年他離開台灣時，我已經深陷楊蔚的火海中。

但也那麼因緣湊巧，一九六五年一月十四日，我初識楊蔚不久，他為秦松寫了一千二百多字的

〈太陽節的陰影〉；是他在《聯合報》所寫「為現代畫搖旗的」專欄第四篇。——註）

2

那天初識李錫奇、秦松、鄭愁予、許世旭等畫家、詩人朋友，機緣很湊巧，竟是從存在主義開始的。那年我十九歲，剛來台北半年多，認識的大多是寫小說的文友，發現很多人迷卡繆，沙林傑，沙崗，見面總有人說些《異鄉人》，《麥田捕手》，《日安・憂鬱》，存在主義等等的話題。去中山國校前一天上午，一家片商請藝文界朋友在新生戲院看《巫山風雨夜》（*The Night of the Iguana*）試片，是一部大卡司的片子：導演約翰・休斯頓，編劇田納西・威廉斯；主演：李察波頓、愛娃嘉特娜、黛博拉蔻兒，講述一個犯了與少女通姦等罪被教會解職的神父，為了生活去擔任導遊，但心情仍然鬱悶時常酗酒，有一次帶團到墨西哥旅遊，過程中發生了種種靈與肉的人性掙扎與糾葛，是一部很陰鬱也很虛無的電影。看完後，朱西甯說他與舒暢要去景美天主堂聽趙雅博神父講存在主義，問我和林懷民要不要一起去？懷民說媽媽要來台北，他要去火車站接媽媽，我就跟著朱西甯、舒暢去景美天主堂，認識了當時在那裡做「修士」的盧克彰，以及也去聽講的詩人辛鬱、翻譯家楚茹等人。當時我暗自想著，人生怎麼這麼奇妙，剛剛看完一部探討神父墮落與救贖的電影，接著要去的是一個真實的天主堂，聽真實的神父講解存在主義。那一陣存在主義很熱門，因為諾貝爾文學獎宣布沙特得獎，沙特卻拒不接受。

趙雅博神父一九一七年生於河北，是西班牙馬德里大學哲學博士。如果我沒記錯，他是最早以民間講堂的方式在台北的教堂談存在主義的，很多文藝界人士都慕名前往聽講。那次我也見到一個二十多歲的男作家，早兩年就以言情小說成名，聽說他認為了解存在主義能提升他的小說層次，每堂都去參加，宣稱以後也要去馬德里留學，不再寫言情小說。後來我真的沒再看過他的小說，是否去馬德里讀了哲學就不寫小說或寫不出小說了呢？總之，他的背景和去路對我們許多人都是個謎。

（那天在景美天主堂認識盧克彰也很意外；他已經出版了幾本小說，沒想到會在教堂做「修士」。後來我才知道，他也是個徘徊於靈與肉之間，既浪漫又特立獨行的怪人。

盧克彰是浙江諸暨人，一九二〇年生，說話帶著濃重鄉音，中央軍校畢業後曾在家鄉娶妻生子，一九五二年孤身從香港來台北後卻斷然脫離軍職，以職業寫作自得其樂。一九五九年中橫公路完工後，他遠去花蓮富里墾荒種地，前後五年；我們在天主堂認識時，他剛回台北不久；次年出版了第一本散文集《墾拓散記》。有一天在植物園遇到他與舒暢、楚茹等人，他穿著深藍長袍，舒暢還開玩笑說：「記得這位盧修士吧？」一九六八年，我去中華路國軍文藝中心參加一個文學聚會，卻見他穿著夾克英姿煥發，身邊依著一個嬌小玲瓏的女孩子，一見我就說「歹歹，這是季季阿姨。」那女孩立即鞠躬笑道：「季季阿姨好。」——他以鄉音叫了十年的「歹歹」，就是小他二十九歲的「心岱」。我只比心岱大五歲，叫她以後別喊我阿姨。盧克彰為了心岱離開教堂後，我也就不再喊他「盧修士」了。一九七一年閏五月，第一個五月我生女兒，第二個五月心岱生兒子。一九七二年我暫居內湖時，他們住在康寧路三段，曾帶兒子女兒隨朱西甯夫婦去他家吃火鍋。一九七四年他們搬去辛亥路三段，與朱西甯家比鄰，兩層樓房還有個院子，文友們都替他們高興。一九七六年春，盧克彰胃癌住榮總，我去探望時，他拉著我的手說：「季季啊，我把歹歹託給妳了，妳一定要好好的幫我照顧她啊……。」一邊說邊哭起來。克彰去世後，心岱賣了傷心地，在永和我家附近買了一層公寓。那時我與妹妹合租一層公寓，中午起床後偶而會接到心岱電話：「季季，妳家有沒有東西吃？」我隨即替她做碗麵或炒個飯。——我對她的「照顧」無非如此，其他的一切都是靠她自己努力的。）

3

我對理論沒什麼興趣，不相信理論可以指導創作。那天抱著好奇心去聽聽，無非開開眼界見見世面，認識幾個新朋友。下了課走去公車站途中，辛鬱對朱西甯說：「明天要上你們浮洲里找李錫奇玩。」朱西甯說：「哦，聽說他要出國了？」辛鬱說：「是啊，過幾天就走了，明天大家去給他鬧一鬧送行。」朱西甯說：「很好啊，我和慕沙要去做禮拜，就不過去了，你們鬧完了來我家坐坐吧。」朱西甯轉向我說：「我家離中山國校不遠，妳說要來我家玩還沒來過呢，那邊玩過了，要不要順便來我家？」

我說與李錫奇不認識啊，辛鬱說：「想去就一起去啊，見面就認識了嘛，還有愁予啊，楚戈啊，洛夫啊，反正是熱鬧嘛，明天上午十點半大家在公路局西站會合……。」第二天我就抱著去看熱鬧又可去朱家玩的心情，到西站與辛鬱他們會合。

詩人、畫家大多豪爽，一條腸子坦誠相見，初識彷彿已是老友。愁予酒量好，拿著酒瓶遊走，與在場老友新友聊天乾杯，最後到了我面前，先用杯子碰一下我的碗：「我還沒跟妳喝過酒，來，慶祝我們今天認識，乾杯！」我從沒喝過酒，不知自己酒量不好，竟然傻傻的跟著一飲而盡。「嗯，好酒量！」他在我碗裡又倒了半碗：「來，再乾！」我傻傻的又乾了。也不知乾了幾次，反正後來醺醺然醉了，散會後由洛夫送我去朱西甯家。

不過在喝醉之前，我記得會場一直熱情如海洋，大家唱歌喝酒聊天，還有人隨興起舞，像海草一般搖擺不停。

就在那澎湃又彷彿微醺的情境裡，仍然清醒的我，斷斷續續的，清清楚楚的，聽到了李錫奇家劫後餘生的故事。其中的驚駭與深情也像一株海草，幾十年來深植於腦海，緩緩款擺，從未停息。

那天的歡送會，最興奮的是李錫奇，但最神氣的是商禽：「除了老蕭，有誰比我更早認識李錫奇？」他說：「一九五三年，我和趙玉明、查仞千、徐術修在金門憲兵隊服役的時候，李錫奇還是金門中學的初中生呢，你們算算那有多少年了？」

「是啊，那時我家住在縣長的車庫裡，離憲兵隊不遠，」李錫奇說：「放假沒事我就去聽他們談詩看《野風》，其實我一個小蘿蔔頭，哪懂得什麼詩？但我就是愛去聽他們這些大哥聊天，覺得很有趣。」

我聽出了玄機，插嘴問道：「為什麼你家住在縣長的車庫裡？」

李錫奇嘆了一口氣回道：「我家的故事啊，說來話長啦！」

「他們家啊，」商禽說：「國民黨政府向全世界宣稱古寧頭大捷的時候，他們古寧頭人可是不折不扣，家家都遭了古寧頭大劫啊！」

「是啊，」李錫奇說：「我們老家，整個北山村都被炸了，我家從我祖父時代就開金遠源商行跟廈門做生意，古寧頭一打，生意不能做，只好關門啦。」

「所以你們才搬到縣長的車庫去住？」

「不不，那是另一個故事。」蕭蘭老師說。

我們剛到時，李錫奇介紹蕭蘭老師是板橋中學的英文老師，並沒說他的金門故事。蕭蘭老師一說完，李錫奇立即接著說：「是啊，那個故事更悲慘，老蕭恐怕比我還傷心。」

「對啊，老蕭差點做了錫奇的姊夫呢！」商禽說。

「就是呀，為了我姊姊，老蕭到現在沒結婚。」

我聽得茫茫然霧煞煞。寫小說的人，聽到一個故事線頭就像貓聞到了魚腥味，立即追著問道：「那你姊姊現在在哪裡？」

「我姊姊？已經到天國去啦！」

李錫奇說完瞄了一下蕭蘭，只見他垂下眼，木木的注視著碗裡的炒米粉。

商禽把我拉到一邊，低聲說道：「你們寫小說的，就愛打破沙鍋問到底。今天大家歡送錫奇，妳就別問他那些傷心事啦，他們家的事我大致了解，妳想知道就問我好了。」

1. 一九六四年十一月中旬，赴東京參加第四屆國際版畫展的李錫奇（右）、韓湘寧，在中華民國駐日大使館前留影。
2. 痛失長姊的李錫奇（右）與終生未娶的蕭蘭（左），劫後餘生在台北合影。

（李錫奇提供）

4

於是我們拉了兩隻小課椅到教室的一角，在喧鬧的話語與歌舞聲中，一個寫小說的和一個寫詩的，開始高高低低的一問一答，前前後後的補述著錫奇家劫後餘生的故事。

「妳別看錫奇總是笑嘻嘻的，」商禽說：「那是他天性樂觀，其實他從小受過兩次大難，幾乎家破人亡……。」

錫奇老家在金門西北邊的古寧頭北山村，離對岸最近。一九四九年十月一日，毛澤東在北京宣布成立中華人民共和國，半個月後，村人發現對岸的共軍在海邊部署砲彈，警覺戰火將至，紛紛撤離到南邊的金城避難，錫奇也隨父母搬到金城吳厝村六鄰十一號外婆家的西廂房暫住。十月二十四日夜，中共近萬兵力陸續從古寧頭登陸，在南山、北山、林厝等幾個村子流竄，與國府駐軍展開巷戰。血戰三天兩夜，共軍七千多人被俘，兩千多人死亡，國軍宣告「古寧頭大捷」，舉世矚目。

大捷後第三天，錫奇父親聽說北山村二百多戶閩南式四合院大多被炸毀了，借一部軍用卡車帶錫奇回去看看——當時金門只有三部汽車。

「那年錫奇才十二歲啊，在支離破碎的磚瓦與家具間找來找去，只找到一包米是完整的。」商禽說：「但是最讓錫奇難過的，是散落在村子各處的共軍屍體，有的橫躺著手腳分離，有的在路旁堆成小山，開始腐爛發臭了，他說後來好幾天都覺得噁心，吃不下飯。對一個十二歲的孩子來說，那種血腥場面實在是，唉，太恐怖也太殘酷了！」

商禽去倒了一碗酒回來，喝了兩口，停頓不語。似乎在思索著怎樣開始說第二個故事。喝了第三口，才又緩緩說道：

「古寧頭大捷後，無家可回了，錫奇一家人只好繼續在外婆家借住。但是四年後在外婆家那場大難，就更悲慘了，他親眼看著祖母和姊姊被國軍射殺，外婆家的房子也被放火燒掉了！」

「被國軍射殺？」我無法置信的大叫起來：「國軍怎麼可以殺老百姓？而且殺的是女人！難道她們做錯了什麼事嗎？」

「哪有做錯什麼事？我說嘛，就是倒楣！殺她們的阿兵哥叫錢金山，是台灣人，年齡比他姊姊大一歲，也才二十。」

「是情殺嗎？」

「什麼情殺？根本是勞役兵管理不當嘛。」

「勞役兵是做什麼的？為什麼要殺他姊姊？」

「就是在軍中不聽話的兵，把他們關在一起管訓，服勞役，等到乖一點沒問題了，再放回原來的部隊。」

「既然關起來了，他怎麼會跑去錫奇外婆家殺人？」

「唉，逃兵嘛，」商禽睨了我一眼：「妳們小女生啊，不懂軍中的事。是這樣的，那個錢金山，本來是炊事兵，也不知發生什麼事被送去吳厝隔壁的藥井村錙重營服勞役，心裡一直不服氣，指導員還老刁難他，總之就像座火山，隨時要爆發。出事那天中午，錢金山又和指導員吵架，下午三點偷了營部一支卡賓槍和一排子彈，要去殺指導員。指導員發現苗頭不對，趕快往吳厝村方向跑。那錢金山的腿本來就有點跛，跑得比較慢，跑了十幾分鐘追到吳厝村，那指導員早已躲進勤務連的連部裡面，他不知道啊，還在村裡一家家的找。找到村子最後倒數第二家，就是錫奇外婆家，發現營部官兵已經追來了，怕被逮捕嘛，一時情急就跑進屋裡，挾持了錫奇的姊姊做人質……。」

那天是一九五三年八月十六日，農曆七夕，錫奇讀完初二放暑假，大他四歲的姊姊金珍剛從金門中學畢業，考完簡易師範，正等著放榜。金珍雙眼靈動，笑臉亮麗，喜歡文學音樂美術，最疼愛錫奇這個大弟，常常鼓勵他說：「錫奇，環境再惡劣，你要記住永遠不要放棄你的畫筆，全金門能把國父畫得那麼傳神的人，很少啊。」——那時金門中學經費短缺，教室裡的國父遺像、總統畫像，都是初中生李錫奇畫的。

金門那時也缺師資，學校老師大多由部隊借調，蕭蘭是上海光華大學外文系肄業，當時任憲兵少尉，借調到金門中學教英文。他比金珍大八歲，身材修長，白皙優雅，也很喜歡文學，師生倆因文學結緣，漸漸發展出男女之情。然而他是外省人，又是師生戀，在當時的金門（或台灣）是禁忌，兩人只能祕密來往。金珍深愛著蕭蘭老師，希望打破這個禁忌，有一天可以共結連理。考完簡易師範後，她對蕭蘭老師說，八月十六是七夕，請他晚上來家裡吃拜拜，讓家人對他多一點了解。錫奇其實早已知道他們的事，還幫姊姊帶過信給蕭老師。七夕中午吃過飯，原本住在叔叔家的祖母來了，父母親出去收會錢、買拜拜用的東西，金珍吩咐錫奇帶錫展、錫照兩個弟弟去山上採胭脂花，晚上要拜七娘媽。趁那個空檔，金珍在房裡寫信，準備等一下錫奇回來就讓他送去給蕭老師。

蕭老師：

急著要給您寫這封信，今天七夕，原本已講好邀您來家裡吃拜拜的，現在計畫有變，您今晚就不要來了！我們的事，父母這一關越來越難。昨天我被他們叫去訓了一頓。說我們不會有結果的。要我別傻了。老師，我突然覺得好矛盾、好複雜、好害怕！……我已叫弟弟上山採胭脂花了，採越多越好。說不定七娘媽會保佑我們的！老師，今夕不能相會，七夕之後，總有機會的！再見！

金珍筆

5

下午三點多，金珍寫好信，幫祖母洗完衣服，錫奇兄弟也回來了。錫奇在門口放下胭脂花，剛從姊姊手裡接過要送去給蕭蘭老師的信，卻聽到一聲粗暴的「快跑！」他和弟弟本能的轉身往外跑了十幾步，停下來回頭看，哎呀，一個穿草綠軍服的阿兵哥拿槍抵著姊姊的頭，挾持她進了外婆家側門，把門關上了。緊接著，全副武裝的軍人密密麻麻追來，把外婆家團團圍住了。

「逃兵錢金山在這棟屋內，大家小心！」

除了那句警告，數百武裝軍人按兵不動；沒有勸導喊話，為了人質安全，也不敢展開圍捕。過了幾分鐘，錫奇聽到姊姊驚恐的呼喊，好像拚命打鬥要跑出來，接著即聽到砰砰砰三響，姊姊大概中彈了。祖母聽到槍聲，不顧一切的突破人牆，跑向側門用力捶打：「金珍啊，快出來哦！金珍啊，快出來哦！……」原來金珍已被射傷腿部，死命奪門而出即不支倒地。祖母狂亂的彎下腰，想要抱起金珍，錢金山卻接著砰砰砰，對她倆又連射數槍。鮮血如紅花映著炎炎烈日，從兩個女人身上汩汩而出，如小溪奔流。

「快去救我阿嬤啊！」「快去救我姊姊啊！」

錫奇兄弟狂亂的哭喊，但沒有一個官兵敢上前。祖母陳好，姊姊金珍，就那樣臥躺於鮮血之中抽搐著，哭嚎漸漸轉為呻吟，呻吟漸漸歇止了。

「我阿嬤啊！我姊姊啊！」

錫奇兄弟無助的叫喊著，但阿嬤和姊姊已聽不到了。

數百個官兵束手而立。數百顆心臟騷動不已。周遭只是死一般的沉寂。

直到午後三點五十五分，一輛裝甲車如一頭怪獸緩緩駛來。履帶剋啦剋啦輾壓過路面，也輾壓過數百隻薄薄的耳膜。逃兵錢金山也聽到了那怪獸的足音，知道已經退無可退，砰砰三響之後引火自焚。霎時間濃煙密佈，火舌四竄，消防隊趕到時，整座房子已是一片火海。

蕭蘭老師聞訊趕到，只能抱著錫奇痛哭。

錫奇父母回到家，戰場般的屋外是一老一少的親人屍體，廢墟般的屋內是那已成焦屍的陌生逃兵。

「金銀都買回來了啊，還沒拜七娘媽啊！」

錫奇的母親吳玉瑤哭號著昏倒在地，父親李增丙抱著兒子顫抖流淚。

商禽說到這裡長嘆了一聲：「妳想想，錫奇四年之中毀了兩個家，喪了兩個親人，那是什麼心情？還有比那更倒楣的事嗎？」

「那軍方有沒有賠償他們？」

「沒有，軍方說那是勞役兵個人行為，只送了兩付棺材，一千元慰償金。過了一個多月，蕭蘭幫他們寫了一份報告書──」

「咦，蕭蘭？」小說貓又聞到了魚腥味：「怎麼會是蕭蘭幫他們寫？」

「蕭蘭的事等一下再說，先說那天攔路告狀的事。十月二日，他們打聽到金防部司令胡璉將軍要去金門中學運動場出席擴大紀念月會，父子四人就去攔下吉普車下跪，錫奇爸爸氣得把那一千元丟回去，遞上那張用書法寫的報告書。當時的金門是軍人比老百姓大，而當時的金門軍人，當然是胡璉最大。他打贏了古寧頭，做上了金門防衛部司令，可還沒碰過老百姓敢攔下他的車子，還把鈔票丟到他面前。不過胡璉算是個愛民的將軍，當場耐著性子把報告書讀完，很驚訝的說，裡面寫的事情，他怎麼都不知道？」

「啊，那麼大的事，他竟然不知道？」

「軍中就是這樣嘛，總是欺上瞞下。還好胡璉問清楚了，知道他們一家沒地方住，暫時住在親戚家，立即命令縣長張超盡快協助處理。張超一想，最快的辦法就是改裝他家的車庫，錫奇他們後來才從親戚家搬出來，一家人有個簡陋的安頓之處。十一月初，錫奇已升上初三，搬到車庫不久，我們就認識了。他常來聽我們談詩，我們也偶而去車庫看他畫畫，當時就覺得他有才氣，以後在這條路上會出頭；妳看，現在不就要代表國家出去展覽了嗎？」

「他家就一直住在那個車庫啊？」

「是呀，住到一九五八年，八二三砲戰後，全家才搬來台北，那時錫奇剛從台北師範畢業不久。」

「哦，幸好錫奇到台北讀書——。」

「錫奇是金門中學保送來台就讀的。他常說，姊姊生前最疼他，鼓勵他，死後也冥冥中一直護佑著他，指引著他。像他畢業那年暑假，本來要回金門，都在基隆上船了，卻突然把行李一丟，叫他同學幫他帶回去交給媽媽，說等下一班船才回去，然後就匆匆跑下船，自己也不明白為什麼。過沒幾天，下一班船期還沒到，八二三砲戰就開打了。後來他恍然大悟，說那一定是姊姊冥冥中幫他做的決定。」

「那蕭蘭老師，後來也到台灣來了？」

「是啊，錫奇家要搬來台灣，他媽媽很疼這個義子，叫他也要搬來，後來他就退伍，來板橋中學教英文，離這裡近，常常來看他媽媽。」

「怎麼會成為義子？不是不贊成他嗎？」

「人都死了，還有什麼贊成不贊成？錫奇媽媽後來好後悔好自責，說她不該不答應金珍七夕那天請蕭老師來吃拜拜，讓金珍帶著失望的心情，那麼悲慘的離開了人世。事情發生的第二天，她就叫錫奇去把蕭蘭請來給金珍上香，收他做了義子，後來把對金珍的愛都轉移到

1. 一九六四年十一月八日，歡送李錫奇的場景之一：商禽正在報告他最早認識李錫奇的經過。左起洛夫、許世旭、商禽、鄭愁予、秦松、張拓蕪、季季。
2. 十九歲的季季，初嚐人生痛醉。
3. 李錫奇快樂的與曾嘉敏（畫家曾月波之女）共舞。

（李錫奇提供）

他身上，疼他疼得不得了，錫奇兄弟有時還會吃醋呢。」

「哦——」我望著蕭蘭老師的背影：「那——他到現在沒結婚，軍方也一直沒賠償他們嗎？」

「就是啊，」商禽憤怒的說：「兩條人命，一座房子，到現在，什麼也沒賠！」

6

就在那時，愁予拿著酒瓶過來了。

就在那天，我第一次喝醉了。

吃過了大盆裡的肉，喝過了飯碗裡的酒，聽過了劫後餘生的故事，十九歲的我理解了更多世事，也不知輕重的痛醉了一次。

此後這一生，在酒的面前，我永遠保持謙卑，再也不曾醉過。

註：

一、太陽節的陰影　楊蔚

繪畫走向現代，在起步向前衝刺的一霎間，秦松是一個遇上絆腳石，而被跌撞得臉青鼻腫的角色。

臉青鼻腫！這也是他近幾年來在生活上給人的感覺！

我們今天談秦松那一段遭遇，並不是有意要揭畫壇的瘡疤，而是希望能澄清一些不實的傳聞，從此作一個結束。

秦松是東方畫會會員，他有一幅題名〈太陽節〉的版畫，在民國四十八、九兩年，先後獲得美國國際版畫藝術協會的收藏獎，和巴西聖保羅榮譽獎。

這幅作品，為他贏得許多美好的讚譽，在畫壇上曾掀起一小股激動的旋風；但也由於這幅作品，給他帶來一個黑色的災難——太陽節是歡樂的、躍動的、明亮的；這個黑色的災難則給他蒙上一層虧蝕的陰影。

秦松的〈太陽節〉價值如何，此處不作評論。但他有一個不可抹殺的意義——它顯示當時國內現代繪畫藝術的衝勁，首度贏得國際間重視。

但那究竟是一個新醒的力量，它向前衝刺，腳底下撲起的泥土，不免揚進別人的眼裡。於是惹起許多毫無意義的敵意。

而這些沾不上畫筆的情緒，在當時則爆發在沉醉於太陽節的秦松的頭上。

那是在民國五十年的美術節那一天，有幾個現代畫會，正籌備成立一個現代藝術中心，作為在藝術上彼此溝通的橋梁。他們召開會議的地點是在國立歷史博物館，同時還舉行一個聯合畫展，並預定向秦松頒發聖保羅獎。

但是作品掛出去，到下午二點的時候，會場上突然傳出許多謠言。

有人指責秦松的作品，要求把它拿下。那是二幅現代畫，一名〈春燈〉、一是〈遠航〉。

畫面的調子是暖色的，激盪著一些頗為強烈的感情。
當時謠言像黃蜂一樣嗡嗡的叫著，但秦松並沒理會。他堅持著，繼續懸掛他的作品。而一直到第二天，才算平息下去。
但是這一陣謠言的餘波，對畫壇上從事現代繪畫的青年藝術家，卻造成一個很大的挫折——展覽的作品移到樓上，頒獎儀式停止，那個在籌備中的現代藝術中心也胎死腹中！
秦松是一直到兩年後，才把他的巴西聖保羅榮譽獎拿到手的。那是一面長方形的銀牌。現在，這面銀牌的光彩已失，正昏睡在秦松那個小房間的破紙堆裡！
今天，現代藝術已經從驚濤駭浪中掙扎出來，並且搶上了一個灘頭。當年那許多無謂的敵意，大部分也從覺悟中消失。而秦松卻從此變了。今天看秦松的作品——低沉、灰暗，雖然有些詩的殘餘的幻想，但也更顯示他對現實生活始終反激著一種恐懼一般的強烈的感受！
在國內，這些年來的現代繪畫，似乎多少都反映著像秦松一樣的影子——臉青鼻腫！有些人在繼續向前衝刺，有人則早為現實所埋沒！
為藝術，有什麼比這更讓人感到沉重的？
秦松的作品，這兩年來，似乎是一個相當受爭論的題目。有許多繪畫的朋友，指責他在走下坡路。這也許都對。但也許都不對。自從幾年前他跌得鼻青臉腫，他始終是孤獨的、寂寞的，同時給人一個在疲倦中的躁急感覺。
他似乎渴望能跑在所有人的前面，有時候也就不免顯得過份躁急。
但是從另一面看，他實在需要更深的友情，更多的了解，與更大的支持。

這是一個事實。但如果你肯給他這些，應該是會忘記那些的。

秦松是北師美術科畢業。他是促使某種守舊觀念逐漸省悟的一個開端——那一片太陽節的陰影已逝，希望它再不要在畫壇上出現。

二、

楊蔚這篇報導，顯露了那個時代的氛圍，卻很含蓄的隱去一些重點。譬如「他堅持著，繼續懸掛他的作品。而一直到第二天，才算平息下去。」就與事實不符。譬如「有人指責秦松的作品，要求把它拿下。」但「指責」的重點是什麼，一字未提；只以「當時謠言像黃蜂一樣嗡嗡的叫著」，一句模糊的形容簡略帶過。

這種寫法的背後，其實有更深沉的原因。

一九六〇年「倒蔣事件」發生時，楊蔚才從關了十年的牢獄裡出來半年多，初入《自立晚報》任桃園駐地記者。一九六四年由《中國時報》前身《徵信新聞》轉入《聯合報》後才開始跑藝術新聞。他採訪秦松時，事件已過五年，蔣介石則尚在人世，誰敢寫出「**倒蔣**」兩字？——何況是坐了十年牢的楊蔚？——許多所謂「謠言」或所謂「歷史」，不經過時間的滔洗與檢驗，怎能窺見隱藏其中的真相？

李錫奇也參加了一九六〇年三月那場史博館現代畫展，親眼目睹該館展覽組長姚夢谷，當著梁中銘兄弟的面，命人撤下秦松的畫作；其後閒置在史博館倉庫二十餘年。一九八一年李錫奇開設「版畫家」畫廊，代秦松去向史博館展覽組長劉平恆索回〈春燈〉、〈遠航〉，售出後匯款去美國給秦松。〈春燈〉後來被台北市立美術館蒐藏。

第二章

朱家餐廳俱樂部

一九六四年冬天，我的身體一直在下雪。一日又一日，雪片從我身上飄落，在大氣之中沉下浮起，隱身於肉眼不及之處，猶自散發著微醺的氣息。它們是福壽清酒的精靈。

在板橋中山國校初嚐痛醉後，我沒有受到嘔吐頭痛哭嚎等等惡靈的侵襲，只是醺醺然，暈暈然，乍醒又睡，睡了又醒。然而，甦醒並不表示福壽清酒的精靈已從身體脫離。它們從頭部往下，涓絲流竄，擴大版圖，有如千萬條毛毛蟲爬行於細薄皮層，緩緩蠕動甚且不時啃咬，留下無數比米粒還細小的紅疹。整個冷颯的冬天，我的雙手不時慌亂的想抓除那些毛毛蟲，卻只抓出更多火一般炙人的血痕，於肉身各處錯亂蔓延，並在我更衣時飄下一陣陣的雪片。

那個冬天與毛毛蟲搏鬥的過程，比嘔吐更漫長，比頭痛更劇烈。原來是「酒精過敏」。那是從未接納酒精的年輕軀體，對十九歲的我的腦袋進行的反抗與懲罰；它以彷如烈火紋身的儀式，一寸寸銘刻於我底青春肉身，注記在即使衰老也難以磨滅的腦紋裡。

1

那年十一月八日中午參加李錫奇的歡送會時，我即說了散會後要去朱西甯家玩。後來不知天高地厚的喝醉了，暈暈然坐在沙發昏睡時，猶斷斷續續聽到歡送會那一夥人的笑語喧譁。不知過了多久，人聲似乎漸漸稀了，週遭沉寂下來，有人喊著我的名字：「季季，要散會嘍，三點多啦，我也想去朱西甯家坐坐，送妳一起去吧……。」

睜開眼一看，是「詩魔」洛夫。

到了婦聯一村五五八號朱家門前，首先衝出來迎接的不是主人夫婦，而是和主人一樣好客而俊美的阿狼。牠撲到我身上，熱情的親著我的臉，又撲到洛夫身上，同樣熱情的親著他的臉。慕沙忙說：「別怕別怕，阿狼就是人來瘋，不會咬人的，別怕——。」

進到矮小、微暗的客廳，朱西甯瞪著我說：「喲，喝多了，臉那麼紅！」洛夫嘆氣說：「愁予找她喝的嘛，喝醉了。」朱西甯笑道：「愁予酒量好啊，詩壇四大飲者嘛。」（註）洛夫又嘆了一口氣：「唉，季季這個鄉下丫頭啊，不知厲害嘛。」

慕沙端來了茉莉香片。「來，趁熱喝，喝茶可以醒酒，晚上做韭菜盒子給你們吃。」我窘迫的笑著，默默吹散玻璃杯上的熱氣，小口啜著淡青色的茶水。天啊，我羞愧的在心底對自己說：第一次來朱家，怎麼是這般狼狽的模樣。

那時，八歲的天文，六歲的天心，四歲的天衣，正在客廳旁邊的臥房蚊帳內扮家家酒。天衣扮新娘子，頭上罩一條淡粉色紗巾，天文、天心扮花童，在天衣背後為她牽紗。三姊妹輪流扮新娘，在蚊帳內繞圈子緩步而行，邊笑邊唱歌，好一幅童年快樂出嫁圖。我離開家鄉已半年多，看著她們不禁想起永定老家的妹妹們，想起在永定扮家家酒的童年。看著，看著，我的第一階段甦醒似乎結束了，眼睛又漸漸迷離起來。慕沙眼尖，半傾著身子輕拍我的肩膀問道：「要不要到房間裡好好睡一下？」然後轉頭喊道：「天文，妳們到外頭去玩，季季阿姨不舒服，讓她進去睡一下。」

當時的朱家，僅有那個主人夫婦的臥房。三姊妹合睡的大床則侷促在客廳一角，我們到時，大黃貓「皇帝」正氣定神閑的安坐床上呢。

客廳是朱家的飯廳兼書房，也是三姊妹的臥房兼遊戲場，客人來了，她們只好躲進房間玩。那天為了讓我安睡，她們又讓出房間，為我關上房門到外面去玩。我倒在主人的床上昏睡著，恍惚聽到剁剁剁的響聲，急促而密集的剁不停。漸漸的，在渾沌與甦醒之間，隱約想起那是慕沙在砧板上剁肉、剁菜，正忙著準備晚餐吧？

天色轉暗了，我開始第二階段甦醒。一種似乎夾雜著韭菜鮮肉蝦皮的香味，一陣陣竄入還殘留著些微酒氣的鼻腔。大概是慕沙說的韭菜盒子吧？從小吃濁水米長大的我，還不曾吃過韭菜盒子呢。

外面的阿狼又大叫了幾聲，夾雜著朱西甯的聲音：「懷民不要怕，阿狼不咬人的。」原來林懷民也來了。他與洛夫、慕沙打過招呼就說：「季季沒來嗎？」朱西甯說：「來了，喝醉了在房裡睡呢。」懷民大聲道：「怎麼會喝醉？」洛夫說：「在李錫奇那裡跟愁予喝的嘛……。」

洛夫繼續向懷民描述愁予怎樣找我乾杯，我怎樣豪氣的用飯碗乾了一次又一次，「季季不懂嘛，」洛夫下了結論：「那福壽清酒的後勁是很強的。」

（父母親都不喝酒的，那是我第一次聽到「後勁」，昏沉之中似懂非懂。在後來的生活中，我終於逐漸理解，某些人某些事的「後勁」，遠比酒還強烈，讓人幾乎痛不欲生。）

然後，更激烈的肉身的反抗開始了。彷彿有千萬條毛毛蟲，緩緩在我身上爬行，咬噬；一下，又一下。我的手抓來抓去，沒抓掉毛毛蟲，反是身上越發躁癢了。起來扭亮了燈，掀起衣服仔細檢視，天啊，那些密佈的一粒粒紅疹，那些一條條蜿蜒的血痕，它們從何而來？是生了什麼病嗎？惶惑之中，心裡不免焦慮恐懼起來了。慕沙成長於苗栗客家，父親是銅鑼名醫，婚前曾在醫院幫忙配藥，懂些醫學常識，先找她問問看吧。

倉皇開了門，羞愧的不敢看他們三個男人，也不管他們怎樣看我，趕緊跑到後面的廚房。慕沙正在煎韭菜盒子，煎好的像黃金色大蚌殼，疊放在一旁的大盤子裡。

「睡好啦？」慕沙說：「要不要先吃一個？很好吃喲。」

我默默搖頭，掀起衣服請她看那些紅疹和血痕。

「喲，看妳抓的！很癢是不是？這是酒精過敏呀！我剛燒了一壺水，妳先洗個澡也許會舒服一點……。」

慕沙長我十歲。那個與毛毛蟲搏鬥的冬天，我常回想那秋日的初訪，回想那幸福、溫暖的家，回想慕沙像個熱情無私的大姊，照顧著無知而沮喪不安的我。在回想之中，我也夢想著自己，以後有個像慕沙一樣幸福溫暖的家，也能像她一樣無私熱情的照顧著需要照顧的人。

2

然而夢想終歸如夢，只是一種虛幻。次年五月，徹底結束了痛醉的懲罰後，我在鷺鷥潭畔結婚了。比新郎大一歲的朱西甯，與新郎是山東青州府益都郡同鄉，喜滋滋做了證婚人。新郎是《聯合報》記者，當時在該報「新藝」版撰寫「這一代的旋律」及「為現代畫搖旗的」

專欄，備受文化界矚目，小說也別具風格。我無視於他比我大十七歲，無視於他離過婚，坐過十年牢，深深被他的才華與豪邁而略帶憂鬱的氣質所吸引；卻不知那氣質的背後藏著怎樣複雜難解的人生。認識一個月，我許諾了他的求婚。認識五個月，我們結了婚。

那二十歲的許諾，就像十九歲的乾杯；當下的痛快，換來漫長的懲罰。乾杯的懲罰僅止一個冬天，許諾的懲罰卻穿越六個冬天甚至穿越我的一生。從小被父親教導做人要誠實的我，婚後不久就開始面對謊言，賭博，偷竊，睡夢中的尖叫，以及謾罵，暴力……。然而我不敢讓遠在永定的父母知道我的心已碎。在他人的面前，我也依然笑著，沒人知道笑容的後面藏著沉重的陰影。

我們婚後兩個月，朱家從板橋浮洲里搬到內湖一村四十八號。內湖一村是陸軍眷舍，在內湖路二段內湖國校正對面巷底。公車坐到內湖國校站下車，先穿過海軍眷舍影劇五村才到內湖一村。那時影劇五村住著詩人瘂弦、橋橋夫婦，他們的鄰居是「五月畫會」的胡奇中和馮鍾睿。洛夫、瓊芳夫婦也住影劇五村，是自己買的兩層樓。瓊芳是金門女子，在內湖國校教書，幹練善理財，他們家是少數軍中文人最早的有產階級。

朱家的眷舍有個大約七八坪的客廳兼飯廳，旁邊是天文三姊妹的臥房，放了兩套上下鋪木床及一張書桌。客廳後面是衛浴間及加蓋的廚房，最後面是主人夫婦的臥房兼書房。比起連廁所都沒有的婦聯一村，新的朱家確是寬敞舒適多了。

為了透透氣，有時我從永和去內湖朱家，兩趟公車得坐一個多小時，去了也不敢向新郎的山東老鄉說出我的夢碎……。慕沙總是親切的說：「最近都好吧？」我也笑著說：「還好啊。」

為了可憐的自尊，我隱忍著一切。
一個掩埋的傷口，日漸潰爛。
一個沉淪的人，繼續沉淪。
一個無告的我，瀕臨崩潰。

3

一九七一年十一月，經由林海音的協助，我終於在崩潰之前獲得新生，帶著五歲的兒子半歲的女兒回到父母身邊，在永定老家療傷止痛。慕沙和朱西甯不時來信鼓勵，要我堅強起來，繼續努力寫作。

但是保守的永定人看不起離婚的女人。即使父母包容著我，永定鄉親的眼睛像針刺，嘴巴如利刃，使我意氣消沉，鎮日難安。慕沙得知後，力勸我「千萬別讓自己消沉下去」，要我再到台北開創新生活。

後來慕沙幫我在緊鄰內湖一村的精忠新村找到一家眷舍，有客廳臥房閣樓及後院，門前還有個小花園，月租六百元。那年十二月底，有如驚弓之鳥的我，帶著孩子離開永定，住進精忠新村五十一號。晚飯後，我常帶著孩子散步去朱家，看他們撿紅點，和貓狗玩一玩。那時他們家收容的貓狗漸多，大概有十多隻了。慕沙遛狗時，也常繞來我家，在門口探望一下。

「都好吧？」她說。簡單的問話，涵蓋了所有的關切與深情。她常問的話，還包括「沒事吧？」「晚上要不要來吃飯？」「明天中午來吃飯吧？」

「沒事吧？」是指我的前夫有沒有再來騷擾。「晚上要不要來吃飯？」是她那天買了黃魚或蹄膀之類的好菜。「明天中午來吃飯吧？」是有文友要來，一起去聊天聚聚……。——凡是假日，朱家的客廳總是人來人往的。

那時的眷村房子沒門鈴、沒電話。文友想來就來，在客廳紗門拍幾下，就聽到慕沙中氣十足的聲音：「來啦，來啦。」——那聲音彷彿在唱歌。天熱時她說：「快進來快進來，外邊太陽大。」天冷時她說：「快進來快進來，外邊風大。」朱西甯明明也從後面的書房走出來迎接客人，但是清瘦的身子站在豐腴的慕沙背後，常像穿著隱身衣不見人影。「西甯不在？」客人這樣問的時候，他就側出頭說：「在啊，在啊。」

走進客廳坐下，慕沙馬上端來茉莉香片。如果中午剛過，她笑瞇瞇問道：「還沒吃吧？我去給你下碗麵。」如果客人說吃過了，她就接著說：「晚上留下來吃飯吧？」

留在朱家吃飯，無需客氣無需推辭。在那個貧乏的年代，許多人去朱家就是為了好好吃一頓。沒有成家的，去享受熱呼呼的家常菜；成了家的，也覺得慕沙的菜比自家的好吃。大鍋飯，大盤菜，大碗湯，人氣加熱氣上桌：客家小炒，糖醋里肌，乾煎帶魚，百頁燒肉，粉皮拌黃瓜……，無一不盤底朝天。「吃哦，盡量吃，後面還有。」慕沙理解食客們的假日鄉愁，端菜上桌時總不忘加上這句貼心的叮嚀。

朱家的文藝界食客，每逢假日少則三五人，多則八九人甚至十餘人。每個人坐上桌理直氣壯，拿起筷子理所當然，吃進嘴裡一派安然。有時吃到半途，又有食客同好前來共襄盛。於是幾人退下，幾人又上，彷彿流水席。慕沙惟恐怠慢後來者，總是殷殷勸道：「要吃飽哦，冰箱裡還有狗魚。」食客們聽到這句話，吃得更為心安理得。痛快吃吧，那些狗魚也都是慕沙在菜場的魚攤精挑細選的。經她一番調治，糖醋或者紅燒，一盤佳餚很快又清潔溜溜……。男主人寫小說的稿費，女主人翻譯日文小說的稿費，就那樣一筆筆進了食客的胃裡，消化得無影無蹤。

4

一九六五年七月，搬到內湖新居的朱西甯三十九歲，正處於創作的高峰期。次年十一月，出版了在婦聯一村開筆的第一部長篇《貓》，也開始撰寫巨幅長篇《八二三注》；他在這本書的後記裡說，一九六六開始的三四年中，《八二三注》曾兩度毀損其稿：第一次寫了十一萬多字，「越寫越無把握……不得不狠狠心，全部毀棄。」後來「幾經苦思、摸索、尋求」，重寫至二十七萬餘字，「又不得不忍痛的推翻……終不得不予銷毀。」

之所以兩毀其稿，他的自我剖析是：「於內省中見出自己的浮躁火爆。……一是情感的尚乏冷卻，時空距離兩者皆不足；一是自我約制尚差，意境還只偈限於感懷的層面之下，因之而有觀點的狹隘和短淺，乃至只見憤慨，獨缺憐恤，未臻中國止戈為武高意境的兵家傳統，於小說技巧上則乏自然而客觀的呈現。」其後「再經過兩年多輾轉反側，無間日夜來思念」，一九七一年春再度啟筆；「歷時四載有半而以六十萬餘言完成。」

我搬到內湖做他們隔壁村的鄰居後，正是他第三度啟筆，需要從容書寫之時。然而眾多文友視他家客廳如自家客廳，視他家餐廳如自家餐廳；有幾人了解那個「毀棄與重寫」的過程與心情？他平時需遠赴博愛路上班，假日本可安靜的閉門寫作，卻總必須接待一批批來他家「度假」的文友們。文友一批批來去，吃飯喝茶，聊天罵人，訴苦吵架，朱西甯總是握著菸斗微笑傾聽，有時扮演一下調人，或陪著大家撿紅點，推碟仙，永遠一派不慌不忙的安閒模樣。誰能體會他「於內省中見出自己的浮躁火爆」？又有誰知一場歷時三個多月的八二三砲戰，在他心底筆底前前後後打了三個回合，時間長達十年之久？幾對文壇情侶在他家進進出出，情意相投時甜甜蜜蜜，惡言相向時哭哭啼啼，有時朱西甯調解不成，慕沙也得從廚房出來幫忙勸慰。中午過了十二點半，還有人一家七口上門，「嘿嘿，我們好久沒來你們家玩了。」慕沙連忙再進廚房，加緊手腳再變出一桌菜來……。

過年前兩個月，慕沙尤其忙。醃臘肉，醃豬頭，灌香腸，忙到過年前一周，廚房門口的小天井放著大澡盆，特選的肥厚筍乾每日換水，連泡三天三夜。到得初一開始，美其名來拜年的食客川流而至，吃完大魚大肉，大家最愛吃的就是長年菜裡那滑嫩的筍乾和肥厚的芥菜梗。一大海碗端上桌，兩三分鐘就被挑光光。「慕沙，還有沒有筍乾？」她忙不迭端起海碗：「有，有，還有。」她剛轉身，有人在她背後特別加上一句：「慕沙，只要加筍乾和芥菜就好！」慕沙連說好，好，好。一頓飯下來，常常吃掉五六海碗。

5

朱家餐廳不止無限量免費供餐，沒吃完還可免費外帶，甚至有時還免費代客烹製。一九七一年初春，有個詩人登門造訪，右手藏在背後，寒喧幾句，把握在手掌的芥菜芽伸到慕沙眼前。「慕沙，我家做的衝菜都不夠衝耶，妳做的比較衝，可不可以幫我做一碗？」慕沙自是一手接過，滿口好，好，好，轉身往廚房走。

做衝菜要先用鹽醃，醃好快炒，炒完拌作料，步驟急不得。朱西甯陪著詩人聊天，聊到慕沙端著密封碗出來，琅聲說道：「衝菜好嘍。」詩人接過密封碗歡喜告辭，慕沙微笑相送。「不知夠不夠衝喲？」她叮嚀道：「蓋子一定要蓋緊哦。」

為了應付大批食客，不時添補餐具也是慕沙的重責大任。慕沙從小生活優渥，看過的好東西不少。但她一向不尚奢華，很少為自己買衣服化妝品裝扮外表。我常聽她嘆息著說：「只怕內心的靈性美德跟不上朱西甯！」但她也說，好吃的菜要放在漂亮的餐具裡，才能兼收「秀色」與「可餐」之效。當時《聯合報》有個幽默的美國漫畫專欄《哈老哥》（文字由何凡翻譯），嘲諷哈老哥夫婦與岳母同住，哈太太沒事喜歡採購，回家時不是大包小包就是抱著一大落紙盒。岳母寵愛女兒，哈老哥怯於岳母在前，對哈太太購物敢怒不敢言。慕沙說，她有時領到較大筆稿費就去逛百貨公司，但不是像哈太太去買衣服買鞋子，而是去餐具部門徘徊瀏覽，看到漂亮的碗盤動了心，一買就難於收手。「漂亮碗盤當然是比較貴嘍！」回家時如果朱西甯不在，她就趕緊收好藏好，改日再以偷天換日之法伺機而出。如果朱西甯在家，她必一進門就先大聲說道：「哈老哥的太太回來嘍！」朱西甯就幽默回道：「妳不像哈老哥的太太啊！」因為哈太太苗條細腰，朱太太肥胖豐滿。——不過朱西甯從不諱言，他喜歡肥胖豐滿的女人。

6

一九七二年夏天，我搬去內湖半年多，朱家買了一座大書櫃，臥房裡放不下，就把舊的三層書架和一隻古樸的木製砲彈箱搬到精忠新村送我。那砲彈箱寬六十公分，深三十公分，高十五公分，是他們一九五一年在鳳山成家時，軍中友人為他們張羅來的：平時當飯桌，客人來了權充座椅，可以坐兩人。那箱子沒上漆，原木色經過長年的時光浸潤轉為淺褐色，但年輪依舊清晰，一個蛀孔也沒有。我不住的感恩道謝時，慕沙說：「不要謝，不要謝，都是舊東西。」朱西甯則笑道：「謝什麼呀？己所不欲，勿施於人，該謝的是我們。」

那時天文、天心上了中學，天衣也快小學畢業了，客廳旁那間小房漸漸容不下她們的成長，朱家好不容易湊了頭期款，以分期付款的方式在景美辛亥路訂了一樓一底的新房，一九七二年十月底遷居。

不管陣地轉移何處，朱家餐廳一逕免費供應。搬到辛亥路之後，老朋友繼續上門，新朋友來者不拒，並且擴大規模，為文學青年「售後服務」，進入慕沙自謂的「鼎食期」。那等盛況，無需我多贅言，凡曾踏足朱家門者，想必心底都有一本自己的帳吧。

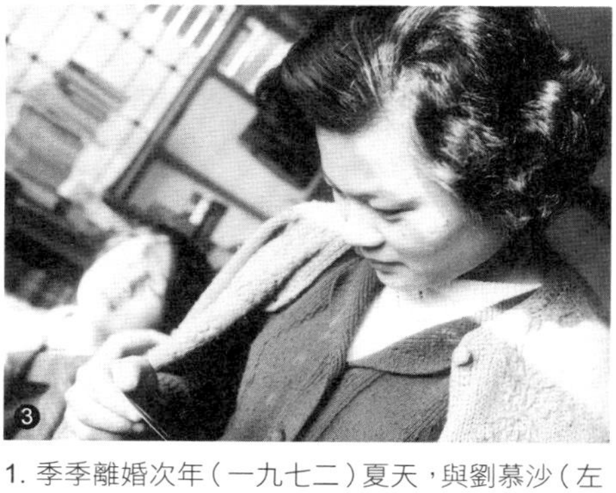

1. 季季離婚次年（一九七二）夏天，與劉慕沙（左四）及友人帶著孩子和狗在內湖一村後山的相思樹林（現為瑞光路）玩耍。
2. 一九六二年，三十七歲的朱西甯與家人攝於板橋婦聯一村五五八號前院。前排左起為朱天文、朱天衣、朱天心三姊妹。
3. 一九七一年，季季於朱西甯內湖一村四十八號家中書房；左為朱天文。

（朱天文提供）

一九七三年夏天，在永和國中教書的三妹將生頭胎，母親囑我搬去與她同住，照顧她坐月子，那隻砲彈箱也隨我離開了內湖。

回頭看看它走過的路：從鳳山朱家到了慕沙娘家銅鑼，然後到桃園、板橋、內湖的眷村，又跟著我到了住過七年的永和。其後隨著我搬了三次家，一九九四年後安居於紗帽山下，如今仍然堅實牢靠，一個蛀孔也沒有。它珍藏著朱家給我的愛，是我年輕、苦澀的歲月裡最難忘懷的禮物。

註：

「詩壇四大飲者」：紀弦、鄭愁予、楚戈、許世旭。

第三章

阿肥家的客廳（上）

二〇〇五年夏天，闊別台灣二十七年的阿肥（丘延亮），終於從香港浸會大學社會學系退休，回到中研院民族所從事研究工作。此後，他又可以在台北參加街頭運動，走訪南部原民部落做田野調查，和各地的老友聊天唱歌，暢懷敘舊。

一家三口從香港搬回台北，安頓好新家已是十一月初。阿肥與我坐在武昌街明星咖啡館三樓，依著窗邊的午後秋光忽左忽右的聊天，在記憶深處翻找我們共同的或各自的青春碎片……。說到十五歲就失去的母親，阿肥突然長嘆了一聲：「妳大概不知道，我母親是在馬槽裡生下我的。」

「馬槽裡？」我驚叫了一聲：「你是說，和耶穌一樣？」

呵呵呵，這位芝加哥大學人類學博士，苦笑著聳聳肩。

「生得不是時候嘛，」他自嘲的說，「農曆正月初四，在重慶鄉下的馬槽裡生下我，快把我母親給冷死了。」

「為什麼你母親要在馬槽裡生產呢？」

我內心充滿疑惑，在記憶裡搜尋她母親的影子。

1

一九六五年初，走進臨沂街阿肥家的客廳，迎面就先看到高掛牆上的一幅油畫，神韻極為優雅的古典美人畫像。

「這是我母親，」阿肥對第一次走進他家的客人說：「她不在，我十五歲她就走了。」——那年阿肥二十歲。

油畫裡的中年女子，鵝蛋臉，丹鳳眼，穿著淡藍底粉紅縷花旗袍，坐在灰藍沙發上，右手持一把檀香扇掩於胸前，清澈的眼神溫柔的俯視著每一個走到她面前的人。

阿肥說，那是他母親四十歲時，請師大美術系教授林聖揚為她畫的。

「你媽那麼苗條，為什麼你這麼胖？」幾乎每個朋友都這樣問阿肥。

除了這個古典美人的印象，我對他母親一無所知。

一個像瑪麗亞一樣在馬槽裡生產的女人，是一個怎樣的女人呢？

「說說那個故事吧，阿肥，以前你都沒跟我們說你母親的故事。」

「我母親啊，她是我認識的第一個左派。」

「左派？」我又吃了一驚。

阿肥的大姊丘如雪嫁給蔣緯國，他父母是蔣介石的親家，他母親怎會是左派？

「是啊，我就是她生出來的左派。我從小跟著她看那些左的書，當然受她影響很深。她走了以後，我和一幫朋友混左派，混到去坐牢，那些事妳都知道了。我常常想，如果不是我母親，我會走上那條路嗎？會發生那些事嗎？從她二十七歲在重慶生下我，到她四十二歲在台北去世，我們真的是——，啊，真的一對很特別的，**母子**。」

阿肥的言語和眼神於是開始飛躍。從二〇〇五年秋天的台北，飛越過台灣海峽，抵達一九五〇年代的中國內陸。

2

「就從我母親嫁給我父親說起吧，」他說：「一九四二年他們在貴陽結婚的時候，我父親三十二歲，是交通部西南公路局副局長，我母親二十四歲，是他的屬下，卻不知道他早已結過婚，有了三個孩子。」

「就是如雪和延德？」

「對啊，還有一個老三延貽。我父親和德國太太在廣州離婚後，把如雪和延德送回梅縣老家給我祖母照顧，把延貽送給在印尼的他大哥，自己隻身到貴陽去上任。他不說出來，誰曉得他結過婚？抗戰那幾年，許多家庭兩地分離，這種故事滿多的。」

阿肥的父親丘秉敏，一九一〇年生於廣東梅縣鄉下，家境貧寒，唯一的哥哥丘秉煜很早就去印尼打天下，賺錢栽培弟弟讀書。丘秉敏沒有辜負哥哥，考上復旦大學機械工程系，畢業後又考取德國公費留學，在漢諾瓦大學讀研究所。寫論文期間，他愛上指導教授的女兒，兩人私奔到瑞士結婚，一九三四年在德國生了如雪。學成返國後，他先在廣東中山大學教書，隨即被延攬為廣州市工務局局長。但德國太太一直無法適應中國生活，生完第三個孩子後，決定離婚返回德國。一九三七年抗戰爆發，交通部長曾養甸請丘秉敏到貴陽擔任西南公路局副局長，與小他八歲的屬下鄧麗楞日久生情，一九四二年結婚。婚後不久調到昆明，四三年底在昆明生下延明；那時丘秉敏才對鄧麗楞坦白了前一段婚姻和三個孩子。一九四四年他被調到重慶，四五年二月十六日（正月初四），延亮（阿肥）在北碚的馬槽裡出生。

「為什麼生在馬槽裡，其實沒什麼神祕，就是戰爭嘛！」阿肥說。

他們從昆明搬到重慶已是抗戰末期，為了躲避日機轟炸，在北碚鄉下租農民的房子住。當地農民迷信，不讓外地人在他們的房子裡生產，他母親臨月時，過完春節就被房東趕出門，睡在馬槽裡待產。幸好有個陪同逃難的阿姨做過護士，幫忙照顧，在馬槽裡順利接生了阿肥。

「我母親希望生個男的，可以和延明做伴，但我父親比較喜歡女兒，一直跟我母親說，要幫他生個女兒。結果生出來是個帶把的，還滿頭捲捲的紅褐色頭髮，他大失所望。後來聽我母親娘家的親戚說，才知道那是隔代遺傳，因為我的曾外婆是荷蘭人。」

「你是說，你的曾外祖父到過荷蘭？」

不，阿肥說，鄧家祖籍廣東番禺，本是茶商，家境優渥。那時廣東住了不少外國人，曾外祖父鄧志揚就是在廣東娶了荷蘭女人；婚後一度去武漢當官，後來弟弟鄧世昌戰死，只得奉母命返回廣東協助家業。

說起曾外叔公鄧世昌，那是近代史上赫赫有名的人物，他是「馬尾船政學堂駕駛班」第一期畢業，中國第一代海軍「北洋水師」首領之一，甲午海戰時任主力巡洋艦「致遠號」艦長。彼時「北洋艦隊」軍費被慈禧太后挪去重建頤和園，一八九四年九月十七日在山東龍鬚島大東溝對日海戰中，船隻、砲彈均寡不敵眾，鄧世昌憤而率艦衝撞日本主力艦「吉野號」，不幸沉船殉國，得年僅四十五歲。清廷追贈鄧世昌「太子少保」，入祀北京「昭忠祠」；後人讚揚他是「甲午戰魂」、中華民族「近代史第一英雄」。清廷並致贈鄧母「教子有方」匾額，係以一．五公斤黃金製成；另亦厚償鄧家白銀十萬兩……。

然而那筆巨金引來覬覦，家人曾遭綁架，鄧家決定搬離番禺，遷居上海普陀區真如鎮，經營德祥銀樓、泰豐餅乾等多項民生用品，大家族繼續過著優渥的生活。然而外曾祖父去世後，他的外祖父鄧露邨卻破產了。阿肥說，外祖父喜歡藝術，生活很洋派，還開了一家電影院，可惜染上阿芙蓉癖，吃垮了事業和身體，中年即因肺病辭世。鄧麗楞排行老大，有三弟一妹，一九三七年她考上天主教初創的震旦女子文理學院中文系，卻逢八一三淞滬戰爭，加上家道中落，父母先後病逝，不得不從震旦中文系輟學，帶著大弟到武漢教書謀生。一九三八年十月武漢淪陷前，她逃難到貴州省會貴陽，進入西南公路局工作，四二年與丘秉敏結婚，四三年在昆明生下大兒子延明，四四年遷居重慶，四五年初在北碚生下阿肥。

一九四五年八月抗戰勝利後，丘秉敏一家搬回離梅縣老家比較近的廣州，自己則隻身遠赴東北協助接收滿州鐵路。次年八月，如華在廣州出生。一九四七年，丘秉敏調到中央信託局總局任總經理顧問，一家搬到上海青年會對面的枕樓公寓，並把剛上中學的如雪、延德從梅縣接來同住。過了一年，上海發行金圓券，徐蚌會戰開打，四處人心惶惶。一九四九年一月徐蚌會戰結束，四月南京解放，國府遷往廣州，中央信託局撤至台灣；丘秉敏是該局儲運處長，必須隨行。鄧麗楞則在五月上海解放前帶著五個孩子到香港，小兒子阿肥上了小學一年級；不久生下小女兒如荔。那年秋天，中共建國，國府於年底全面撤至台灣。次年六月韓戰爆發，美國第七艦隊進駐台灣海峽，一九五一年夏天開始停戰談判，鄧麗楞帶著六個孩子到台北，住進丘秉敏安排好的中央信託局宿舍——台北市臨沂街七十五巷三十一號。

——一個小家庭的遷移史，和當時的許多家庭一樣，見證了大時代的動盪史。

那時台灣經濟尚未起飛，台北的樓房很少，巷弄裡大多是紅磚屋和日據時代留下來的木造宿舍。臨沂街那幢日本宿舍，大約六十多坪，水泥圍牆，黑色屋瓦，矮矮的木門，牆頭伸出幾叢樹影。入了門，一條斜彎進去的水泥走道，兩旁庭院寬而不深，但花樹高低錯落，疏密有致，看得出經過一番規劃，平時也常修整照料，不致雜蔓陰森。

「我們住進那個房子後，大姊如雪已經十七歲，有時我們坐在客廳聊天，看著那個幽靜的庭院，她會嘆氣說，幸好我們沒坐那艘太平輪，不然就不能坐在這裡了，她特別說，這都得感謝媽媽的決定……。——」

說到「太平輪」，那是許多人難以忘懷的劇痛；一個兵荒馬亂的時代瘡疤，哪有「太平」可言？

一九四九年一月五日，陳誠出任台灣省主席；一月十日，徐蚌會戰結束，國民黨痛失五十五萬多兵員，蔣介石於一月二十一日引退下野；上海人心惶惶，有錢有辦法的都想早點逃到香港或台灣。一月二十七日是除夕的前一天，上海有錢人家已經無心過年。蔡天鐸（蔡康永父親）經營的「太平號」豪華客輪，預定這天下午二時從上海啟航到台灣，但是有票乘客五〇八人上船後，兩個小時裡又增加了以各種辦法擠上船的無票乘客三百多人，加上一二四名船員，合計近千人。「太平號」吃水量二四八九噸，除了近千乘客，還載了一三一七箱中央銀行重要文件，鋼材六百噸，以及陳果夫任董事長的國民黨浙江省黨部機關

1. 阿肥家的客廳之一：一九五五年冬天，阿肥母親鄧麗楞籌辦的兒童聖誕會。
2. 阿肥家的客廳之二：一九五九年冬天，大姊丘如雪偕同蔣緯國歸寧。前排右起：丘如荔、丘秉敏、鄧麗楞、丘如華。後排右起：丘延亮（阿肥）、蔣緯國、丘如雪、丘延德、丘延明。

3. 阿肥家的院子：一九六七年春天，香港藝術家文樓（右）來台重訪阿肥（中）家的客廳，左為文樓太太郭劍明。
4. 丘秉敏與鄧麗楞結婚照。
5. 古典美人鄧麗楞的美好年代：一九三七年就讀上海震旦女子文理學院中文系一年級。

（丘延亮提供）

報《東南日報》印刷機器及白報紙等貨物，合計二〇九三噸，下午四時二十分超載啟航，滿載希望駛往基隆。午夜駛至浙東海面時，不慎與二七〇〇噸，載著木材和煤的建元輪相撞，建元輪立即沉沒，「太平號」亦於十五分鐘後下沉，只有三十八個漂浮海面的人後來被澳洲軍艦救起……。

（一九四七年的「二二八事件」是台灣人的痛。一九四九年的「太平輪事件」及「澎湖案」（煙台聯中匪諜案）是外省人的痛。三者相加是國民黨的痛。三者相乘是近代史的大悲痛。）

「我父親本來也安排我們坐那班太平輪到台灣，幸好我母親說什麼也不肯，她堅持留在上海家中好好過個年，等年後再看情況。後來聽說那班船出事，固然慶幸自己躲過一劫，卻也非常難過，因為船上有不少中央信託局的同事和眷屬。之後我母親才依依不捨的開始收拾東西，準備離開上海。」

阿肥說，他母親從小喜歡文學、藝術，二十歲以前過的生活是在徐家匯上中學，在南京路演抗日街頭劇，在霞飛路喝咖啡，黃昏在法租界的林蔭大道漫步，嗅聞各家剛烤出來的麵包香……。來台北後，她常對阿肥說，那一段大好的時光再也不會回來了！二十歲以後，她沒了父母，帶著弟弟逃難，後來在四個不同的地方生了四個孩子，加上前妻的兩個孩子，照顧一大家子搬來搬去，身心都很疲憊，遷居台灣之後，才算過了幾年安定的日子。

在阿肥的記憶裡，臨沂街時代的母親是個新女性，思想前進，重視學習與品格教育，也是充滿愛心的積極生活者。她把二十歲以後在逃難生活中學來的克勤克儉本事，一一教給女兒也教給兒子：釘被子，釘釦子，縫補衣服，拆毛線，織毛衣；要他們學習做一個生活自立的人……。同時她也延續著二十歲以前未做完的夢：送女兒去學芭蕾學鋼琴；送兒子去學素描學書法；自己則去學英文，法文；跟金勤伯學國畫，跟林聖揚習油畫，閒暇時彈她從上海帶出來的吉他，曼陀鈴，也常穿著吊肩帶長褲作畫；「我們覺得這個媽媽和別人的媽媽很不一樣，所以在家都叫她媽媽小姐。」

媽媽小姐的書房有許多從上海帶出來的三〇年代文學，舊俄小說，以及《紅樓夢》、《三國演義》等古典文學。其中最珍貴的是一九三八年上海復社初版的《魯迅全集》紀念版精裝本；「是用好幾條大黃魚買的啊！」阿肥嘆息著說。——「大黃魚」是金融名詞，指五兩重黃金。

那套書裝在一個雙層的柚木箱裡，箱上有蔡元培題字「魯迅全集紀念本」，版權頁則有魯迅之妻許廣平蓋的章。全套二十卷，三十二開本，深藍色線絨封面，蔡元培作序，許廣平題跋，許壽裳編寫魯迅年譜（註1）。發行當年，據說平裝本一套八元，紀念本一套一百元。

阿肥說，他母親很珍愛那套書；除了喜歡魯迅的作品，還因背後有著彷彿收留落難公子的深情。一九五一年，他們要從香港搬來台北之前，他母親去逛舊書鋪，老闆拿出那套書向她兜售，並且強調說，全集當年發行九千五百套，「紀念本」只印行二百套，經過十多年，他店裡也才剛收到一套。他母親一聽就知道，那一定是逃難人家拿出來變現的，立即決定買下。但她身邊沒那麼多現金，跟老闆情商了半天，立刻回家取了金條和布袋，急沖沖趕回舊書鋪，又感傷又歡喜的裝進袋子裡，沉甸甸的提回家，跟著他們飄洋過海到台灣。

阿肥不記得媽媽用多少根金條買回那套珍貴的魯迅全集，只記得從小就喜歡窩在書房和媽媽一起看書，聽她分析書裡的人物和人性；「我才開始知道，人的社會為什麼有那麼多不平等，為什麼會有反抗與革命。」

媽媽不止教他讀書，還在家安排了許多文化活動。每周二，她安排女性成長課程，請女性朋友來家裡看書討論，讓在家受婆婆、先生氣的太太們，出來吐吐悶氣兼相互打氣。每周四，她安排藝術課程，請葉公超、虞君質、張道藩、李辰冬、金勤伯、林聖揚等學者、畫家來講課，並且自己刻鋼板印講義送給來賓。後來，連師大藝術系的學生文樓等人都聞風而來，成了她的忘年交。周末晚上，她安排比較輕鬆的文藝晚會，有時大家一起欣賞古典音樂，跳舞，有時向美國新聞處借放映機和影片來放映。星期日則是小朋友時間：合唱，說故事，跳舞，彈琴，不時變換節目。《漢聲》雜誌創辦人吳美雲的父親吳幼林，當時是中央信託局副局長，吳美雲回憶說，她隨母親吳鄭德惠到阿肥家，雖然很好玩，「但是有時候怕死了，因為輪到我彈鋼琴，事先沒練習好，很緊張的呀！」

阿肥惋惜的嘆道：「如果我母親沒生病，那些聚會一直延續下去，該有多好；也一定會產生更大影響的！」

4

鄧麗楞體態一向苗條瘦弱，但是生命力強韌豐沛，偶而覺得不舒服也不以為意。一九五八年，大腿骨不時疼痛，就醫檢查才發現是乳癌的癌細胞轉移到大腿骨。為了安心靜養，她只好暫停那些勞心勞力的聚會。那段靜養期間，有一天她欣慰的笑著告訴阿肥：「幸好如雪出嫁的時候我還沒生病，不然可怎麼辦才好？」

作為一個後母，面對如雪嫁給蔣緯國這件事，鄧麗楞承擔的心理壓力也許比生身母親還要重。一九五六年，如雪於美軍顧問團工作時，在一個宴會場合結識蔣緯國；那時他的前妻石靜宜已去世三年。如雪明豔開朗，蔣緯國風度翩翩，又曾留學德國，兩人有共通語言；雖然相差十七歲，卻是一見鍾情。丘秉敏發現他們交往後，內心很是苦惱。他出身復旦，留學德國，自認是讀過書的知識份子，蔣介石在他眼裡不過是個「武夫」；況且蔣緯國與鄧麗楞同年，根本不願結這門親。鄧麗楞也以《紅樓夢》中的故事，委婉向如雪分析「侯門一入深似海」，要她冷靜下來想清楚。如雪蘭心蕙質，同意接受父親安排，先到日本留學，隔離一段時間再說。但是空間距離沒有冷卻他們的感情，蔣緯國得知如雪去日本後，也設法追到日本去。他回台北不久，蔣經國（時任「青年反共救國團」主任）就帶著蔣方良到丘家拜訪；表明是代表蔣介石、宋美齡來提親。在那種年代那種情況之下，丘秉敏也不能說不了。但他希望不要對外張揚，讓如雪與蔣緯國在日本悄悄結婚。一九五七年冬，新婚夫婦返台後擇期歸寧，丘家也只在家裡席開三桌，請少數親戚喝喜酒。

丘秉敏勉強答應了蔣家的婚事後，最緊張的是鄧麗楞，因為誰家都沒有與蔣家結親的經驗可以借鏡參考。尤其是張羅如雪的嫁妝，既不能太奢華，也不能太寒酸，讓她傷透了腦筋。——說不定癌細胞那時已潛伏在她的乳房裡了。

好在鄧麗楞出身有清一代命官之家，在上海時鄧家與同屬粵籍遷滬的宋子文家族也有所過從；她二十歲之前生活優渥，見識過不少排場，婚後在重慶時也與宋美齡等一些權貴夫人有過往還。幾經變遷來台後，她知道自己家不能和那些高官權貴相比，對於如雪的嫁妝決定以藝術品味為重。例如為新婚夫婦準備的幾套被面、門簾、枕頭套，她特別去拜託以工筆畫知名的金勤伯，請他繪了幾組不一樣的花鳥圖，並親自去衡陽路那些上海綢緞莊挑布料，再請擅長刺繡的大陳婦女照圖趕工，如雪看了也歡喜不已。

如雪婚後初期住在龍安街，常和蔣緯國回娘家探望父母；阿肥他們不叫蔣緯國「姊夫」，而是喊他「哥哥」，顯得親近些。有時如雪和如華去附近的普一食品買麵包，老闆見了還是叫她「丘小姐」，不知她已做了「蔣太太」。

丘秉敏成為蔣家唯一的「國戚」後，始終謹言慎行，非常低調。阿肥說，他父親在錢財與權勢方面都看得很淡；中央信託局一度要把臨沂街的宿舍賣給他，他為了免除別人閒話，堅決不肯買下。一九四九年到台灣時，他是中央信託局儲運處處長，一九七五年退休時，還是儲運處處長，從沒升過官。以他的學歷和在交通工程界的資歷和輩分，如果不是身為「國戚」，豈會如此「二十六年如一日」？

5

如雪嫁給蔣緯國後一年多，阿肥母親病逝了。在她生命末期那段臥病的時日裡，有兩件事是阿肥終生難忘的。一九五八年十月十八日，著名的文學史家鄭振鐸從北京率領文化訪問團赴阿拉伯訪問，飛機在東歐失事墜毀，團員全部喪生。有一天他放學回家，母親拿一張報紙給他看，嗚咽的指著上面的一則新聞說，「這個團長是我的老師，你看，他死了啊！」他看完新聞後，母親告訴他，她在震旦女子文理學院中文系就讀時，鄭振鐸教過她。母親還說，鄭振鐸主張的文學，是寫實主義「為人生」的、「血與淚」的文學，他很敬佩魯迅，上課常談到他的作品；她在香港用金條買的那套魯迅全集，就是鄭振鐸與胡愈之等人組織的復社出版的。

阿肥那年已上師大附中初二，看過〈阿Q正傳〉，〈狂人日記〉等小說和雜文，有些還似懂非懂。母親去世後，他常窩在書房看那套書，回憶母親說的話、做的事，漸漸的看懂了；後來還搬去日本實習外交官家裡，與那票左派朋友分享……。

古典美人鄧麗楞的黃昏年代：一九五八年在台北發現乳癌。（丘延亮提供）

（一九七九年他到海外留學後，有機會看到增訂版的魯迅全集，收錄了不少書簡，其中一九三三至一九三六年魯迅寫給鄭振鐸的信即近五十封。他邊看邊想：好可惜啊，母親那套紀念本沒有收入書簡，如果她生前能看到這些她老師讀過的信，不知又有多少話要對她的小兒子說？而他自己，經歷了在台灣的成長與見聞種種，對照於魯迅一九三五年信中的幾句話，不禁暗罵了一句「他媽的，台灣還是這樣啊！」：

……我不明教育界情形，至於文壇，則齷齪瑣鄙，真足令人失笑。有救人之英雄，亦有殺人之英雄，世上通例，但有作文之文學家，而又有禁人作文之「文學家」，則似中國所獨有也。臉皮之厚，世上無兩，尚足與之理論乎。……）

另一件事是母親對他讀書的憂心。她憂心的不是他讀了左派的書在學校說出去會惹來政治麻煩，而是他無法忍受教官管理學生的僵化思維，在學校常和教官衝突，正面反抗教育體制。學校幾次通知母親去面談，他很煩，好幾次負氣的對母親說：「不想再上學了。」

母親過了在世的最後一次春節後，身體已經更虛弱了。正月初四那天，她叫阿肥坐到她床邊，拉著他的手輕輕的捏著：「今天是你十五歲生日，我怕等不到你十六歲生日了！」她輕聲的說著：「今天我說的話，你可要記住，一定要答應媽啊！」

母親要他答應兩件事，一是在學校不要再和教官吵架：「你想想，以後媽不在了，誰能代表我去學校面談呢？你父親是絕不肯去的！」二是一定要繼續升高中讀大學：「你想想，沒有一張文憑，以後你要吃虧的。媽當年如果能夠讀完大學，有一張文憑，也許就不是今天這個樣子，可以多做好多事啊……。」

阿肥握緊著母親的手，哭了。

他說不出話來，只能不住的點頭，在淚眼和沉默中許諾了癌末的母親。

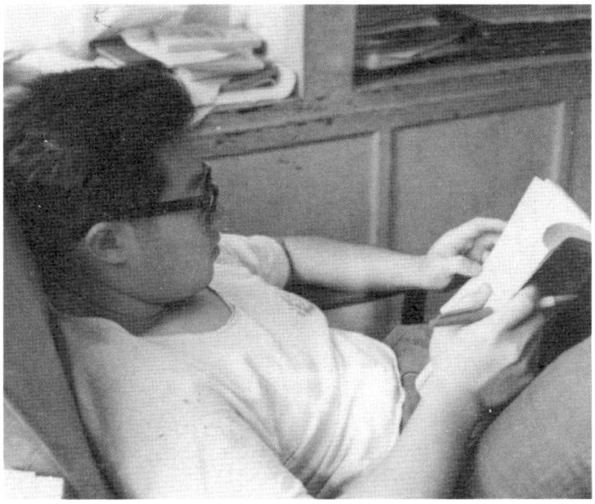
阿肥在母親的書房中靜靜的閱讀（一九六七年）。（丘延亮提供）

一九五九年三月二十八日，鄧麗楞離開了人世。阿肥在哀傷中努力的讀書，九月母親安葬入土的時候，他已升上師大附中初三。站在她的墳前，他默默的說：「媽，你要我做的，我一定會做到的。」

然而，次年夏天考上師大附中高中後，沒有了母親的阿肥，仍然難以忍受僵化的教育體制，高一沒有讀完就決定真的「不想再上學了」，每天窩在母親的書房裡，安靜的讀她留下來的書；包括她訂的《筆滙》月刊，讀到「陳善」的〈面攤〉、「然而」〈我的弟弟康雄〉（後來才知道都是陳映真寫的）……。他在心裡告訴母親，他會繼續讀書，到外面更大的書房去讀，有一天一定會讀到一張好文憑的。

一九六〇年秋天，阿肥去新店的三育書院（基督教安息日會所辦）住校，上了一年半的社會學與宗教課程；其間還跟排灣族歌者何雨郎去屏東瑪家部落住了一個多月，做民歌採集與田野調查。一九六二年，他去向許常惠學作曲，參加馬熙程的「中國青年管弦樂團」，還與許博允等人組織了「江浪樂集」，發表好友及自己的「前衛」樂曲，並在台大、師大旁聽考古學、哲學、心理學、人類學等課程。在台大，他認識了教哲學的殷海光及許多同好，和他感情最密切的是學醫的王尚義，以及從台北醫學院輟學、拄著一隻義腿的東北人陳述孔（單槓）；他父親曾任國防部軍醫署署長，住家就在台大對面國防醫學院的宿舍。其他還有不少怪人；除了王競雄、黃大炯等「思想家」外，還有像切格瓦拉一樣常常騎著摩托車下鄉四處遊盪的四川人包奕明……。通過包奕明的介紹，他陸續認識了來「台大語文中心」學漢語的日本實習外交官吉田重信，池田維，淺井基文，加藤紘一，畠中篤，齋藤正樹（註2），以及李作成、陳映真、吳耀忠等等和他一樣愛文學愛藝術的左派朋友。他也把因採訪結識的《聯合報》記者楊蔚介紹給陳映真等人。

阿肥認為，對他與陳映真等一票左派同志來說，影響他們最大的關鍵人物，應是那六個擁有外交豁免權的日本實習外交官；第一個就是一九六一年來台的吉田重信。吉田進入「台大語文中心」學漢語後，認識了包奕明、李作成等人。李作成老成持重，吉田託他在台大附近找房子同住，以便多學一些生活語言，並能教導閱讀中國古籍（吉田言明房租由他負擔）。李當時的女友姓蕭，父親是國防部情報部門高官，住在和平東路近新生南路一座寬闊的官舍，離台大不遠。蕭小姐很欣賞李作成的才學，喜歡跟著他參加朋友間的聚會。為了見面方便，遂幫忙在她家官舍後方找了一處適合兩人住的小房子，開啟了李作成與吉田的語文、思想交流。

從吉田開始，這成了一種模式。每一個實習外交官來「台大語文中心」學漢語，都找一個青年知識份子同住。通過外交豁免權，他們陸續帶來在國府「恐共年代」屬於違禁書籍的《毛澤東選集》、馬克斯《資本論》，列寧《國家與革命》、《唯物主義與經驗批判主義》

等等中日文的左翼書刊，讓李作成、陳映真、阿肥、陳述孔這些懷抱著進步思想的青年，在他們的租屋處祕密閱讀，交換看法……。連續六個日本實習外交官（日本稱「外交官補」），在台北租的房子與同住陪讀的人也許不同，卻都目標一致的牽絲瓜葛，與私慕左派的台灣青年進行思想交會，導致了一九六八年的「民主台灣聯盟」案。其結果是日本外交官全身而退，台灣的進步青年先後被捕。

而我，一九六四年春天從永定農村來到台北寫作，只能算是愛藝術的那一派。一九六五年初和一些也愛藝術的朋友以及一些隱形的左派，開始走進阿肥家的客廳，看到了他母親那幅古典的畫像，萬萬沒想到三年之後受到文藝界最大白色恐怖案所波及，其情節之曲折宛如身處諜報片的現場。

一九六七年夏，阿肥服完兩年憲兵役，以同等學歷考上台大考古人類學系。次年五月中旬開始，那些左派朋友和大一學生阿肥，突然一個個神祕的消失；依照陳映真後來的說法是「遠行」。多年之後，「遠行」歸來的陳映真創辦了《人間》雜誌、出版社，吳耀忠卻頹廢喪志，喝酒度日，英年早逝。

阿肥遺傳了母親的堅毅性格，出獄後設法創業，做了七年貿易及成衣廠老闆並且結了婚，一九七九年決定結束生意攜眷赴美，進入芝加哥大學人類學系繼續深造；一九八一年取得碩士學位，一九九一年榮獲博士學位。

生在馬槽裡的左派，終於完成了一個少年赤子對至愛母親的許諾。

註1：

許壽裳（1883-1948），魯迅在東京宏文學院學日文的同學。一九四六年出任台灣編譯館館長，一九四七年轉任台大中文系主任，一九四八年二月十八日深夜在青田街六號台大宿舍被歹徒以斧頭砍死，得年六十五歲。一般揣測是國民黨特務所為。

註2：

這六個實習外交官，都是考入日本外務省就被派來台灣學習漢語（當時日本與中共尚未建交）。他們的外交官生涯，也大多與兩岸外交事務有關；甚至至今仍影響台、日、中之間的外交關係。

一、**吉田重信**（1936-），一九六一自東京帝大法學部卒業入外務省，一九六一－一九六四在「台大語文中心」學習漢語，同時就讀台大歷史研究所。一九七〇年任日本駐台北大使館書記官。其後曾任日本外務省「中國課」課長，日本駐上海領事館總領事，日本駐尼泊爾大使等職。現任「日中關係問題研究所」所長。

二、**池田維**（1937-），一九六二年東京帝大法律系畢業入外務省，一九六二－一九六四在「台大語文中心」學習漢語。一九六四－一九六五入哈佛大學深造。曾任日本駐荷蘭、泰國、巴西大使等職，二〇〇四年六月自外務省退休。二〇〇五年五月——二〇〇八年七月，任「日本交流協會」駐台北事務所所長。二〇一〇年在日出版《日中台可能出現一個新秩序嗎？》；二〇一一在台出版《台灣出使記：日本．台灣．中國挑戰建立新關係》（允晨）。現任「日本交流協會」顧問。

三、**淺井基文**（1941-），一九六三年三月東京帝大教養學部中退，四月入外務省。一九六三－一九六五在「台大語文中心」學習漢語。一九七六－一九七八任日本駐中國大使館二等秘書。一九八〇－一九八三任日本駐上海領事館總領事，一九八三—一九八五任外務省「中國課」課長，一九八五—一九八八駐英國大使館公使……。一九八八年外放文部省，任東京大學教養學部教授，一九九〇年四月辭離外務省，任明治學院大學國際學部教授。二〇〇五年四月迄二〇一一年三月任廣島市立大學「廣島和平研究所」所長。出版《大國日本的選擇》（一九九五）等著作二十餘冊。

四、加藤紘一（1939-），一九六四東京大學法學部畢業入外務省。一九六四—一九六六在「台大語文中心」學漢語。一九六六—一九六七哈佛大學進修。曾任駐香港副領事，外務省中國課副事務官。一九七一年辭離外務省轉入政界，曾任眾議員、自民黨幹事長等職。現任「日中友好協會」會長。

五、畠中篤（1942-），一九六五年入外務省。一九六五—一九六七年在「台大語文中心」學習漢語。曾任日本駐南非大使，澳洲大使等職。二〇〇三年自外務省退休。二〇〇八年八月十八日起出任「日本交流協會」理事長，並於同年九月來台拜會馬英九總統、蕭萬長副總統及立法院長王金平。二〇〇九年三月赴花蓮拜會縣長謝深山；兩次行程皆由「日本交流協會」駐台北事務所所長齋藤正樹陪同。

六、齋藤正樹（1943-），一九六六年三月東京帝大教養學部中退，四月入外務省。一九六六—一九六八在「台大語文中心」學習漢語。曾任日本駐香港總領事館領事，駐中國大使館參事，公使，駐柬埔寨大使，駐紐西蘭兼薩摩爾大使等職，二〇〇七年自外務省退休。二〇〇八年七月出任「日本交流協會」駐台北事務所所長。二〇〇九年五月公開發表「台灣地位未定論」，掀起台日外交風波而請辭；十二月二十日離職返日。

「台灣民主聯盟」案起訴的呈堂證物，包括阿肥母親那套《魯迅全集》紀念本等等左翼書籍，即是由他交出去的。

第四章

音樂派與左派的變奏

阿肥家的客廳（下）

從朦懂童年到歡悅青春，從永定農村到虎尾糖都，在一種神祕、緊張或慷慨激昂的氛圍中，斷斷續續聽到「共產黨」或「共匪」；「政治犯」或「思想犯」這些字眼。一九六五年初，我到台北不足一年，第一次聽到「左派」兩字。其後三年，被捲入那兩字的漩渦中，大半生難以脫身。

（對照我的耳聞史及已出土歷史，僅僅在我成長的雲林縣二崙鄉永定村，一九五一年，任職於二崙鄉公所的施純忠，永定國校老師陳天枝被抓走了，我的堂叔李日富也在他執教的台西國校宿舍被抓走了。一九五二年他們被槍決時，李日富二十五歲，施純忠三十四歲，陳天枝三十一歲。陳天枝之弟，陳天河判刑十五年。我就讀永定國校三年級時，發現兩個住隔壁村的學姐從來沒有笑容：廖欽璋的父親廖清纏，一九五一年逃亡兩年後自首，判刑十五年；鍾月桂的父親鍾心寬，同年逃亡，兩年後落網，被槍決時四十一歲……。

他們都是我家熟識的親友。除了我堂叔的消息即時獲悉，其餘的大多輾轉一段時間才傳至我父母耳中。他倆習慣於晚飯時光交換日間見聞，我隱約聽父親悄聲說到「共產黨」三字。我在永定國校參加朝會時，校長說起這三個字卻是很大聲的：「我們要打倒共產黨，要消滅萬惡的共匪！」——永定國校入門的圓形花圃中央，立起巨幅的、威嚴的蔣中正畫像，其下直排兩行六字：「知禮義．辨生死」；底下橫排四大字「讀書救國」。我年長之後漸漸了解，「辨生死」是多麼艱難的課題。）

一九六四年底，我在台北認識了一個坐過牢的政治犯，或者說，一個共產黨，不過沒把他當「萬惡的共匪」看待。十九歲的我，童年聽聞的「共產黨」記憶已遠，且天真的以為「政

一九五二年，永定國校老師陳天枝等人被槍決，季季在童年時即已聽聞「共產黨」事宜。此為一九五五年七月六日，季季（前左一）在永定國校校門口與防空演習救護組學姊及師長合影。

治犯」坐過十年牢已經「改邪歸正」，和我一樣是個文學藝術的愛好者。當時他已出獄六年，在《聯合報》第八版「新藝」跑藝術新聞，並撰寫「這一代的旋律」、「為現代畫搖旗的」兩個專欄（註1），系列介紹有才氣富創意的現代音樂家與畫家。譬如第一個介紹的畫家是耳聾的陳庭詩，標題〈聽那寂靜的世界〉。報紙三大張的時代，那半個版面的每一個字都意氣風發，他的文字又簡潔冷冽，意象明晰，一時驚動文化界。他的名字叫楊蔚。

1

「這一代的旋律」專欄寫了十個作曲家，第一個是丘延亮（阿肥）——〈兩百磅的前衛派〉。第三個李泰祥——〈跌在樂譜架上的阿美人〉。第四個徐頌仁——〈面對上帝的音符〉。我第一次走進阿肥家的客廳，就是一九六五年一月九日，李泰祥首次小提琴獨奏會的晚上。為李泰祥鋼琴伴奏的，是與他同年、讀了師大物理系又去讀台大哲學系的徐頌仁。

那天是周末，演奏會結束後，阿肥吆喝一群人去他家吃消夜慶祝。李泰祥和他的女友許壽美，阿肥的女友王愛林，許博允與女友大毛（樊曼儂），以及陳映真、吳耀忠、顧重光、林懷民、張菱舲、薛宗明、蒙韶、單楨（陳述孔）等人魚貫而至。楊蔚回報社發稿後也趕來了。

後來楊蔚常帶我去阿肥家，和他那票朋友聊天聽音樂，一堆人在那寬敞的客廳裡或坐或躺或站或踱步。阿肥的父親思想開放，有時去朋友家聊天打牌，有時就在房間看書，從不出來干涉我們。於是小提琴聽膩了換鋼琴，古典聽膩了聽搖滾或正流行的美國民歌。菸鬼儘管吸菸，不會吸的吸二手菸。喜歡罵美國罵越戰的儘管罵，不喜歡罵的聽著也痛快。渴了就去餐廳喝茶。吃飯時間到了，傭人就從餐廳過來跟阿肥說，開飯啦。吃完回到客廳，繼續抽菸聊天聽音樂罵越戰⋯⋯。——那是我的青春歲月裡最暢快的一段時光。

阿肥嗓門大，議論也最多。偶而聽他說起「左派」兩字，我以為那只是一種敘述語言；不知在那兩字之下，在那自由自在的客廳裡，已經潛行著一種後來讓許多人付出慘痛代價的理念。無知（並且無辜）的我，先是受到「左派們」的溫情關懷，然後受到無情的波及，終而受到致命的重擊。

多年之後，付夠了超乎能力數十倍的學費，我才終於認清一個事實：即使坐了十年或甚至一輩子的牢，一個左派依然是左派。所謂「政治犯」或「思想犯」，不過是一種便於別人識別的標籤；人的腦袋裡的神經可能老化，潛伏於神經裡層那微細蠕動的絲蟲是永遠不會死滅的——除非你已真的停止呼吸。

2

李泰祥那場音樂會的主要催生者，可以說是楊蔚。

一九六四年十一月二十八日，楊蔚在「這一代的旋律」專欄之三發表〈跌在樂譜架上的阿美人〉，第一句即震動了讀者的眼睛：

「在這一代的旋律中，李泰祥是一個充滿野性的音符。」

楊蔚撰寫的「這一代的旋律」專欄在當時深受矚目。圖為他在康定路聯合報社寫稿。

他畫龍點睛的告訴讀者，李泰祥一九四一年出生於台東馬蘭部落，一九六二年從國立藝專（今國立台灣藝術大學）音樂科結業，有著一雙大如牛眼的眼睛；雖然已寫了小提琴與鋼琴合奏曲《年舞》等十餘首才氣橫溢的作品，卻因「不願把良心也賣掉」，一直拿不到畢業證書，導致「失業潦倒，睡在台北國際學舍一間樂器儲藏室的樂譜架上；他是國內一流的小提琴手，卻沒有一把屬於他自己的小提琴；但是他在愛情上卻是最富有的——有一個在中學教音樂的女孩，她是那麼溫柔而毫無保留的向他奉獻著愛、關切和鼓勵……。」

那篇專欄見報後，關心李泰祥的音樂界師友，熱心奔走籌畫，確定次年元月九日在信義路三段、新生南路交口的國際學舍（在今大安森林公園內，已於一九九二年拆除）為他舉辦一場小提琴獨奏會。朋友們七湊八湊幫他交了三千多元場租，楊蔚去地攤為他買了一套舊西裝，但是佈置舞台還缺錢。於是顧重光拿了兩幅自己的油畫掛在舞台上方，阿肥從家裡搬了一座檯燈放在鋼琴上，又搬了幾盆鮮花排在台前，有點家庭音樂會的溫馨氣氛。賣座雖然只有五成，聽眾卻都是真正的行家與愛樂人。最關心他的「青年管絃樂團」團長馬熙程（第二屆中國小姐馬維君之父）、作曲家許常惠、國立藝專校長鄧昌國、音樂科主任申學庸、樂評家吳心柳（張繼高）都在座。他的藝專同學及我們一票文藝界朋友，更是不斷的為他鼓掌叫好。

演奏會結束，楊蔚回康定路聯合報社寫新聞稿，其他人則跟著阿肥回他家聊天歡慶。我們在客廳裡七嘴八舌回味演奏會的點滴樂事，調侃李泰祥鬧過的笑話，皮膚白皙容貌溫柔的許壽美，始終緊緊依偎著李泰祥臂膀，兩人一臉幸福笑容。凌晨一點多，楊蔚帶來剛印出的報紙：「新藝」版頭題的標題：〈剛健與悲愴的阿美人李泰祥小提琴獨奏會〉；內容詳述演奏會曲目，盛讚他的技巧與作品特色，約佔三分之二版面。阿肥猛力拍著李泰祥的肩膀說：「山地鬼，登這麼大，你成功啦，有希望啦！」

朋友暱稱李泰祥「山地鬼」，他從不生氣，只睜著大眼笑著。我們向他祝賀，他也睜著大眼笑著，默然不語。

阿肥慶賀李泰祥「成功、有希望」，那幾個字其實隱藏著另一層深意。許壽美當時在大安中學教音樂，父親許南陽是著名外科醫生，擔任省立新竹醫院院長，是當地的名門世家。李泰祥出身台東阿美族，家境貧寒，尚無固定職業，許家認為雙方社會地位懸殊，一直反對他們交往。朋友們很關心他倆的未來，當然希望許家雙親看到那篇新聞報導後，能夠改變對「山地鬼」的歧見，肯定李泰祥的音樂才華，同意他們交往並結婚。

3

然而我們這一小撮人的想法都太天真。一張薄紙上的報導，哪能打破根深蒂固的階級意識？

演奏會成功之後，李泰祥拿到畢業證書，鼓起勇氣到新竹許家提親。然而許家雙親仍然拒絕，不願把女兒嫁給「山地人」。他和許壽美在失望中升起憤怒，在憤怒中燃起希望，決定不顧一切以行動反抗，瞞著父母在台北結婚。

他們決定的婚期是五月八日周末下午，在士林大東路八十四巷十九號之二，一幢向薛宗明母親租來的小平房，請吳心柳主婚，許常惠證婚，藝專同學還幫著設計了「結婚進行曲節目單」，注明婚禮時間、地點及同學表演的曲目。李泰祥親自煮了一大鍋阿美風味的雞湯，應邀參加的同學好友也帶去各種點心水果飲料，從下午歡鬧到晚上才散。他們擔心事情見報，並未通知楊蔚。——而且那麼巧，第二天就是我與楊蔚在鷺鷥潭結婚的日子。

許常惠疼惜這對新人，散會後又回頭去敲門，要帶他們上陽明山，租個雅緻的飯店房間讓新人歡度新婚之夜。許壽美不想讓老師破費，一直婉言推辭。許常惠費盡口舌勸到十二點多，壽美過意不去才勉強答應，開始收拾換洗衣服。剛收拾好，前門傳來急切的敲門聲，正遲疑著要不要去開門，兩個大漢已翻牆而入，逕自打開大門讓許家父母進來。一時之間，兩個新人挨了耳光，李泰祥還被大漢持傘痛打，場面非常混亂。壽美媽媽哭著要她立刻跟他們回家，壽美堅決不肯。許常惠兩邊規勸，僵持到凌晨三點多，壽美只好答應先隨父母回新竹，許常惠也才得以脫身回家。

眾人散去後，空蕩蕩的房子裡只剩六神無主的李泰祥，滿腔怨怒的跑去阿肥家「按鈴申告」。阿肥開門一看，那個容光煥發的新郎，怎麼變得神情萎靡？他調侃道：「怎麼啦，新婚之夜就吵架啦？」李泰祥悶聲答道：「壽美被她父母搶回去了！」阿肥不相信的驚叫一聲：「奇怪啦，他們怎麼會知道地址？幾點鐘的事情？」李泰祥輕聲回答：「我也不知道啊，十二點半他們就來了……。」

第二天，五月九日，《皇冠》發行人平鑫濤為我和楊蔚舉辦鷺鷥潭婚禮，《皇冠》基本作家朱西甯、魏子雲、瓊瑤、蔡文甫、桑品載、林懷民、張菱舲，以及劉慕沙、阿肥、康白、蒙韶等二十多人來參加。阿肥怕掃我們的興，沒把李泰祥凌晨「按鈴申告」的事說出來。五月十日楊蔚去報社上班，看到《徵信新聞報》（《中國時報》前身）三版頭題，以將近三分之二版面刊登李泰祥的「婚變」報導，才知道因自己結婚而漏了好友的「新聞」。十一日《聯合報》三版也跟進報導，《徵信新聞報》繼續追蹤，連著幾天成了震

一九六五年五月八日，李泰祥與許壽美在士林大東路祕密結婚，引發許家搶人風波。

驚各界的大新聞。許南陽的新竹鄉親、台大醫院院長邱仕榮，藝專校長鄧昌國，李泰祥的老師馬熙程、許常惠等名流、學人，熱心的先後赴新竹說情，許家雙親仍是態度堅定，不讓壽美回到泰祥身邊，甚至說台北大安中學的教職也替她辭掉了……。

壽美深知父母心情，回新竹後不斷溫婉道歉，答應「離開那個山地人」，出國去留學。但她心底還是納悶著：父母怎會那麼神通廣大，當夜就找到大東路的租屋處？——受邀參加婚禮的，都是支持他們的好友，不可能去洩密啊。

「婚變」新聞見報後，許多藝專同學打電話到許家慰問壽美，從而也解開了她心底的困惑。原來有個藝專夜間部的學妹，參加婚禮後把那張「結婚進行曲節目單」帶回去做紀念，而士林到板橋路途遙遠，回到藝專已過了上課時間，老師追問遲到原因，她只好拿出那張節目單，證明自己是去參加李、許的婚禮。那位老師以前做過壽美的導師，覺得兩人私密結婚未免兒戲，下課後就打電話告知許家，把婚禮的時間地點說得一清二楚。許家父母當下怒不可遏，連夜由兩個新竹醫院警衛陪著趕往台北。那時尚無高速公路，從新竹開車走省道，到了台北路又不熟，東繞西找的轉來轉去，好不容易找到大東路那甜蜜的新婚小窩，已是午夜十二點半。他們以為把女兒帶回家隔離一段時間，兩人的愛情就會轉淡，以後沒事了。

我們這一小撮年輕人的想法固然天真，許家父母那樣的權貴階級，對愛情的想法也是很天真的。他們不了解自己的女兒竟有那麼堅強的意志，最後還是再度背叛了父母，逃回李泰祥的懷抱。

壽美被押回新竹後，表面很溫順的聽從父母安排，開始辦理留學手續。後來申請到美國堪薩斯女子音樂學院，也訂妥一九六五年八月十八日的機票赴美。七月下旬，壽美說要去台北的美國大使館辦簽證，許家父母認為大局底定，也就放心的讓她獨自前往。然而壽美沒去美國大使館，一到台北就去找朝思暮想的李泰祥，兩人當即直奔台東的泰祥老家。

許家父母那晚沒等到壽美回家，料到又出事了。而且這次無人通報線索，到哪裡去找人？許南陽只得打電話給熟識的台大醫院邱仕榮院長，請他幫忙向台北的朋友打聽。第二天，邱院長輾轉從許常惠那裡打聽到阿肥這條線索，立即去中央信託局找阿肥的父親丘秉敏，請他向阿肥打聽壽美躲在何處。邱仕榮只聽說丘秉敏是蔣介石的親家，不知他也曾為了女兒嫁給蔣緯國的事備受煎熬；更不知他留德時有過一段私奔結婚的往事。見了面，表明了身分，把受人之託前來拜訪的原委一一道來。

丘秉敏聽完之後，一派安閒的問道：邱院長，許家小姐多大啦？邱仕榮說，二十三歲。丘秉敏說，已經成年啦，做什麼事自己負責；「你回去轉告許院長，不要管她啦……！」

邱仕榮回到辦公室，打電話如實轉告許南陽。

而李泰祥和許壽美，採取速戰速決之策，八月一日就在台東地方法院公證結婚。八月二日，消息又上了報，記者去訪問許南陽，他只說，已盡到家長的責任了，還特別強調：「現在許壽美是李家的媳婦，不是許家的女兒。」

如此多番轉折，李泰祥與許壽美安定下來，婚後留在台東中學教音樂。次年四月一日，壽美生了兒子，消息又上了四月四日《聯合報》三版。一個從小疼愛壽美的奶奶（她母親的乾媽）看了報導很高興，不停勸說許家父母要接納他們。過了一年多，許家才同意壽美帶著李泰祥和兒子李奕青返回家門重叙天倫。

一個新的生命，融合了漢人與阿美人的血，讓兩個階級達成和解。

4

然而情路蜿蜒，李泰祥與許壽美費盡心力結了婚，山山水水走過，最後卻歧路難合，夫妻緣盡，不得不以離婚收場。

在阿肥家的客廳，幾對情侶進進出出，情緣顛簸起伏，也都幻滅居多。如今還維繫夫妻名份的，只有後來創立「新象」的許博允、樊曼儂。

「新象」創辦人許博允，一九六〇年代是阿肥家客廳裡的頭號帥哥。（許博允提供）

許博允與我同屬猴，見面總互稱「猴子來了」。我們兩隻猴子，一隻來自永定農村，一隻出身台北豪門，卻都沒考大學：他建中畢業，跟著許常惠學作曲；我虎女畢業，埋頭寫小說。他長得像當紅的義大利影星馬斯楚安尼，是阿肥家客廳裡的頭號帥哥；其祖父許丙曾任板橋林家財務總管，日本貴族院議員。樊曼儂是帥哥身旁的長笛美女，那時已從藝專音樂科畢業；其父樊燮華是國防部示範樂隊首任隊長兼指揮。當時的樊曼儂，苗條修長，鎮定沉穩，像個女王，許博允則活潑體貼，像個跟班。這樣的組合，後來開創了「新象」歲月，成了台灣歷史最悠久的表演藝術公司。

這兩對情侶，結局雖然各異，至少都是音樂派，不是左派。

而我，既不是音樂派，也不是左派，卻因嫁了一個老左派，結局比兩對音樂派悲慘。

5

我與楊蔚結婚後，他分期付款買了一部山葉機車。有時周末載我到阿肥家聊天，吃過晚飯九點多，他堅持先送我回永和，再回臨沂街的阿肥家。

「為什麼我要先回去？」

「我們男人聊的，你們女人不懂。」他理直氣壯的答道。

我如果堅持留下來，可能會被陳映真、阿肥、單槓那些朋友認為不識大體。他們都比楊蔚年小得多，對他大哥長大哥短的，我也不願在他們面前讓他這個大哥為難，後來就不再問「為什麼」了。

（一九六八年「民主台灣聯盟」案的幾位兄弟稱楊蔚為「大哥」，源起於一九六四秋天他在《聯合報》轉任藝文記者後，去馬熙程博士任團長兼指揮的「中國青年管弦樂團」採訪，結識了（當時不多見的）原住民小提琴手李泰祥。阿肥當時也是團員，通過李泰祥認識了楊蔚。他又把楊蔚介紹給同在台大旁聽的「左派」死黨陳述孔、蒙韶，以及陳映真、吳耀忠、劉大任等人⋯⋯。阿肥說，陳映真認識楊蔚後，有一次對他說：人家可是真槍實彈幹過的，是我們的「大哥」！）

一九六六年十月，陳映真與尉天驄、劉大任、七等生等人創辦了《文學季刊》；十一月，我做了母親，之後就不常去阿肥家。

那時文革已經開始翻天覆地，楊蔚起床看報總是先找文革新聞，邊看邊興奮狂叫：「他媽的，中國人要翻身了！」

兩岸冰凍的冷戰年代，海峽對岸的文革雖然鑼聲響亮，我卻覺得離台灣很遙遠。現實生活艱苦多難，我關心的只是如何寫作，賺稿費應付生活，好好的照顧孩子。楊蔚在家的時間越來越少，也常半夜才回來，理由永遠是「去阿肥家聊天」。——「阿肥家」彷彿是聖堂，是理所當然的道德屏障。既然那裡不是「黑美人」或「五月花」，丈夫去的不是花天酒地的風月場，妻子就沒理由干涉和抱怨。

然而，也是在那段日子裡，他的夢中呼喊越來越頻繁。總是在一陣囈語和尖叫之後，像個找不到頭的鬼，雙手不停的在空中揮舞；「不要啊！不要啊！——」然後赫然從床上坐起，摸出菸，顫抖著手，擦亮了火柴，慢慢的點燃，一支又一支的吸著，臘黃的臉冷硬如僵屍。

其實惡夢並非從那時開始。我們婚後沒幾天，我就已被他的惡夢嚇醒。然後，一次又一次的，他在惡夢之後點起菸，默默的吸著，我只能坐在一旁恐懼的流淚。二十歲的我惶惑無解，不知如何擺脫那個惡夢的糾纏。後來有一夜，連著吸了五六支菸之後，已是薄霧微明的清晨，他輕拍我的手說：

「不要哭，我告訴妳——」

他說，關在綠島時，小小牢房擠了十多個人，半睡半夢中總聽到有人被叫出去，然後再也沒有回來。「不要啊！不要啊！——」那是深夜被帶出去的人，也是每一個尚未被帶出去的人，常常聽到，或者自我吶喊的，**夜．半．歌．聲**。

「不要怕，已經過去了。」最後他這麼安慰我。

然而，那只是一句空洞的安慰。

那個惡夢，時斷時續的，從來沒有如他所說的，「過去了。」

到了一九六八年春末，那個惡夢幾乎每夜來拜訪。呼喊，尖叫，顫抖不停。吸菸，沉思，面如冰霜。我沒有再哭，也不再惶惑，只是面對現實，直覺有什麼事隱藏在我們之間。他吸著菸時，我恍惚看到黑暗中出現一條白色的縫隙，不斷向前迸裂，延伸，終至無有盡頭之處。

五月二十六日，吾兒發燒送去兒童醫院急診，他照樣很晚才回家。五月二十七日是星期一，他徹夜未歸。五月二十八日星期二，上午十點多，他終於回來了，鞋子未脫，衣服沒換，緊閉著嘴癱在床上，一句解釋也沒有。我氣得不斷的大聲罵他不關心兒子，說我不相信他去的是阿肥家；「你到底死到哪裡去了？今天一定要給我說清楚！」……。然而，不管我怎麼罵，他始終緊閉著嘴，繼續如僵屍般癱著。

後來，他弓起了身子，雙手蒙面，開始痛哭。歇斯底里的，痛哭不停。

那時，我以為，他是被我罵哭了。

後來，我才知道，陳映真等人可能已經被捕。

而逮捕，還在繼續之中。

6

一九七一年十一月，我與楊蔚在台北地方法院公證離婚。判刑七年的阿肥，也在服刑三年半之後獲得假釋。一九七三年，輾轉得知他出獄的消息，我約他在中山北路一家小咖啡館見面。談起受難的往事，他哈哈笑道，「我大概是最後一個被逮捕的，六月六日斷腸時呀……。」

五月下旬警總開始抓人那一陣，他正忙著準備王仁璐現代舞發表會的事。那場舞蹈會由戲劇學家俞大綱主辦，阿肥擔任舞台監督，六月五日在中山堂演出。警總大概看在他是蔣緯國小舅子以及俞大綱是剛卸任的國防部長俞大維之弟的面上，等到演出結束才最後收網。六月六日早上，他要去台大上課，剛走到他家旁邊的連雲街口，就被攔進一輛計程車（當然是偽裝的），直駛西寧南路「大廟」（東本願寺）內的保安司令部保安處。進去之後，保安處的人告訴他，陳映真、李作成、吳耀忠、陳述孔等人都已在那裡；並拿出他們的筆錄為證。那時他最擔心的是看到楊蔚；「他本來就有案底，如果又被捕，必死無疑。」

幸而，他沒看到敬愛的大哥。

然而，在獄中的日子裡，他不時的想著：為什麼楊蔚沒有被捕？

我告訴阿肥，我與楊蔚已於一九七一年底在台北地方法院公證離婚，並說明了離婚前後的一些事；包括楊蔚為什麼沒有被捕。

他靜靜的聽完後，在胸前畫了一個十字。

「My God！」——他的嘆息，近乎一聲低沉的怒吼。

7

一九七五年七月，判刑十年的陳映真、李作成、吳耀忠、陳述孔，因蔣介石去世百日特赦，在入獄七年之後獲釋。七月二十五日下午，施叔青陪我去館前路中國大飯店一樓咖啡廳，見了「遠行」歸來的陳映真。「永善，對不起啊！」——朋友們都叫他「大頭」，我則習慣叫他本名——說完深深的一鞠躬。

「這沒妳的事，」永善一貫溫和的笑著，「妳自己也吃了不少苦啊！」

那時我有許多的疑惑想問他，但沒有勇氣說出口。此後的歲月裡，我們又見過無數次，談過各種的話，唯獨「那件事」，一直是個禁忌。——我們從來不碰它。

一九九三年十月，我在《海峽評論》讀到五十六歲的陳映真在八月二十六日完成的悼文〈哀思畏友李作成先生〉，得知李作成已在那年八月二十二日因罹癌去世，得年六十二歲。也才知道李作成畢業於台大法律系，比他年長六歲，兩人結識於一九六三年秋天（彼時他已在《筆匯》發表過〈麵攤〉、〈我的弟弟康雄〉等十餘篇小說）。在那篇悼文裡，他敘述了原籍內蒙綏遠省歸綏市的李作成之父李蔚瑛將軍出身黃埔四期，一九四九年父子倆先來台，他進入台中二中就讀後，其父返回內蒙接其母，卻未及返台即淪陷大陸，從此骨肉分離……。他進入強恕中學教英文後，受到同為英文教師的李作成有如兄長般的熱心協助；更重要的是其後影響至深的，左翼思想的知識交流。

我從沒在阿肥家見過李作成，也沒聽楊蔚提過他的名字。閱讀陳映真這篇彷彿醮著血淚撰寫的悼文時，有著「初見即已永訣」的荒謬感。然而，也因為他的往生，才得以在二十餘年之後，看到陳映真首度以白紙黑字，清清楚楚的，對於結識李作成而產生的政治思想的轉變，作了誠懇的剖白：

> 作成先生略長我幾歲，由於他整個求學時代，雙親都不在身邊，勤工儉學，自食其力，因此他比我多一層從生活的磨礪而來的成熟，也多一層從生活的體驗而來的，對於政治的關切。因此，不久，在他的引介下，我遇見了嚴厲的政治氛圍下處於「半地下的」一群與國民黨持「不同政見的」精英知識圈。這群人的政見彼此之間並不盡相同，但關心生活、關心中國和台灣命運的誠摯，對知識和思想的篤敬，幾無二致。
>
> 作成先生早已是這個圈子中受尊重的一員。也是經由這個圈子，作成先生與我得以和一位年輕優秀的日本青年淺井先生結為知交，而在嗣後我與作成先生的知識與思想生活上，起到了深遠的影響。
>
> 作成先生在四九年頃到台灣時，已是十六、七歲的少年。一般朋友鮮有人知的是：他當時已讀過不少三〇年代的小說和社會科學書刊。這些閱讀，使他承接了中國二〇年代以降的進步主義和愛國主義。這對於他自己，以及最靠近他的我等朋友的愛國主義之形成，起了重要的作用。

作成先生具有一種思辨上傑出的分析、綜合、聯繫的能力。我常想，設使他的道路不那麼坎坷；設使他能有一個專心讀書研究的環境，積年累月，必有大成。在獄中之時，每當我們聽他僅僅從報刊的零碎信息去分析時局，常覺作成先生有獨到的見地，不禁折服。

作成先生最為人稱道的，是他熱情尚義，慷慨而好客。他對蠻橫之來，可以奮力拮抗。但他對朋友，只要囊中尚有，莫不湧泉傾盡。他有自己鮮明的思想立場，但對於政見不同的朋友，從不以宗派立場論斷人和是非。他有言辭凌厲雄辯的一面，但從來不用來對政見不同的朋友恁加訐誹。只要在人品風格上被作成先生以朋友愛重，他總是誠懇、寬厚、真摯相待。這是很值得我學習的芳美之德。一九六八年，我與作成先生等十餘人以主張中國之統一而遭逮捕入獄。在偵審庭中，作成先生從不對同案的朋友有怨謗、推諉、卸責、嫁罪之辭，反而盡力將責任攬在自己的身上，一時傳為佳話。

發表這篇悼文之後兩個多月，一九九三年十二月十九日，陳映真以他寫評論的筆名「許南村」在《中國時報》「人間副刊」發表〈後街——陳映真的創作歷程〉，詳述自己的身世、成長、閱讀、寫作、思想的種種轉折，也略述一九六八及一九七九兩次入獄的經過。對於一九六八年的被捕，他首度公開指稱「讓一個被布建為文教記者的偵探所出賣」，但其遠因則回溯至初識李作成的一九六三年秋天之後：

次年，他結識了一位年輕的日本知識份子。經由這異國友人誠摯而無私的協助，他得以在知識封禁嚴密的台北，讀到關於中國和世界的新而徹底（radical）的知識，擴大了僅僅能從十幾年前的舊書去尋求啟發和信息的來源。……他的思想像一個堅持己見的主人對待不情願的夥計那樣，向他提出了實踐的要求。命運是這樣的不可思議，竟然在那偵探遍地的荒蕪的年代，讓幾個帶著小資產階級的各樣軟弱和缺點的小青年，不約而同地、因著不同的歷程而憧憬著同一個夢想，走到了一起。……一九六五年，他翻譯「共產黨宣言」和大正末年一個著名的日本社會主義者寫的入門書《現代社會之不安》，為他的讀書小圈（circle）增添讀物。……受到激動的文革風潮的影響，……在六六年底到六七年初，他和親密的朋友們，受到思想渴求實踐的壓力，幼稚地走上了幼稚形式的組織的道路。……一九六八年五月，他和他的朋友們讓一個被布建為文教記者的偵探所出賣，陸續被捕。同年十二月三十一日，他被判決徒刑十年定讞。……一九七五年，他因蔣介石去世百日忌的特赦減刑而提早三年獲釋。……

陳映真所稱的「幼稚形式的組織」，即是後來國防部軍法處「陳永善等叛亂案」起訴書所稱的「民主台灣聯盟」案（註2）；「被布建為文教記者的偵探所出賣」，則是暗指楊蔚。

兩篇文章先後發表，其中三人都與「民主台灣聯盟」案有關。兩相對照，陳映真推崇李作成「從不對同案的朋友有怨謗、推諉、卸責、嫁罪之辭」；對楊蔚則指「被布建為文教記者的偵探」；文字看似平實，卻潛藏著極深的憤懣與譴責。

另外一人，前一篇稱「和一位年輕優秀的日本青年淺井先生結為知交」，後一篇則稱「結識了一位年輕的日本知識份子」；這個人就是一九六三——六五年間在「台大語文中心」學習漢語的日本實習外交官淺井基文。

阿肥說，在前述六個提供他們左翼書刊的日本實習外交官中，帶給他們的進步書刊最多，態度最積極，與他們理念最相近的就是淺井基文。一九八九天安門事件後，淺井於次年向日本外務省辭職，但陳映真在其文章裡提及這位昔日同志時，始終隱晦他當年「外交官補」（日語說法）的身分，也從不提及他的全名。這是我所不解的。但我也一直沒有勇氣問他「為什麼」。

8

二〇〇五年秋天，我與阿肥追索著那段慘烈的往事時，說到陳映真那篇自述，阿肥卻不完全苟同。其一，他認為，在他們的案子裡，「楊蔚只是一顆棋子，不是關鍵。而且早年的政治犯出獄後仍受警總嚴密監控；如果不從，可能家破人亡。」其二，陳映真寫了很多關於其個人政治思想轉變的歷程，卻沒說明當時中、日、台之間，因中共建國及文化大革命爆發，那之間的微妙政治變化；「如果不是整個東亞大環境的變化，那些實習外交官怎麼會來台灣學漢語呢？我們怎麼會被捕呢？」

他解釋說，日本第五十八至六十屆首相（1960.7.19—1964.11.9）池田勇人組閣後，一心想與中共建交，認為必須及早訓練會說中文的外交人才，培養將來與中共建交後的外交官，決定讓初入外務省的實習外交官分批來台學中文，並多方研讀左翼書刊、涉獵中國典籍。他們享有外交豁免權，入境行李不用通關檢查，從第一個來台的吉田重信開始，每人陸續帶來中文與日文的左翼書刊。他們大多租住在台大附近，方便去「台大語文中心」上課，並可伺機接近大學生和知識份子，讓他們「幫忙讀禁書」，討論閱讀心得。他們來台實習的任期大多兩年，前後任必須有一年重疊；離台返日時，需把那些書留給新來者，繼續與青年知識份子分享、學習。阿肥母親那套用金條買的《魯迅全集》紀念本，也被他一本本偷帶出去借給他們；只把醒目的柚木書箱留在家裡。

在那個汽車還很稀少的年代，那些年輕的實習外交官即擁有一部白底紅字的「使」字牌照汽車：「像淺井，他最積極，也最小心，擔心租的房子被國民黨盜裝竊聽器，我們如要討論比較敏感的話題，他就開著汽車載我們到郊外去，轉來轉去好像在四處兜風。」

阿肥說，他家有短波收音機，楊蔚和他們在一起，除了讀左翼的書，也常在深夜偷聽「中央人民廣播電台」的政治教材，一字字仔細的抄錄，輪流閱讀，各寫評論，然後交換心得，以為一切祕密而安全。

然而池田勇人因罹患癌症於一九六四年十一月辭首相職，指定岸信介胞弟左藤榮作繼任首相（1964.11.19—1972.7.7.）。佐藤組閣兩年，大陸開始文革動盪，日本的中國政策也隨之轉變。一九六七年九月，佐藤訪問台灣，與蔣介石進行會談，表明支持蔣的反共政策，決定兩國開始合作「肅清共產黨」；包括誘捕滯日的反對份子，曝露島內的異議人士。那時，美國ＣＩＡ也在南美洲積極追捕共黨份子，一九六七年十月八日，切格瓦拉在玻利維亞被特種部隊捕獲，次日即被處死……。

一九六八年五月，阿肥獲得美國堪薩斯州立大學獎學金，陳映真獲愛荷華大學邀請於八月赴美參加「國際寫作計畫」，先後向警總「入出境管理局」遞送出國申請案。警總為了搶功，立即對他們一夥人展開祕密逮捕。

阿肥最後下了這樣的結論：

所以，當時整個大環境就是那樣，我被抓進去後，警總的人拿了一大堆證據出來，除了祕密錄製我當年在台大演講民歌採集和介紹美國 Joan Baez、Bob Dylan 等人的抗議歌曲錄音外，還包括我們在實習外交官家裡讀的毛澤東選集，資本論，三〇年代作品，以及我母親那套《魯迅全集》紀念本等等。如果不是日本外交官提供，警總手上怎麼會有這些？沒有這些證物，軍法處怎樣判我們的刑？而這些，和楊蔚有什麼關係？……。

9

然而阿肥說，除了那整個冷戰年代大環境的「集體恐共症」，他們的案子，也許還摻雜了一些他不十分確知的私人原因。

（其中之一是關於李作成的。他記得淺井基文一九六五年返日後，大概是文革爆發那年，陳映

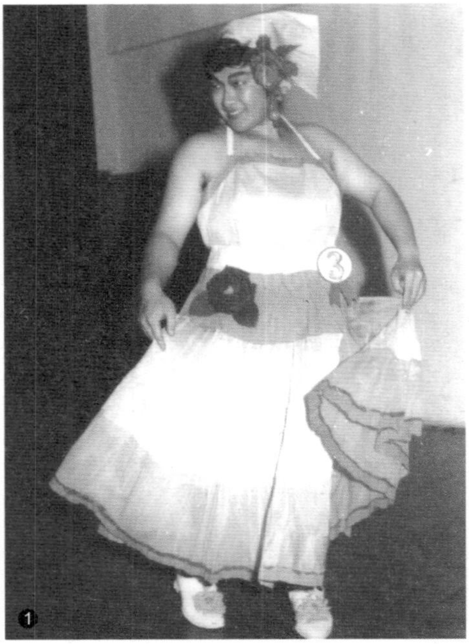

1. 一九七〇年十月，警總軍法處景美看守所舉辦慶祝蔣中正生日同樂會，阿肥扮裝性感女郎跳豔舞。
2. 一九七一年元月，阿肥在警總軍法處看守所擔任圖書館外役；服刑中的柏楊當時擔任圖書館副館長。（丘延亮提供）

真離開強恕中學轉到輝瑞藥廠上班，李作成則轉到宜蘭的中學教書，他的女友蕭小姐也跟去了。蕭的父親曾任國防部參謀次長，據說與蔣介石關係很密切，發現女兒與左派交往後極為震怒，不贊成他們交往，更不用說同意結婚。他們私奔去宜蘭結婚後，蕭家到處找不到女兒，這情節有點像李泰祥和許壽美的故事。但他們的故事比李泰祥、許壽美的結局還要悲慘。據說，蕭父後來憤而向警總舉報，藉此找人，逼迫女兒斷決與李作成的關係……。阿肥出獄後，輾轉打聽難友們事前事後的情況，據說，李作成被捕後，蕭小姐初期還去探望，後來決定離婚返回娘家。聽說第二次婚姻也不美滿，後來發瘋了……。）

另一個私人原因是他自己的。阿肥說，一九七一年出獄後，他曾打電話到美國向姊姊如雪報平安。如雪激動的大哭，哽咽著說：「弟弟，我們對不起你，害你受苦了，是我們連累了你……。」

如雪所以這麼說，是她認為蔣經國一直怕蔣緯國出頭，不斷找他麻煩，才會利用警總出面抓人，造成了「蔣緯國的內弟是匪諜」的事實後，蔣緯國就不再是蔣經國的對手了……。他不知如雪的猜測有幾分正確，不過，在後來的政治發展上，蔣緯國確實不是蔣經國的對手。

說到這裡，阿肥又下了一個結論：

「妳看，我們這個案子，大大小小，幾股力量絞在一起，怎麼扯得清楚呢？」

如雪是蔣家媳婦，當年又在海外，大概不知道那麼多複雜的內情吧？阿肥說，他結束那通越洋電話之前告訴如雪，他並不覺得自己冤枉。

後來如雪返台，還跟阿肥提起另一件左派的說法。

一九六八年，如雪還在台灣，阿肥被捕後，有一天她去向婆婆宋美齡請安，宋問她：「聽說妳弟弟出事了？」如雪點點頭，不敢回話。

宋美齡接著說：「鄧麗楞的兒子會出事，也不奇怪；在重慶的時候，我就知道，鄧麗楞是左派。」

阿肥說，「宋美齡那句話，倒是千真萬確的，我母親，的確是個左派。」

「還有一件事也是千真萬確的，」阿肥最後又補了一句：「有一天，我一定，去要回，那套我母親的，《魯迅全集》紀念本。」

註1：

「這一代的旋律」十篇

一九六四年

1. 11月22日：兩百磅的前衛派—丘延亮（廣東梅縣，1945-）
2. 11月25日：零分作曲者—侯俊慶（廣東梅縣，1934-1996）
3. 11月28日：跌在樂譜架上的阿美人—李泰祥（台灣台東，1941-2014）
4. 12月2日：面對上帝的音符—徐頌仁（台灣新竹，1941-2013）
5. 12月7日：憂鬱的田園曲—郭芝苑（台灣苗栗，1921-2013）
6. 12月11日：一個痛苦的小節—李如璋（台灣高雄，1923—？）

7. 12月14日：唱吧，歡樂之歌—張邦彥（台灣基隆，1934-）

8. 12月17日：音樂戰線的俘虜—陳茂萱（台灣雲林，1936-）

9. 12月19日：從醇酒中浮起的—戴洪軒（廣東遂溪，1942-1994）

10. 12月22日：「昨自海上來」的悲劇英雄—許常惠（台灣彰化，1929-2001）

・一九六五年七月由學生書局結集出版《這一代的旋律》

「為現代畫搖旗的」十六篇

一九六四年

1. 12月9日：聽那寂靜的世界—陳庭詩（福建，1912-2002）

2. 12月16日：哦，旗手，旗手—劉國松（山東，1932-）

一九六五年

3. 1月9日：赤裸的嬰兒之夢—黃潤色（彰化，1937-2013）

4. 1月14日：太陽節的陰影—秦松（安徽，1932-2007）

5. 1月18日：一抹厚重如泥塊的彩色—何肇衢（新竹，1931-）

6. 1月21日：純淨與透明—韓湘寧（湖南，1939-）

7. 3月1日：生存之外無他—鍾俊雄（台中，1939-）

8. 3月15日：走向通俗的現代—李錫奇（金門，1938-）

9. 4月26日：為現代畫搖旗的—黃朝湖（台中，1939-）

10. 4月26日：你的山水要有你的意思—莊喆（北京，1934-）

11. 4月29日：有開端而無結束—吳昊（南京，1932-）

12. 6月5日：一個大異端的姿勢—李仲生（廣東，1912-1984）

13. 7月4日：問題在靈魂而不在肚皮—胡奇中（浙江，1927-）

14. 7月23日：站在學院之外—蕭勤（上海，1935-）

15. 8月1日：充滿著勇氣和羅曼蒂克的—霍剛（南京，1932-）

16. 9月3日：歡呼每一個屬於現代的—馮鍾睿（河南，1934-）

・一九六八年十一月由仙人掌出版社結集出版《為現代畫搖旗的》

・一九八〇年八月將上述二書合為《向現代開拓》由時報文化公司出版

註2：

「民主台灣聯盟」案

逮捕三十六人，判刑者十四人：

陳映真、吳耀忠、李作成、陳述孔（十年）；陳映和（八年）；丘延亮、林華洲（七年）；王小虹、王玉江、陳金吉、賴恆憲、張茂男、陳邦助、吉樹甫（三年）。

第五章

烤小牛之夜

那座烤牛宴的房子，在我閉上眼睛的一刻，總是籠罩於黎明前的藕色迷霧裡，在極遠極深之處漂浮，在極高極空之處擺盪。雖然我知道，那房子早已被掩埋，消失，化身為水泥叢林裡的一條陌路。

1

一九六五年五月二十三日，結婚之後的第二個星期日，提著一袋饅頭，我和楊蔚從永和坐五路車到重慶南路，轉二十路車到信義路四段，順著四十四巷往裡走，右側是條水溝，溝邊一片雜木林，左側有些紅磚屋，夾雜著幾座日式房子。楊蔚說，走到底最後一家就是康白住的日本房子。遠遠的，我看到巷底的房子被高聳的墨綠樹籬圍繞著；樹籬又被一大片青色稻田圍繞著。稻子已經抽穗，在五月末的風裡輕輕款擺，每一波稻浪都送來淡淡的稻草香。

巷底倒數第二家的房子，也圍著一圈墨綠樹籬，兩家的庭院大約相距三十公尺，看起來都有七八十坪大，外觀一樣隱密而神祕；除了樹籬，只看得到屋頂的灰黑瓦片，在陽光下微微閃光。我當時想，楊蔚在《聯合報》做記者，一個月薪水加稿費有四千多元，我們只租得起永和短弄底的十七坪房子，每月房租六百元，康白沒有上班，光靠寫影評竟然可以租那麼大的房子，也許寫影評很賺錢吧？

不過稍後你將會明白，康白住在那裡，和寫影評的收入無關。你也將會明白，那兩座房子有著一些神祕的淵源，牽絲勾縷的集聚了一批從一九六四到六八年的台北左派，終致後來引發了陳映真等人的「民主台灣聯盟」案。——事後回想，在他們的「左派讀書會」裡，我唯一走入的會場，只有那座康白住的日本房子。出錢租那大房子的，其實是日本實習外交官池田維；當時他已任滿返日。

（四十餘年後我才得知，那旁邊還有一座日本房子，住著山東籍大老、國大代表裴鳴宇。如此算來，在當年的信義路四段四十四巷裡，和「民主台灣聯盟」案有關的房子就有三座。

一九六五年我走入那條巷子時，還不知道裴家，陳映真也還不認識裴家四小姐。一九六六年，陳映真離開強恕中學，轉入美商輝瑞藥廠台灣分公司任廣告企劃，開始與裴四小姐交往；當時她是美籍總經理的秘書。裴四小姐之夫施國華，一九六四年因詭異的空難喪生，她在半年後生下遺腹子施文彬。一九六六年之後，無父的施文彬開始喊陳映真「爹地」。一九六八年陳映真入獄後，裴四小姐不時去送菜探監，幼小的施文彬也偶而隨同去看他的「爹地」……。

他們的故事很長，留待第十二章再細說從頭。）

2

每一座房子都有它的故事。那巷子裡的裴家、包家、康白家莫不如此。康白在《聯合報》寫影評，文辭犀利，見解尖銳，讀者愛他，片商怕他，名傳一時；我卻是五月九日和楊蔚在鷺鷥潭結婚那天才認識他。鷺鷥潭婚禮是皇冠社長平鑫濤先生為我辦的，邀請的大多是「皇冠基本作家」；只有康白、阿肥、蒙韶是楊蔚約來的朋友。

康白原名何偉康，那年三十六歲，瀟灑倜儻，正是英姿煥發的年紀。他說鷺鷥潭那一帶他很熟，不寫稿的時候常一個人去潭下游泛舟，逍遙自在，自得其樂。

回台北的路上，才知他是陸軍官校畢業，因為不耐軍中束縛，畢業十年即退伍，在南部教了一年書就跑到台北，編《廣播周刊》，寫武俠小說，寫影評，也常去台大哲學會辦的「周五講堂」聽殷海光、毛子水、沈剛伯、宋文薰等人演講，因而認識了包奕明、王尚義、李敖等台大學生，以及一些聞風而來聽講的他校學生；「阿肥也是在那裡認識的。」

後來康白說起了那隻牛。他說，有個台大農經系畢業的朋友，在「美國經濟援華顧問團」（農復會前身）所屬的楊梅牧場工作，要送他一頭乳牛，過兩天就要去領回來。阿肥說，啊，你要養乳牛？那我們以後去你那裡有鮮奶喝囉？康白說，別作夢啦，人家是送我公牛，不是母牛。他解釋說，母牛生了小母牛，留下來養大，可以生小牛、擠牛奶，有經濟價值；如果生公牛，養大沒用處，反而浪費飼料。我說對啊，我家養乳羊，也是這樣，只留母羊不留公羊。張菱舲問康白，那你領那隻公牛回來幹嘛？康白說，吃啊。阿肥大笑道，他媽的，你一個人吃一頭牛啊？康白微微笑著，低聲說道：所以我想搞個烤牛宴嘛，把各路英雄好友都找來熱鬧熱鬧。楊蔚說：嗯，這個主意不錯。阿肥說：他媽的康白，你可不能黃牛啊。康白說：當然不能黃牛，是乳牛；等我安排好了日期就通知大家。

過了幾天，楊蔚在報社接到康白電話，說他已去台北火車站把小牛領回家了。「是用牽的嗎？」我天真的問道。楊蔚說：「又不是你們鄉下，怎麼能用牽的？是康白坐三輪車抱回家的。」我問他是載貨三輪車還是人坐的三輪車，他說是人坐的三輪車。聽說那隻毛色黑白相間的乳牛三十多公斤，康白在三輪車上抱著牠從火車站穿越重慶南路，經過總統府，轉進信義路，一路招搖過市，行人側目。「抱小牛坐三輪車，全台北大概只有康白會幹那種事，」楊蔚說，「那隻小牛還不會吃飼料，康白現在還得每天餵牠喝牛奶呢。他說烤牛宴定在二十三日，請了兩個台大畜牧系的助教幫忙殺牛，還請了一個師大美術系的新疆人李奉魁幫忙烤牛，他已經和那新疆人去三重埔訂做了十幾把刀。請了一百多人，寫作的，畫畫的，作曲的，搞攝影的，還有一些外交官和大學生，到時候可熱鬧啦。他要我們到時帶些饅頭去，總不能光吃牛肉啊。」

3

午後四點多，烤牛宴已經揭開序幕。還沒走到巷底，陣陣人聲肉香已從那房子的樹籬縫隙流竄而出。木門半掩著，走進去是日式木屋的前院，花圃種了茉莉花、玫瑰花、孤挺花，屋旁幾棵樟樹青翠成蔭。走到後院，阿肥、單槓、蒙韶、張菱舲，阿肥的女友王愛林、妹妹丘如華都來了，還有七八個我不認得的陌生臉孔，不是席地而坐，就是拿雙筷子走來走去。單槓正挾著肉片在煤球爐上烤，楊蔚敲一下他的頭說：

「他媽的，你們怎麼就開始吃起來了？」

單槓的父親曾任國防部軍醫署署長，娶了兩房太太（二太太是日本人），只得他一個獨子。幼年時他的左腿疼痛，他父親召來全國軍醫，組織一個醫療小組會診，研判他是骨癌；

為了保住這獨子生命，決定予以截肢。單槓因此立志學醫，長大果然考上台北醫學院。然而生命往往如此弔詭，就在北醫的課堂上，他意外看到他的病例被列為誤診教材，說當年那個醫療小組在他截肢後發現他不是骨癌。那麼多年過去，竟沒一個人告訴他真相；讓他白白丟了一條腿。那個重挫使他理想幻滅，對醫學體制與醫生人格失望，對醫學教育也產生懷疑，忿而決定退學，意志消沉，成天閒散度日，父母也拿他莫可奈何。時常和阿肥到台大等校聽聽課，從人文知識裡尋求精神寄託，後來終於和阿肥他們走上反抗現實政治的路，被捕入獄。

當年義肢技術尚不佳，他的雙腳高低不一，走路時左腿必須拖著走，因而肩膀有點右傾，朋友叫他單槓，他也不以為忤。他生性熱情，喜歡做菜，和阿肥到我家，都是他教我燒菜。那天在康白家聽楊蔚那麼一說，單槓立即舉起烤肉片笑瞇瞇說道：「大哥別生氣嘛，這片烤好就給你啦。」阿肥也說：「先到先吃，後到後吃，我們也才剛在爐子上烤了幾片，你看，李奉魁和康白抬出一大盆肉來了，好戲才要上場呢。」

後院比前院還寬闊，兩棵老榕枝葉茂綠，氣根密生，一棵鳳凰木挺拔清朗，花苞纍纍。地上散置著大包小包的饅頭麵包餅乾汽水，大概都是朋友帶來的。李奉魁除了準備三個煤球爐烤肉片，院子中央還架了一排三角木架懸掛大塊肉，底下圍了十幾塊紅磚，木炭燒得正紅。李奉魁頭戴紙帽，忙著把幾大塊腿肉用鐵勾勾好掛上木架，康白說：「各位，這就是我們今天新疆烤肉的主廚李奉魁先生，今天他一早就來，光是切肉就切了好久，然後醃肉，煮羅宋湯，忙到現在一刻沒停，來，我們大家先謝謝他。」於是有人吹口哨有人鼓掌，個子瘦小的李奉魁只是默默的一鞠躬回禮，掛完肉塊又走進廚房去。康白也要進去，楊蔚卻叫住了他：

「康白，那隻乳牛你領回來就在院子裡放牧啊？」康白說：「我對那隻牛很好啊，沒養在院子裡。」楊蔚說：「難道養在你房間？」康白說：「養在廚房旁邊的儲藏室，每天餵牠喝牛奶，晚上都被牠叫得睡不著。好在今天牠已經解脫了，真是阿彌陀佛。」

阿肥大聲問道：「喂喂，到底怎麼回事啊？不要說得那麼玄好不好？」

康白說：「阿肥，反正牛已經殺了，肉也開始吃了，現在說出來應該無妨吧？這十幾天，我和那隻牛都很痛苦啊，現在看到牠的肉掛上架，牠的奉獻已經完成，我的心情也輕鬆多了。」

楊蔚說：「咦，怎麼好像越說越玄了？」

康白說，事情不是玄，是驚心動魄。之前他沒說出實情，是怕朋友們知道了心裡難過不來參加。

話說十二天前他在火車站領了乳牛，雇了一輛三輪車，抱著牠坐在車上還頗興奮，哪知剛轉進重慶南路就出事了。（發生車禍了？單槓問道。）是啊，後面一輛黑頭車不知為什麼猛按喇叭，小牛受到驚嚇，突然跳下去狂奔，一輛汽車煞車不及，當下從牠右腿輾過。他跳下車一看，乳牛在地上扭滾哀嚎，右腿大概已經骨折，膝蓋周邊都腫起來了，輾傷牠的汽車早已呼嘯而去。踩三輪車的老先生好心的下來幫忙，兩人手忙腳亂的，好不容易把小牛抬上車，一路聽著牠哀嚎喘息，康白自己也悲痛不已。回到家讓牠在儲藏室躺著，也不敢去請那兩個答應幫忙殺牛的畜牧系助教來替小牛醫治，自己去藥房買了碘酒，每天替牠擦藥消腫。但是沒有止痛藥，小牛還是成天哀鳴。

「尤其到了夜裡，牠大概痛得睡不著，我心裡也痛得睡不著啊。幸好池田（維）已經回日本了，否則睡不著的就不止我一個人。說真的，這幾天我巴不得今天快點來臨，讓牠早早升天，了卻痛苦。好在這個心願終於達成了，今天這個烤牛宴，算是牠的告別式吧。」

康白說完，對著烤肉架深深一鞠躬，我們也跟著站起來深深一鞠躬。再坐下來時，有人唱起了瓊・拜雅（Joan Baez）的〈Donna Donna〉；一首待宰小牛之歌，輕柔的曲調流動著悲憫的憂傷。然後有人唱起了〈We Shall Overcome〉，也是瓊・拜雅唱片裡的著名反戰歌曲，先是悠緩的開始，然後唱到「Oh, deep in my heart; I do believe; we shall overcome someday」，聲音轉為激昂，情緒澎湃，張力綿延不絕。一遍又一遍的，從悠緩到激昂，從午後到黃昏，連認不得幾個英文的楊蔚，也跟著亂哼亂吼，陶醉不已。我悄悄問他，「康白說的池田是誰啊？」他撞一下我的肩膀說：「妳問那麼多幹嘛？」

4

日落之後，天色漸暗，院子的人越來越多了。我認得陳映真、吳耀忠、劉大任、李泰祥、柯錫杰、顧重光、楊耐冬、陳鼓應、蒙韶和他的女友張小姐⋯⋯。還有許多臉孔是陌生的，也有幾個外國臉孔（來「台大語文中心」或「師大語文中心」學漢語的歐美實習外交官）。康白忙進忙出，偶爾介紹了幾個人名，我轉身就忘了，只記得一個李文華，商學系畢業的，在人壽保險公司做經理，是烤牛宴的金主；那天吃的喝的都由他出錢資助。還有一個張尚德，當完兵才上台大哲學系，與王尚義是好友，康白與他們常一起去殷海光家聊天。我曾在台大夜間部補習班上過殷先生的理則學，又知道他曾是聶華苓的鄰居，聽到跟殷先生有關的人，我總是特別留意。

各路朋友一波波到來，也跟著我們哼哼唱唱，一下〈Donna Donna〉，吃了幾塊肉又唱起〈We Shall Overcome〉，邊唱又邊啃饅頭。微紅的火光照著一張張模糊的臉孔，識與不識，熟與不熟，似乎已沒有什麼差別，都融入那辛辣的肉香與此起彼落的歌聲裡了。歌聲停歇時，有人三三兩兩低聲交談，有人說著殷海光的鬱悶近況，有人罵李敖那小子做了《文星》主編後更為狂傲了。「是啊，台大三大才子，現在只有李敖得意啦，」阿肥說，「包奕明出國了，王尚義死了快兩年，留下幾部書稿，到現在還在找出版社，真他媽的！……」（就是後來暢銷一時的《狂流》、《野鴿子的黃昏》等書）康白說：「是啊，今天最遺憾的，就是王尚義沒能參加。」

台大數學系才子蒙韶，不知為什麼和女友張小姐嘔氣，人家在唱反戰歌曲，他倆一直在鬧冷戰，後來他竟一氣攀著榕樹的鬚根爬到樹上去，坐在樹幹上晃著兩條腿抽菸。張小姐默默坐在角落，單槓幾次勸蒙韶下來，他都無聲以對，只以盪來盪去的兩腿回答，看起來有點鬼氣森然。後來康白和李奉魁抬出一大鍋羅宋湯，說是用牛大骨熬了五六小時作高湯，加上牛肋條番茄紅蘿蔔馬鈴薯芹菜葉煮的，果然香濃味美，一時唏哩呼嚕，讚聲連連，單槓又抬起頭朝榕樹上的兩條腿喊著：「蒙韶，你下來嘛，這鍋羅宋湯可不是普通的喲；你在外面哪裡喝得到這麼好的羅宋湯？快下來喝兩碗嘛。」蒙韶仍在樹上盪著兩條腿，抽著菸，彷彿什麼也沒聽到，什麼也沒看到，什麼也沒聞到。

「幹，讀數學的，真的跟我們不一樣。」單楨說。

喝了兩碗湯，我想去屋裡上廁所，叫楊蔚陪我去。上完廁所發現客廳白牆上到處寫著毛筆字，還有幾隻手印，一時有點眼花撩亂。

「咦，上面寫的是什麼啊？」我好奇的說。

「哎呀，有什麼好看的？都是些瘋子。」楊蔚說。

他點上菸要走出去，恰好康白走進來。

「楊蔚說的沒錯，都是些瘋子，」康白說，「這些字像鬼畫符，確實不值得一看，不過字裡的涵意倒值得一讀的，這首明代楊慎的〈臨江仙〉是包奕明寫的字……」

康白怕我看不懂那些草書，一字字唸給我聽：

滾滾長江東逝水，浪花淘盡英雄，是非成敗轉成空。青山依舊在，幾度夕陽紅。

白髮漁樵江渚上，慣看秋月春風。一壺濁酒喜相逢，古今多少事，都付笑談中。

「妳讀過這首詞沒有？」康白說。

我說有一本《歷代白話詞選》，是我大伯在神戶讀大學時去上海買的，大東書局一九三一年版，裡面好像沒這一首。

「這首是很有深意的，」康白又說，「很多古典的意境，我們現代人都寫不出來了。」

1. 康白（左）執導電影的專注神情。
2. 六〇年代在三大報寫影評的康白，意氣風發，文壇側目。
（康白提供）

然後他指著另一面牆上的字：「這些倒是現代人寫的，妳看，這是黑人民權運動領袖金恩去年八月那篇著名的演說〈我有一個夢〉裡的幾句話，意境就不一樣了——」

我們要不斷的昇華到以精神力量對抗物質力量的崇高境界。
當我們行動時，我們必須保證向前進。我們不能倒退。
堅持下去吧，要堅決相信忍受不應得的痛苦是一種贖罪。

我說兩面牆的字意，好像是個對比，康白說是啊，是有那麼個意思。說完我想進去參觀書房，楊蔚卻氣急敗壞的跑進來了，「還不走啊？明天一早我還要跑新聞呢。」康白問他蒙韶下來沒有，他又氣急敗壞答道：「那也是一個瘋子，以後就住你家那棵樹上啦。」

5

二〇〇六年二月，說起那場烤牛宴，康白仍意氣風發，難掩興奮之情。他記得那天從午後三四點鬧到午夜十二點多，前前後後到了一百六十多人，除了蒙韶那一對鬧彆扭，其他的朋友都很high。不過烤牛宴之後，許多朋友的生活都起了變化，沒多久他也搬離那座房子了。

「包華國家的老傭人，有天突然跑來說：要小心啊，不要再人來人往瞎鬧了，外面常有人走來走去，探頭探腦的……。」

「包華國家的老傭人？包華國是誰？」

「哦，就是包奕明的父親，國民黨CC派的大黨工，他家就是烤牛宴旁邊那棟大房子。烤牛宴那棟房子，是包奕明幫池田租的，本來是他陪池田住，後來他要出國留學，就找我去陪池田住。池田回去後半年，租約到期，我付不起房租，這也是搬走的另一個原因。包奕明這個國民黨大黨工的少爺，成天把『人對自己的革命』掛在嘴上，大學畢業就想組黨，騎個摩托車到處串連，想找人入黨，結果被抓進去拘留了兩個多月，靠他老爸關係把他弄出來，後來又和池田同住，隨他進出那房子的都是些腦筋亂轉彎的人，會被盯上也不足為奇；要不是先被他老爸送出國，也是會被捕的。」

他說，那時許多還沒和中共建交的國家都派實習外交官來台灣，在「台大語文中心」或「師大語文中心」學漢語，結交一批活躍的大學生，租房子也都找人同住，形同陪讀：房租他們負擔，方便學漢語和了解地方民情。他們來台期滿後返國，必須向母國外交部交一分政治報告。日本的實習外交官，通常來台兩年，但前後任有一年重疊，所以烤牛宴那天，池田維雖然回去了，吉田重信還在台大讀研究所，他和其他幾個歐美國家的實習外交官都來了：「大概有八九個吧？他們這些實習外交官最喜歡參加各種聚會，可以旁聽許多民間消息。」他和吉田不熟，但和池田同住一年，覺得他沉默，優雅，大方，是個很愛讀書的年輕人。

池田維是東京大學法學院畢業，來台時帶了馮友蘭的《中國哲學史》、艾思奇的《大眾哲學》，關鋒的幾本討論先秦哲學的書，在那個年代都是禁書，包奕明常帶一票朋友去那裡看，大家交換心得，池田就在旁邊聽。牆上那些字，就是他們那時亂塗鴉的傑作。

包奕明出國後，康白搬去和池田住，有個三十多歲的女傭幫他們做飯洗衣服整理內外。有一天池田特別自己做日本菜，請了兩個中國朋友及瑞士、瑞典的實習外交官來吃晚飯，說是要效法中國人歃血為盟，六個人結拜兄弟。池田拿刀片尖端在蠟燭上烤熱，要每人刺破指尖，血滴融入白酒的杯子裡，搖勻了給六個人的酒杯一一斟上，然後輪流交杯飲盡。池田好像很重視那個儀式，不過六個結拜兄弟後來各自分散，像瑞士、瑞典的實習外交官，康白連他們的名字也不記得了。

倒是教池田讀《戰國策》的事，他一直印象深刻。

「請問你讀過《戰國策》嗎？」一天池田這麼問他。

康白說讀過，但沒有深研。池田說，他想了解《戰國策》的故事。於是午飯前半小時，他就給池田說《戰國策》，分析那些縱橫家的政治見解與外交策略。池田總是很認真的一邊聽一邊做筆記。「我感覺池田維這個人好學，重感情，倒看不出有左的傾向。他帶來的書，也大多是中國思想史哲學史社會學方面的，並沒有馬克思、毛澤東的東西。那時阿肥他們那批朋友，都轉移到阿肥家或吉田住的地方聚會。以後我忙著編劇拍電影，他們的事情我就不清楚了。我只知道蒙韶和那個女朋友張小姐分開了，後來去美國留學，他父母一家也移民美國。一九八五年我去紐約，蒙韶還曾帶我和我太太去他父母家，也是在院子裡吃烤肉，那院子很大，據說可以同時停十八部汽車。」

「蒙韶啊——」我說：「已經去世十年了！」

「真的嗎？他比我年輕得多啊！」

「聽說阿肥他們被捕後，他在美國也被ＣＩＡ盯上，搬了幾個城市都一樣，心情一直很苦悶，在家什麼也不說。他娶了一個新加坡太太，有個女兒，她們都不了解蒙韶的過去。他女兒讀新聞的，現在在ＡＢＣ做製作人，一九八六年去香港工作曾去找阿肥，也曾專程到台灣找蒙韶的老朋友，就是想多了解一點蒙韶的過去。」

「啊，那真是悲劇！」

「你知道嗎，單楨，吳耀忠，也都去世快二十年了！他們出獄後一直很消沉，用現在的說法就是憂鬱症，一個拚命抽菸，一個拚命喝酒。」

「那——楊蔚呢？」

「楊蔚嗎？楊蔚拚命賭博啊——」我沉吟了一下，「二〇〇四年九月，楊蔚已在印尼東爪哇去世。」

6

二〇〇六年三月，〈烤小牛之夜〉初版於《印刻文學生活誌》發表後，發生了兩件比較具體的迴響。其一是康白接到池田維電話，邀他三月十九日赴其陽明山官邸晚餐；當時池田任「日本交流協會」駐台北事務所所長。

日本與中共建交（一九七二年九月）並與我國斷交後，不能再派外務省大使駐台。當年那六個來台學漢語的日本實習外交官，後來都做了各國大使；從外務省退休後，大多來台出任「日本交流協會」駐台北事務所所長。池田二〇〇四年六月從日本外務省退休，二〇〇五年五月也依此模式來台任職。康白了解池田的邀宴，必是看到了〈烤小牛之夜〉，想起與他同住那段一起讀《戰國策》的日子。

但是在一道又一道依著外交禮儀上菜的精緻料理之間，談笑風生的池田絕口不提那件事。

「他不說我也不問，彼此心照不宣。」康白對此做了結論：「這就是外交官。但是你不得不承認，人家對台灣的了解，蒐集資訊的功力，確實是一流的，這點我是很欽佩的。」

——二〇〇八年七月，池田任滿返日，其職務由「前駐紐西蘭大使齋藤正樹」接任。

•

另一個迴響是關於蒙韶的。

二〇一〇年五月二十日，星期四下午，一個陌生女子在電話彼端說：「季季，我是從爾雅出版社的隱地先生那裡問到妳的電話的，我叫鄒曉梅，是蒙韶的太太……。」——啊，蒙韶？蒙韶的太太來台北了？

我約她次日下午在明星三樓喝咖啡聊天，晚上去對面巷內「添財」老店吃日本料理。她說，在紐約買到《行走的樹》，仔細的讀過；尤其〈烤小牛之夜〉提到蒙韶，讓她感觸最深。我們年齡相近，有些海內外文友也是兩人熟識的，從下午聊到晚上「添財」打烊時間過了才依依而別。當然，聊得最多的是蒙韶，以及他們的婚姻與子女……。

此後她每年回台北一次，我們見面總有說不完的話。二〇一一年她和女兒同來，女兒還去和阿肥夫婦吃了一頓飯呢。

這次《行走的樹》要出增訂版，我問她關於蒙韶的部分需作哪些修正與增補。蒙韶雖曾參加我的鷺鷥潭婚禮，也幾次在阿肥家見面，但他一向話不多，對他了解太少。當時大家都以第四聲叫他，他也從不辯駁更正；以致《行走的樹》初版誤植其名為「蒙紹」。

兩天後，曉梅傳來詳實的介紹，讓我知道「蒙韶」之名其來有自；對於烤小牛之夜始終在榕樹上懸著腿擺盪的神祕的蒙韶，也終於有了更多的了解。

關於蒙韶

鄒曉梅

蒙韶是廣西南寧人。一九四一年九月十九生於廣東韶關。在台大時的好友有包奕明、張萬燕、陳立樹、藍志臣（後兩人和蒙韶在師大附中即同班）。當然蒙韶還有許多朋友，這只是我知道的幾個。蒙韶也常說起陳鼓應，說他那時已是台大哲學系助教；「還常替我拎箱子，跟著我跑。」

至於包奕明，我尚未和蒙韶結婚之前兩年就見過他。一九六六年，我大學畢業來紐約工作，住在西區靠近哥倫比亞大學。哥大中國同學會舉辦演講，通常會去聽。當時包奕明在百老匯靠近哥倫比亞大學附近的一個蔬菜小店打工，也在那裡賣茶。店內一張桌子，兩把椅子，有人去買茶他才開爐子燒水。我去買過一次，才知道他叫包奕明。他的個子高大，口才絕佳，

1. 一九六〇年二月十二日，蒙韶與友人合影。左起：蒙韶、陳立樹、郭光邦。
2. 蒙韶（右）與友人陳立樹攝於一九五八年。兩人是自師大附中就已結識的好友。
3. 蒙韶（後排右二）和陳立樹（後排右一）、張萬燕（後排中）；前排右二是蒙韶後來帶去吃烤牛宴的女友張小姐。（一九六三年夏天）。

（陳立樹提供）

哥大有一些討論會或演講，他都起立發表意見；言辭鋒利，有條有理，引經據典，無懈可擊。聽完之後，莫不讓人讚嘆他的思路敏捷，口才便給。一九六七年，因為身分關係，他離美赴港；後來以筆名「包錯石」發表不少議論文章。他目前仍定居香港，從事古董蒐藏生意；育有一女。

蒙韶父親蒙培（1917-2009）是西南聯大物理系畢業，到台灣後任職中國石油公司。因工作表現優異，一九六二年被經濟部外調到義大利，處理中華民國和義大利之間的貿易問題。他當年的大學同學王澄清、顏保民，畢業後就到麻省理工學院（ＭＩＴ）留學，韓戰爆發期間，他們畢業看到商機，就在紐約成立 Summit 公司（SUM OF MIT），中文是「森美進出口公司」，以藥品及各種生活用品起家，後來擴大範圍，也做石油開發買賣。一九七〇年，王澄清邀請蒙韶父親來美，做森美石油公司董事長，直到退休。康白一九八五年去的那所豪宅，庭園廣達數畝，停車不只十八輛。園內有湖有山，春夏秋冬四季花木，景色非常怡人。

王澄清（C.C.Wang，1919-2006）的女兒就是著名的婚紗大王 Vera Wang 王薇薇（1949-）。她於一九九〇年創業時，其父資助四百萬美金成立公司，轟動一時。蒙韶父親當時說，ＣＣ是森美集團最大股東，四百萬美金對他不過是彈指小數。森美在許多貿易領域都領先，公司非常富有。

蒙韶比他父母早五年來美。他在一九五九年考入台大數學系，應該一九六三年畢業。但他常蹺課，補考不及格，沒拿到畢業證書，先去服兵役。之後再補考才畢業。一九六五年，他由台灣到巴爾的摩，在約翰霍普金斯大學攻讀數學博士。一九七三年拿到博士學位。

他進入約翰霍普金斯大學那年，陳若曦和其夫段世堯已在同校。他們組織了讀書會，由在加州柏克萊大學讀哲學的許登源（1937-2009）指導；透過長途電話，傳授馬列主義。一九六六年陳若曦及段世堯離境去中國，後來又因陳映真案，台灣的警備總部透過在約翰霍普金斯大學的特務（一生化系教授）嚴厲警告，凡是與蒙韶來往者，台灣家中必有麻煩。蒙韶因而沉寂一陣子。但是對社會主義的熱愛，對共產主義的嚮往，使他變成一個對工作沒有熱誠，對家不負責任的人；滿腦子都是不切實際的理想。

蒙韶在約翰霍普金斯大學讀研究所時，被師長公認為數學天才。一九七三年拿到該校博士學位後去了法國，在北部的里爾大學執教兩年；兒子就是在法國出世的。回美正好碰到毛澤東去世，四人幫倒台。這對蒙韶是個很大的打擊，使他無法集中精神工作，也不甘於繼續替資本家做事，賦閒在家一年多。之後去華爾街當精算師五年；所做的數學模式，被稱作「**蒙式模型**」，廣受各大金融企業使用。但那段期間他無時無刻想要和中國做貿易，希望以此幫助中國。一九八四年，他辭去精算師職務，開始和中國做貿易，同時也和在台大時過從密切的張萬燕合夥成立「愛瑞公司」作美國的生意直到去世。蒙韶為了愛國去做生意，曾把自己的房子拿去抵押貸款，結果血本無歸。如果他沒離開華爾街的工作，應該不至於遭遇到這些生意的挫敗。

一九九四年，蒙韶因心臟病發作去世，得年五十四歲。一個非常優秀的知識份子，如此早逝是他家庭的不幸，也是時代的不幸。

我父親原是台大地理系教授。一九五九年，應邀去新加坡「南洋大學文學院」任院長，全家搬至新加坡；當時我才初二。一九六二年，我由新加坡赴美留學；一九六八年在紐約和蒙韶結婚。

蒙韶遺有兩子女。長女目前是美國國家廣播電視台倫敦分社社長兼電視台全球新聞主管。曾經做過駐北京特派員，及國家廣播電視台的戰地記者。因報導出色，多次贏得美國艾美獎的傑出新聞獎。其子畢業於耶魯大學管理學院，目前在全美最大的食品公司任職。

傳來這些資訊後，曉梅說，她所寫的大多是蒙韶赴美之後的事，應該請他的好友陳立樹寫一篇赴美之前的青春回憶。她說：陳立樹是浙江天台人，他的父親陳克非將軍（1901-1966），黃埔軍校五期畢業，是抗日時期「中國遠征軍」名將，可惜一九四九年深陷大陸。一九六三年，陳立樹自台大化學系畢業，留美手續備受阻礙，只好留在台大攻讀碩士、博士；曾任台大副教授。一九七六年來美，先後於西屋公司（Westinghouse）、通用公司（General Electric），國防工業巨頭格魯曼公司（Northrop Grumman company）服務。二〇〇七年退休。現住美國馬里蘭州……。

過了一天，陳立樹也傳來了與蒙韶的往事。——多麼誠摯的青春回眸。

回憶蒙詔

陳立樹

蒙詔有著傑出的數學能力，英年早逝實在是個大遺憾。

一九五六年，我由師大附中升上高中，他也由建國夜間部考入附中高中部，我們立即成為常在一起的幾個較接近的朋友。高中時期，蒙詔深得老師及同學愛戴，因他當時就寫得一手較有深思且文詞並茂的文章，這和他喜歡看課外有程度的書籍有關。他也是一個風趣且對朋友仗義的人。那時他家住在圓山附近的石油公司宿舍。我偶而去他家吃飯，記得蒙伯母是一位瘦小而較為保守的慈祥長輩。

高中畢業後，我們都考上台大。我進化學系，他和藍志臣陸續進數學系。一般來說，讀數學的大多自視頗高，非常自信，凡事不易與人妥協。當時在數學系，能以四年順利畢業而不補考的人，真是鳳毛麟角。

我們進台大後，組了一個大約八、九人的小群體「同步的朋友」（Synchropals），是幾個不同學系的朋友合組的，其中包括**蒙詔**、**張萬燕**、**王世榕**及**藍志臣**等人，每禮拜或兩三禮拜聚會一次，一起討論各種不同的話題；多半是事先定好，各自有所準備。除了一起討論，我們也一同去郊遊，覺得我們是一個非常特殊的群體。

那時的台大學生，逃課或拒絕上課的，大有人在。多半時間都是自己學習，問問課程進度，然後去參加考試。在這樣的大學氣氛裡，我們也因此在台大建立了特別深厚的友誼。

到了大學晚期，家庭對於各人的未來出現了不同的影響。當時蒙詔父親已外調到義大利，他比較自由，不受影響。大四及服兵役期間，蒙韶漸漸淡出我們的群體，結交一群他認為另有抱負的朋友。我因為家庭政治因素，也就沒有插足於其中。

在我看來，蒙韶那段期間的改變，可能是造成不幸的開始。年輕時代的過分熱情，自信，也許是不自覺甚至於不自控的，使自己越陷越深。政治與革命，要靠廣大群眾，要豪邁不羈，而蒙韶是沉靜、細心的數學家個性，兩者極不協調，以致在原本充滿自信的生活方向上，一點一滴的離開了生活方程（註）。

註：

學理工的人都知道，「方程」是用來預計質量的一種數學表現方式。蒙韶是一個數學家，腦筋裡都是方程計算，卻弄扭了自設的生活方程。

後記：

康白是湖南湘潭人，享壽八十二歲（1930-2012）。他的毅力堅忍，晚年傾二十餘年之功書寫歷史長篇小說《同光櫛照》，是後唐皇帝李存勗的故事。全書四十章，初稿約一百三十萬字，生前多年仍在修改，可惜未能定稿出版。

插曲

一九六X年之冬

楊蔚遺作

季季註：

發現這兩篇遺稿是個意外。二〇一五年四月中旬，進行本書增訂作業期間，在一個大紙箱翻找資料，發現一隻破損發黃的紙袋，以紅色原子筆註明「何索資料，二〇一二年八月四日發現。」——是我的筆跡，我竟完全忘了；可能當時沒拿出來看。這次遂全部取出細看。這兩篇小說，就這樣重新出土了。文稿的筆跡是楊蔚的，看起來可能一九八六年左右於他任職的八卦周刊發表過。一九七六年他以「何索」筆名復出文壇後，換過許多筆名混稿費；這兩篇的筆名是「辛辣」。我花了兩天打字建檔並稍作修正。如〈等待果陀與烤牛大會〉，他的原稿「**一九五×年**」，也許有意混淆讀者，卻不符合歷史事實；因為《等待果陀》演出與烤牛大會都在一九六五年。

讓我更為訝異的是，他寫烤牛會的時間，比我早了二十年。

不同的是，我的散文寫實，他的小說寫意，匿藏了對某些人的影射與嘲諷。

1.等待果陀與烤牛大會

在台灣，有一陣風行存在主義。這是一種思想、一種文學，不過，在當時，卻也是一種時髦。

你走在校園裡，坐在會場上，或者躲在咖啡室裡和女友互相愛撫的時候，都聽得到「存在」兩個字。

這是一種訊號。一種險惡的訊號！有一些半通不通的人物，硬吞下一些半生不熟的知識，肚皮接近爆炸，正在盲目的尋求出路。

一個小圈子逐漸形成了。它的份子複雜，沒有特定的目標，而且是游動不定的。他們互相抬舉、也互相排擠。聚合著，又散開來。他們把「存在」依照自己的想法，做著各種不同的解釋和求證。有人用自我懲罰以證明自己的「存在」，有人用喊口號證明自己的「存在」，有人用做愛證明自己的「存在」。有人追求波西米亞式的生活，有人穿破褲子，有人跳河。有人用破銅爛鐵開畫展，有人搞沒有音符的音樂會，有人寫不分段落的怪異的文章。所有這些，都在尋求「存在」！

有一個高潮，是在一所教會的會堂裡，演出一幕名叫《等待果陀》的話劇。是由邱各、張若白等幾位寫小說、搞劇場的人搞起來的。上演的那一天，各方人馬，全都到齊。這包括神父、教授、作家、藝術工作者、理論家、記者、學生、導演、演員、失業者、舞女、姨太太、性飢渴者，以及政治上的失意份子等等，所有能沾得上一點邊的，有如朝聖一般，蜂擁而來。

會堂裡坐得滿滿的，晚到的觀眾，只好坐在窗口上或者站在門外邊。

有人被擠得放了一個響屁，先在台下預演了兩句對白。

「誰放屁？」

「我放屁！」一個悲鬱的聲音回答，「我放、是因為我不快樂。」

「我活著，雖然我發現活著並不快樂。」另一個悲鬱的聲音接腔。

——這都是模仿存在主義的名句。

鑼聲，響了。

大家靜了下來，看到有個人手持一面銅鑼，從台下的人群中一路敲著走上台。嗆，嗆，嗆……！這是一項精心的安排。——鑼聲響起，鑼聲從人群中來。一個象徵的意義！

那個敲鑼的，站上舞台的一角，用力的再敲一下。嗆——！開幕。

觀眾們看到兩個奇怪的男人走出來，在台上交談著一些毫無意義的對白。不過，在存在主義者看來，那沒有意義的，也就是一種意義。

從這兩個男人口中，漸漸的說出了一個主題：他們在等待一個人，那個人名叫果陀。

果陀是個什麼樣的人？為什麼要等他？等他做什麼？

從頭到尾，那兩個人說來說去都說不清楚。

那個名叫果陀的人，也始終沒有出現。

等著，等著，閉幕了。一場空等。大家瘋狂叫好。

大家瘋狂叫好，是因為別人都在瘋狂的，叫好。

叫好完了，哄哄哄轉個身，笑著叫著散去。再到外面的世界，分別尋求能夠證明「存在」的東西。

那是一九六×年，冬天，外面好冷。你走出那個熱烘烘的會堂，迎面是一陣陣風吹來。你會禁不住打一個寒顫！

一九六×年，啊！整個世界在紛亂中。思想上的紛亂，尤其造成許多人的徬徨和困擾。那一個一個接近爆炸的肚皮，已經蓄勢待發……。

然後，有人清醒了，有人則走向了毀滅……。

•

在演出《等待果陀》之後，大約過了兩個月，還有人搞了一次「烤牛大會」，這是「存在」的一個尾聲了。

那一次的烤牛大會，是在一個破落的宅院裡舉行的。主辦者是搞影評的何仲良，他從牧場找來一條小牛犢，只有十多斤重，也許是一條病牛。參加者則有一百多人，其中很多人也去過《等待果陀》的場子。他們在院中升起火，爭食那條小牛。有人只喝到幾口湯，也有人連骨頭都沒吃到。不過，吃牛是餘事，他們聚在一起，是為了滿足精神上的需求。要達到這種精神解放的需求，最好的方法是吵架。大家吵作一團。吵累了，就散了。——當天參予那次盛會的人也許沒有料到，就像那條被搶得七零八碎的小牛，存在主義也就此宣告死亡了。

散會之後，仍然有人留在何仲良的屋裡繼續吵。這幾個人包括邱各、汪本、毛良、張若白，和一個名叫劉丹楓的女子。他們合起夥來想說服何仲良，要給他灌輸一點革命性的思想。從深夜一點多，一直吵到天快亮，何仲良沒有接受。他固執著自己的看法：這個世界並不一定需要流血才能活下去！

他們吵了一個多小時後，邱各和劉丹楓溜進廚房，在灶台上做愛。這兩個人做愛的聲音，比屋裡爭吵的聲音還大。不過，大家都故意不去注意它的存在。在當時，做愛也是一種思想，而邱各和劉丹楓的思想可能比別人更大膽一些。邱各相信暴力可以解決世界上的許多問題，他公開崇拜暴力，並認為暴力是一種美。劉丹楓則是有丈夫的，不過她認為「丈夫」只是一種名詞。偶而有人問起她派駐在歐洲的丈夫，她挾著一支菸，冷笑著揚起頭，「哼，別提那三個字！」——她丈夫姓盧，連名帶姓就是三個字。於是有人稱她「三個字的女人」。劉丹楓也的確夠大膽的，而且非常衝動。有一回，她居然想勾引一個教授在講台上做愛。據她後來的說法，她那麼做，是想給那個混帳教授在講台上留一點東西給學生看一看。

在何仲良的屋裡，爭吵的重點之一是關乎他的肚皮。這個題目已經翻來覆去談到嘴裡快要淡出一隻鳥來了。何仲良沒有工作，住的房子也是向一個日本人借來的。他酷愛電影，一心想在電影上搞出一點成就。不過就當時台灣的電影環境來看，他幾乎是沒有希望的，只是一個大夢。台灣的電影，那時還處在一個極不景氣的狀態。白景瑞剛從義大利學電影回來，還沒拍過一部片。李行則大多在拍台語片。搞影評的何仲良，雖然在電影圈有點名氣，但是沒有一個願意出錢的幕後老闆。而且，他雖然有理論有觀點，卻沒有實際的執筒經驗。

何仲良的文字極具說服力，他的影評，很尖銳，也很受歡迎。寫影評的稿費，幾乎是他唯一的收入。但是，就在不久前，他寫了一篇激烈批評一部美國影片的影評，把代理片商給觸怒了。暗地裡，片商唆使幾個混混到那家第一大報的門口，叫囂、撕報紙，他自己則是明著打電話、寫信，向報社提出嚴重抗議，並且威脅要斷絕電影廣告。報紙的主要收入是靠廣告的，抗議的結果，報社屈服了，報老闆並且決定，從此不再刊登影評文字。

何仲良的生路就此斷了。

「這就是你追求的目標嗎？」毛良冷笑著說，「你應該把眼睛睜開了，這是個什麼社會，老弟，一個吃人的社會！一個受到美國資本帝國主義侵略的社會！一個附庸的尾巴！你明天還有麵包填肚皮嗎？」

「我還有一個在社會上公平競爭的機會，編劇啦或去片場跑跑腿什麼的，」何仲良說，「我也不同意你對我們這個社會的看法。報老闆向片商低頭，那只是因為他個人沒有骨頭！」

「你明天怎麼辦？」毛良又逼了一句。

「還剩下幾片麵包。」

「後天呢？」張若白也追問一句。

何仲良聳了聳肩。

「奮鬥！」他說，帶著點自嘲，「不會餓死的！我還會寫武俠小說呢。」

「不可救藥！」汪本搖了搖頭。「毛良，你別跟他爭了。如果有人情願屈辱的餓死，沒有反擊的勇氣，你扶也扶不起來的。老何，你的腦袋裡啊，有一塊石頭！」

「想不到他這麼頑固！」張若白說，帶著挑撥的口氣。

「也許是還沒有受夠打擊。」毛良瞪著何仲良，「老何，我們願意跟你做朋友，不過，你拒絕了。你即使不關心自己，難道也不關心整個國家和社會的前途嗎？」

「不關心，幹嘛請你們來吃牛放砲？」

「那是兩回事，」毛良氣憤的站起來，「真是浪費口舌！」

「好啦，回去吧，」汪本笑著說，「老何，你如果餓死了，你放心，我們這些朋友會給你料理後事的。」

「流不流眼淚？」何仲良冷笑著。

「小資產階級的包袱！」邱各插了一句。

他和劉丹楓從廚房辦完事回來，累得坐在門檻上，半天沒說一句話。

「我吐口水！」劉丹楓說。

何仲良點了點頭。

「我知道妳的水是很多的！」

劉丹楓漲紅了臉。

「誰說的？」她挑釁的瞪著何仲良。

「我聽到的，」何仲良說，「妳不必發火，這也用不著瞞，大家都知道，我們也有過一腿的！」

「哼，無聊！」

「的確是很無聊的，」何仲良說，「小姐，那要消耗我不少體力啊，我可是每天只吃麵包的！」

劉丹楓氣得想再還嘴，毛良搖手制止了她。

「好了好了，不要搞得太騷了，」毛良憤怒的說，「亂搞男女關係，難道不算是小資產階級的毛病？邱兄，你也應該檢討檢討自己了。」

邱各沉著臉不講話。

「扒糞扒完了嗎？」張若白說。

「我們是該走了。」汪本催促著，怕這兩人繼續鬧下去。

大家都站了起來。邱各首先衝出屋外，劉丹楓緊跟在他後面。

「無恥！」她丟下一句。

何仲良哈哈大笑。

「唉，何必呢？」張若白說，「自己人吶！」

那時，邱各和劉丹楓已經消失在黑暗中了。

「不像話！」毛良氣得在跺腳，「你們等著瞧，他們這麼亂搞男女關係，總有一天會給咱們惹禍！」

「會惹什麼禍？」汪本問。

「什麼禍嗎？」毛良說，「我來問你，劉丹楓算什麼身分，怎麼也混進來了？」

「她不清楚吧？」

「不清楚嗎？那麼，你問，你去問邱各吧！他什麼事沒對她講？為什麼我們每次碰面開會，劉丹楓都事先知道？我告訴你，這不是鬧著玩的。搞不好要殺頭的！」

「嗨，別胡說八道！」張若白警告他。

他看了毛良一眼，毛良也反瞪他一眼。

「你們說什麼，我都沒聽到。」何仲良笑了。

「再見，」汪本說，「老何，你多保重。」說完就走了。

毛良仍站在門邊，向何仲良伸出了手。

「我要等你把一切真相都看清楚了，再來看你。我們朋友可永遠是朋友，握個手吧！」

何仲良沒有伸出手。

「我已經看清楚了。」

「你看清楚了什麼？」

「你們想把我拖到街上去，」何仲良說，打了一個呵欠，「不過，我很懦弱，看不得流血。呃，我們流不起血了！」

毛良冷哼了一聲。

「你的腦子裡究竟在想什麼？蕭伯納的信徒，費邊社的那一套嗎？」

「我什麼一套都沒有，你把我看成白痴好了。」

「天生的奴才！」毛良狠毒的說。

「我知道你們是有很多帽子的！」何仲良又笑了。

「你這是自作聰明，想得也太多了。老何，有一天你會了解我們這些朋友的重要的。你以為我們只是閒著無聊嗎？」

「也許是，」何仲良說，「也許不是。我要睡覺了。」

他關上了屋門。

一九六×年，啊，好冷。在外面黑暗的天空上，掛滿著閃爍的星星。風在呼呼的吹。那幾個人在空蕩的街道上走著，各自懷著不同的心事。

然後，在一個轉角，他們分了手。

那一次分手，實際上也是分道揚鑣，從此各自尋找自己的道路。

啊，一九六×年，那個冬天，真的冷極了。那一年，何仲良並沒有餓死，當然，也沒有人為他流淚，或者對他吐口水。

然而，你如果還記得那一年，那一年發生的一些事情，你可能會流一點淚。也許，你也會吐一點口水……。

2.走到街上去

毛良是個畫家。他搞現代畫，自成一個怪調。他在畫布上貼一些奇怪的東西，包括垃圾、春宮照，還有不知從哪兒找來的老太太的裹腳布等等。他第一次開畫展，展了七、八天，沒賣掉一幅畫，心裡不痛快，跳到桌子上，脫光了胸膛向觀眾開砲，大罵他們不懂藝術。

「我是藝術家，」他拍著毛茸茸的胸膛，「我有我自己獨特的見解。你們看不懂嗎？活該！我難道要對你們這些低俗的群眾低頭嗎？哈！」

觀眾起初有點驚愕，接著掀起一陣騷動，有人開始憤慨的咒罵。

「你偉大！」

「瘋子！」

「你這個大藝術家，怎麼不把褲子也脫下來？」

毛良受不住刺激，在桌子上猛跺腳，錯亂的大吼。

「你們也配批評我的藝術嗎？狗屎！藝術家是不怕迫害的。低俗就是王八蛋！」

他真的脫下褲子了。

「我要讓你們知道誰勇敢！誰偉大！」他憤怒的說，朝著地上吐口水。

觀眾更火了，大夥兒圍上去，伸手推擠他。

有個人高舉著一支掃帚，迅速跑過來了。

「我叫你偉大！」那人罵著，握著那支掃帚打毛良的生殖器。

毛良痛叫一聲，「哎喲——！」他彎下腰，撫著自己的生殖器呻吟。

從那以後，毛良便瘋了似的，到處跟人吵架。他仇恨所有的人，所有能夠說話、吃飯和走路的人。他把自己看成是一個藝術的殉道者、一個受到社會迫害的烈士。

畫展之後半個多月，毛良到田園咖啡找人，突然發現以前的高中同學張若白和兩個人坐在一起。

「嗨，小白，好久不見！」

「嗨，老毛，你在找誰？」

「我要找的鬼不在！」毛良做了個鬼臉。

張若白把他介紹給同座的邱各和汪本。

邱各聽說過毛良第一次畫展的風波，聊了一會兒，便做主請他給《民風》設計封面。《民風》是一個同仁雜誌，一向沒有稿費的，不過，邱各決定對毛良例外。畫一個封面，台幣五百元。夠他喝好幾天米酒了。

照邱各看來，毛良十足是個瘋子。不過，他有他的想法。

這是說，瘋子也有瘋子的價值。

「藝術家是絕對不屑於跟低俗的群眾合流的，」毛良還在說他的畫展，「低俗就是王八蛋！我難道要跟著別人做王八蛋嗎？」

大夥沒答腔。毛良繼續說，他本人是一個具有極大內心潛力的藝術家。他了解自己的天分。他有獨到的見解。他能夠堅持自己的看法，不為外面那些王八蛋所動。他的作品雖然難懂，卻也證明，他內在的深奧和靈魂的偉大。他確信自己將來一定會受到國際藝壇的重視，成為舉世聞名的大畫家……。

「到那一天，哼，」毛良咬牙切齒的說，「我們來看那些王八蛋的臉色吧！他們能從一條裹腳布看到一個世界嗎？」

邱各對他奉承的笑了笑。

「你說得對，」邱各說，「不過，我認為，你在認定對象上，也許有一些偏差——」

「偏差？什麼偏差，那些王八蛋嗎？」

「我們該先談一下封面的事情。」

「封面？這簡單極了！你只要告訴我一個方向，我就會設計，包你滿意。」

「我們是要大幹一番的！」邱各餘味深長的說。

「好極了！要大幹！」毛良興奮的搓著手，「你們要怎麼幹？幹什麼人？咱們是朋友了，要幹什麼人都行！」

「這個嘛，慢慢再談。先說封面——」

「唉，封面是小事情，」毛良不耐煩的說，「我已經憋不住了。我早就想大幹一番啦！你說呀！」

「我們還是先談封面吧，」邱各說，「下一期的《民風》，為了配合內容，很需要一點具有震撼性的玩意。」

「震撼性的嗎？好極了！是什麼樣的內容？」

「有濃厚的社會性！」

毛良翻起那雙發紅的眼睛，抬頭瞪著天花板上的吊燈。

「啊，我想到了，」毛良敲敲自己的腦袋，「畫它一隻男人的生殖器，這夠震撼了吧！」

「生殖器？」邱各覺得肚皮一陣發熱。

「對呀，這生殖器嘛，每個人都有，而且每天都要用的，」毛良興奮的站起來跺著腳，「這個封面絕對有震撼性，而且，你要求濃厚的社會性，這豈不也對了頭嗎？哈哈！」

「對了頭嗎？」邱各說，對毛良懷疑的瞪著，「你不是在開玩笑吧？」

「開什麼玩笑？這是藝術！邱兄，你別忘了，我們有些老祖宗就是崇拜性器的。」

邱各斷然的搖搖頭。他倒不是受不了生殖器的震撼性，而是擔心方琳也許會被這封面激怒。汪本正在追求方琳，她如果不能接受，那麼，汪本也不會答應的。他可不想為了一根生殖器，跟出錢的汪本鬧意見。另外，他也要顧慮出版管理機關的看法。這可不能開玩笑的。搞社會文學是一回事，搞生殖器又不同了。

「還是再構想一點別的吧，」邱各說，「以你老兄的藝術頭腦，應該想得出比這更好的構想。生殖器的震撼性是夠了，可惜它刺激了一點兒。哈哈，老毛，你真有一套！」

毛良這人是很少接受別人意見的，可是，經不住邱各這麼一再的抬捧，居然乖乖的退讓了。

「好吧，你說的也有點道理，」毛良說，「他媽的我們就是這麼一個封閉的社會，誰沒有生殖器，又何必隱隱藏藏的，難道見不得人？」

「是呀，」張若白順著他的口氣，「傳宗接代也得靠它呢！」

生殖器的構想破滅了，毛良踱到他原來的座位，埋頭畫了幾分鐘，拿回一個好像握著什麼東西的，黑糊糊的拳頭。

「這是草圖。」他說。

「它握著什麼呀？」汪本看著草圖皺眉頭。

「握什麼都可以，」毛良得意的說，「這要看你怎麼解釋，也許想握一支槍，也許想握一面旗，也許嘛，握一個生殖器。你看呢？」

「有點意思！」張若白幫腔說。

「不會讓人——，讓人解釋出什麼毛病吧？」汪本猶豫的說。

「毛病？什麼毛病？他媽的低俗王八蛋！也許是握著美鈔哩！」

「你看怎麼樣？」汪本問還沒表示意見的邱各。

「很好嘛，」邱各說，「老毛解釋得也對，就握上一張美鈔，有個對比不是更好嗎？」

「對！」張若白猛拍一下腿，「這代表美國資本帝國主義的侵略！」

「哈哈——，小白說得好！」毛良握起了拳頭，「代表美國資本帝國主義的侵略！」

•

毛良給《民風》畫了幾期封面後，跟邱各建立了密切的關係。他一向是不服別人的，對邱各，他卻打心眼兒裡佩服。他認為邱各是一個真正有思想的，有格調的人物。

他跟汪本則始終不怎麼對頭。他看不起汪本，認為汪本是低俗的王八蛋之流。汪本拚了命追那個玉女方琳，他尤其看不順眼。他不喜歡那一套。管他玉女還是什麼女，他搞女人，一向速戰速決。或者到寶斗里，或者把女孩騙到他房間裡，完了事就「拜拜」，純粹發洩。

「一個偉大的藝術家是不應該把生命和時間浪費在這種王八蛋事情上的！」——他對張若白這麼說。

後來，他發現邱各跟劉丹楓攪在一起，攪得比汪本追方琳還更熱鬧，失望透了，氣急敗壞的不時找些藉口跟他們吵。汪本好幾次跟邱各商量，想把毛良這個瘋子涮掉，但是，邱各不同意。

「他將來會有用處的，」邱各說，「忍一點吧！」

毛良受到邱各的刺激，內心中的仇恨之火，燒得更烈了。在他看來，這地球上沒有一個人是能讓他看得順眼的。所有的人都是王八蛋，所有的人都在跟他作對。只有杯子裡的酒才是真正的朋友。

有一天，毛良又喝了幾杯，搖搖晃晃走到街上去，對著迎面而來的陌生人叫罵：王八蛋！臭雞蛋！王八蛋！臭雞蛋！……不久來了一個警察制止他，他竟伸手去摸那警察的屁股。

「咱們去寶斗里吧。」毛良醉醺醺的說。

警察拖著他，硬把他拖回派出所。

進了派出所，毛良清醒了大半，拍著桌子叫罵。

「你們這是他媽的，迫害！」他狂吼著，「迫害！懂嗎？小王八羔子，你們等著瞧，總有一天讓你們好看！你們知道我——，我是誰嗎？……」

後來他被警方裁決「違警」，關了三天。

從拘留所出來後，毛良跑去找邱各，請他去向汪本預支兩期封面稿費，說是非去寶斗里發洩一番不可。邱各掏出幾張皺巴巴的紙鈔，「我先墊給你吧。」

「我要先把肚子裡的怨氣放掉！」他對邱各說，「想不到咱們這兒也有藝術迫害！他們把我當什麼人了？我是藝術家，他們不但關了我，而且把我跟拉皮條的皮條客關在一起，真是暗無天日無法無天！」

「忍耐一點嘛，」邱各說，「總有一天——。」

「對，我跟他們說啦，要他們等著瞧！總有一天——，哼！邱兄，咱們回頭見，我要發洩去了！」

當天晚上，毛良果然又去找邱各，說是來帶他去看那間破畫室。

「你每次都說改天去，說了多少次了？」毛良說，「今晚你可一定要去！」

毛良的畫室，是一間鄰街公寓屋頂加蓋的木板房，角落還堆著房東的一些破舊家具，像個儲藏室。

房間裡散放著幾隻圓木凳，最醒目的是中央那張缺了一隻腿的桌球檯。缺腿的一邊，墊著一落暗紅的破磚頭。球檯上凌亂的放著畫筆，墨盤，顏料罐，紙團，毛巾，杯子，酒瓶……。還有幾個耀眼的大字，是用紅色油彩寫的：「生存之外無它」——又是存在主義的玩意！

毛良說，這是他作畫、吃飯、喝酒、打坐、睡覺的地方。有時候也把一些天真的女孩騙上來……。

「咦，你沒床？」邱各說。

「床啊，那簡單，」毛良指著房東那堆舊家具，「上頭那包就是我的鋪蓋捲兒。」

「呃，打地鋪？」邱各說，「冬天怪冷的！」

「我不怕冷，肚子裡有火爐嘛！」

毛良邊說邊脫光了衣服。毛茸茸的胸膛上，露出幾根瘦巴巴的排骨。

「邱兄，」毛良說，「咱們倆今晚應該赤裸裸的照個面，對吧？」

「我——，」邱各眼裡閃過一絲慌亂，裝著客氣的說：「我怕冷，我不習慣！」

「你怕冷？那就——，好吧，我不勉強你，」毛良說，「不過，你記住了，你是少數到我這兒來不肯脫衣服的客人！現在，邱兄，咱們就進入主題吧！」

「啊—— 主題？」邱各眼裡又閃過一絲慌亂，仍然客氣的笑著說：「什麼主題？哪個主題？」

「那些低俗的王八蛋，我忍不下去了！」

「唉，這是小事情嘛，何況，你也多了一個坐牢的經驗。」

「不，我不是指那個。」毛良吐了一口大氣，「我是在生汪本那些傢伙的氣。他們整天在那裡談理論，光是談理論，能搞得出什麼鬼名堂！」

「你認為，該怎麼樣做——？」邱各謹慎的說。

「怎麼樣做？到街上去啊！我們應該到街上去，去搞它一個翻天覆地！」

「這是——，」邱各又謹慎的說，「這不是，造反嗎？」

「是呀，怕什麼？要幹，就幹個痛快！」

毛良用力的拍著那個赤裸的肚皮。一下，兩下，三下。

邱各沉默了，楞楞的望著那個裝著火爐的，赤裸的肚皮。

「唉——！」邱各拍拍毛良的肩膀，「老毛，你今天累了，早點睡吧！」

他打開門，摸索著黑暗的樓梯，一步，一步，慢慢往下走。

「你小心啊。」毛良在背後說。

丘各從四樓走到了一樓。街邊亮著暗淡的燈。

他大步的邁開腿，走到街上去。

街上一個人也沒有。

第六章

走進林海音的第一個客廳（上）

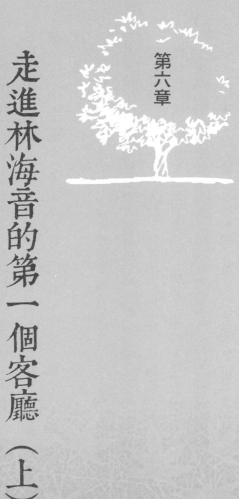

頭份姑娘林海音，一九三九年五月在北平做了夏家媳婦。一九四八年初冬，帶著三個孩子和夫婿夏承楹（何凡）回到台灣，定居於台北市重慶南路三段十四巷一號。然後是重慶南路三段三十號二樓；忠孝東路四段二〇五巷七弄十三號永春大廈六樓；逸仙路三十六號翠亨村二樓之二。

從重慶南路到逸仙路，她家的客廳馳名文壇五十年。第一個客廳是播種期，簡樸的日式宿舍。第二個客廳是創業期，就在她的純文學書屋樓上。第三個客廳是收穫期，位居東區的大廈，最為寬敞明亮，出入的文藝界朋友也最多。第四個客廳是歸隱期，鄰近國父紀念館，精緻典雅，能享園林美景兼運動強身；彼時已經結束純文學出版社。

在播種期，她寫了膾炙人口的《城南舊事》，以及《綠藻與鹹蛋》、《婚姻的故事》等名作，並先後主編《國語日報》周末版，《聯合報》副刊，《純文學》月刊，文藝界朋友尊稱她林先生。在創業期，她埋首經營「純文學出版社」，買紙賣書付版稅等等金錢交易，大多以現金支付，打造了文學出版的金字招牌，羨煞許多出版同業。

林先生邀文友去她家吃飯，最重要的餘興節目是聊天配茶點、水果，她在一旁為大家拍照，興致來了還吆喝著唱老歌。如果夏先生在家，節目就加上欣賞他不急不緩的為我們泡老人茶。

在東區大廈那最寬敞的第三個客聽時期，某次飯後又有人聊起當年的「船長事件」，夏先生握著壺把，一小杯一小杯專心的注茶，也是不急不緩的說：

「要不是發生那件事，海音離開報社自己創業，我們哪有今天？」

林先生快人快語的接道：

「是啊，承楹說的倒是實話。」

1

一九六五年九月，我首次走進林先生的第一個客廳，遺憾的是從沒看過她編的報紙版面。我讀永定國小二年級時，父親為了學北京話，家中訂了《國語日報》。但從後來的資料推測，林先生那年已轉去編聯合副刊；我家那時訂的是父親極為崇敬的雲林民主前輩李萬居辦的《公論報》。後來升上虎尾女中，在學校只能看到《中央日報》或《新生報》這些黨政單位辦的機關報。一九六一年三月《公論報》停刊後，家裡看的是鄉民代表會給每位代表訂的《台灣新聞報》；我初二開始投稿，即是《台灣新聞報》的「學校生活」。一九六三年四月發生「船長事件」，林先生離開聯副，由馬各接編，林懷民囑我要看我們的筆友馬各編的聯副，我家才開始訂《聯合報》。

一九六四年三月到台北做職業作家後，有一次婦女寫作協會邀我與幾位前輩去實踐家專與學生座談，劉枋大姊要我務必加入婦女寫作協會；那時她是婦協總幹事，當場命我填寫入會表。次年四月十八日，林先生應美國國務院之邀赴美訪問四個月，琦君等二十多位婦協前輩去松山機場送行，劉枋又邀我去給林先生獻花。林先生和送行者一一握手話別時，我被一對清亮如鏡的大眼睛注視，被一雙厚實溫暖的手掌緊握；約莫只是半秒鐘的光景，回家的路上猶覺餘溫灼灼。那時我已答應楊蔚五月九日（他的生日）結婚，但不知林先生與他有過一段傳奇的情誼。

入秋之後，林先生回到台北，聽說了我們結婚的消息。九月十七日星期五，楊蔚在聯副發表〈昨日之怒〉，晚上在報社接到林先生電話，恭喜他結婚，讚美他那篇小說寫得好，說她次日晚上請了琦君、潘人木、劉枋等婦協文友去她家吃飯，看她在美國拍的幻燈片；「你和季季一起來吧。」楊蔚對她說，恐怕不方便，因為星期六要上班，她立即說：「那你們星期天中午來吃餃子好了，吃完再看。」

那個周日中午，第一次走進林先生家，迎面看到客廳一角的飯桌白粉粉一片，一個穿著藍紫色碎花旗袍、頭髮梳得妥貼油亮的老太太，正在擀餃子皮。「阿母，」林先生用閩南語說，「我來給妳介紹，這個季季，伊是雲林縣彼邊的庄腳人啦，這個楊蔚生得這呢大欉，伊是山東人啦，以前嘛來過咱家，妳敢記得？」

老太太身材矮瘦，面容秀麗，腦後挽個髻，笑瞇瞇的打量著楊蔚，「記得，記得，」她說，「山東人一定會包餃子，來一起包吧。」林先生問我說：「妳家住庄腳，妳敢會包水餃？」我說讀虎女時在家事課學過，只怕包得不好。她說：「那沒關係，包著好玩嘛，今天中午就我們四個人，承楹帶孩子們看電影打牙祭去啦，反正那些幻燈片他們都看過了。」

那天包的是韭菜餃子，林先生說：「你們都吃韭菜吧？」楊蔚說：「吃呀，我們常吃韭菜烘蛋。」林先生說：「對啊，韭菜的味道多香！可是承楹不吃韭菜呢，他不在家吃，我媽就說，今天我們吃韭菜餃子吧。」

林先生還煮了一大碗酸辣湯，切了一盤昨晚剩下的滷味，吃完立即在小小的客廳裡架起幻燈機，一張張放映解說。

她訪問美國四個月，遊歷了馬克·吐溫的家鄉等許多地方，還訪問了《大地》的作者、一九三八年諾貝爾文學獎得主賽珍珠，以及《京華煙雲》作者林語堂等等，拍了幾十盒幻燈片和照片回來。

看完臨走的時候，她送了一張與賽珍珠的合影給我做紀念。至於那些幻燈片，我印象最深刻的畫面之一是美國家庭的廚房：寬敞明亮，冰箱，電爐，烤箱，一應俱全，牆上掛著各式各樣不鏽鋼的鍋子。林先生的解說是這樣的：

「美國人的爐子鍋子一大堆，做的菜就那兩三樣，不是烤雞就是烤魚煎牛排煮馬鈴薯，哪像我們中國人，一個煤球爐兩個鐵鍋就可以做一桌菜。」

還有一張是舊金山的十字路口，一個中年婦女在等紅燈，路上明明沒有一輛車，她仍站在那裡等。林先生說：

「要是在我們台灣，不知有多少人大搖大擺走過去了。」

林先生問那位婦女為什麼不走過去，她指著紅燈回答：

「我尊重那盞燈。」

1. 一九七八年四月二十九日，鍾理和夫人鍾台妹來林海音的第三個客廳做客。前排左起：鍾肇政、鍾台妹、巫永福、鄭清文；後排左起：鍾鐵民、季季、林海音、何凡、趙天儀。
2. 一九六五年九月十七日，林海音送給季季她訪美時與賽珍珠的合影。
3. 林海音（右一）主編聯副初期，與經常撰稿的四位女作家合影。左起：琦君、潘人木、聶華苓、孟瑤。

看完幻燈片那天，情緒一向陰沉起伏的楊蔚，或許因為受到林先生家客廳那溫馨氣氛的激盪，顯得格外的亢奮，黃昏回到家換了衣服，泡杯茶，燃起了菸，開始述說林先生與他的傳奇故事。

「林先生真是個熱心的好人，」他嘆息著說，「她可是我的再生母親啊。」

「再生母親——？」我心頭震了一下，「你沒跟我說過啊。」

楊蔚很少提以前的事。我認識他時，只聽他說母親是日本福岡人，童年住在哈爾濱，會說些日文；十六歲離家後就與家人斷了音訊。我決定與他結婚時，母親堅決反對我嫁給外省人，曾經留學東京的父親得知他的母親是日本人，來台灣後也學會一些台語，於是給他寫了一封信，其中最重要的一句是：「我會像對待自己兒子一樣的對待你。」看到這句話，他感激得哭紅了眼睛，說他在台灣又有了一個疼他的父親。

後來他就沒再提起他的父母或家裡的事。那天黃昏突然聽他說起林先生是他的「再生母親」，我就想，對一個孤單在台的遊子，那四個字飽含了什麼樣的深情？

「我在綠島的時候，給聯副投過稿，林先生給我寫信，我才知道是她編的。」

「那是哪一年的事？」

他皺起眉頭想了很久。「記不得了。」他說。

（林海音：「民國四十九年……楊蔚的短篇小說〈鞋子〉刊於二月二十五日，這以後他的創作頗引人注意，他個人的遭遇不凡，想法也不同，所以寫的東西也另有一格。其實他的作品在「聯副」發表，不自本篇始，好像在四十七、八年已經看到了，但是那時作品普通，不引人注意……。」——〈流水十年間——主編聯副十年雜憶〉；一九八二，《風雲三十年》，聯副三十年文學大系「史料卷」）

「也許不是在綠島也不一定。」他困惑的說。

「你不是一直關在綠島嗎？」我也困惑的說。

「不是，」他說，「關了好幾個地方。」

「哦——？你怎麼都沒告訴過我？」

「是啊，」他的語氣淡淡的，「我現在告訴妳……。」

他沒多解釋，開始說起他的牢獄生涯。

一九五〇年秋天，他在台中大甲分局所屬的一個海濱派出所做巡佐時被捕，先被送到西寧南路的保安司令部保安處，再送到延平北路的保密局北所，後來羈押在台北市中正東路一段保安司令部軍法處看守所（即今忠孝東路一段喜來登飯店之址），曾和葉石濤（1925-2008）關在一個房間，也見過嚴秀峰（1921-2015）等人。那時同獄的人大多知道，嚴秀峰是李友邦（1906-1952）的夫人。李友邦老家在台北蘆洲鄉，日據時代跨海入讀黃埔軍校二期，因抗日活動與杭州美女嚴秀峰結緣成婚，一九四五年升至中將，返台後曾任台灣省黨部副主委，一九五二年卻因匪諜案被處死。嚴秀峰則於一九五〇年二月被捕，判刑十五年。

（嚴秀峰體態高挑，容貌秀麗，在看守所女囚中極引人注目。葉石濤一九九〇年在其《台灣男子簡阿淘—五〇年代白色恐怖自傳小說》裡，曾於〈鐵檻裡的慕情〉描述獄中男子對嚴秀峰的仰慕。他被關進「高砂鐵工廠」改造的保密局祕密監獄後，牢房恰在監獄最前排，十多坪大，關了二十多人；而那排的最末間是女監，大約關了五個政治犯：

每天清晨，他們這男監放風去到共同的洗手台刷牙、洗臉、漱口之後回到監房來，接著那女監就放風。這個時後，他這牢房的所有囚犯都擠到前面來，各自使勁地抓著牢門木條，屏氣靜息地等著那些女犯從走廊走過去。……特別吸引簡阿淘的是這一群女犯中的一個中年婦女，她總是穿著潔淨的一襲青色長衫，含笑地走過去。她走的時候特地靠近牢房，所以簡阿淘用他六百度深度裸眼也依稀可以看到她秀拔的鼻子，極美的鵝蛋臉以及那鮮紅的櫻桃小嘴。她的臉色是那麼的蒼白，她的身材是那麼的修長苗條，她簡直是從古代仕女圖裡走出來的美女一般。她常用那水汪汪的大眼睛瀏覽一下他們這群猴子，好似垂憐的觀音菩薩。……簡阿淘被她那特有的美和氣質弄得神魂顛倒……。

一九九五年重讀這本書後，我特別打電話到左營跟葉老說些讀後感，最後問了一句：「葉老，在北所讓你神魂顛倒的那位觀音菩薩，是不是嚴秀峰？」葉老嘿嘿嘿笑了好幾聲：「哎喲，被妳看出來啦？」……

當時的北所，還有一位身分特殊的辜嚴碧霞。葉老寫那本書時，她的兒子辜濂松已是舉足輕重的企業外交家，葉老大概不好意思提到她。

辜嚴碧霞是台北三峽人，比嚴秀峰年長八歲，其夫辜岳甫是鹿港辜顯榮嫡長子。一九三六年，辜嚴碧霞二十三歲，其夫病逝，長子辜濂松僅四歲。次年辜顯榮逝世，各房分家，孤兒寡母分到台北延平北路三段的「高砂鐵工廠」。這位豪門媳婦熱愛文學與寫作，管理鐵工廠之餘，把丈夫及公公去世後遭到大家族不公平對待的種種過程，以日文寫成小說《流》，據說一九四二年出版即被大家族封殺，無法流通市面。一九五〇年，她受到呂赫若案波及，「高砂鐵工廠」被政府沒收，改裝為保密局監獄。最諷刺的是，軍法當局把判刑五年的辜嚴碧霞，故意關在她自己的「工廠監獄」裡。這個從日據到國民黨政府來台都屬權貴家族的女囚，在五〇年代的白色恐怖故事裡，可說最反諷，也最悲涼。不過，一九九九年她的小說《流》翻譯為中文出版時，再也沒有人敢予以封殺了。

根據我十多年前的輾轉聽聞與揣測，辜嚴碧霞的文學成就不應僅止於《流》。聽說她有寫日記的習慣，應該可以轉換書寫更多的小說，抑或至少出版一本具有史料價值的自傳或內容精采的回憶錄。遺憾的是，出獄之後她即噤若寒蟬（也許有寫但沒發表？）。更讓人遺憾（或震撼）的是，她在晚年決定「自我封殺」，把所有的日記予以銷毀；其原因，據說是為了保護辜濂松的事業（另有一說是辜濂松要求母親銷毀日記）……。辜嚴碧霞於二〇〇〇年辭世。辜濂松也於二〇一二年辭世；留下了龐大的中國信託金融集團。——如果銷毀日記的傳聞屬實，那麼，辜嚴碧霞的日記，到底寫了多少可能不利於辜家黨政關係的指控？

反觀嚴秀峰，判刑十五年，出獄後包粽子、做女紅、養雞鴨、拉拔五個孩子、經營世界翻譯社、成立「中華自由古蹟保存促進會」，歷盡艱辛遊說李友邦家族捐出祖厝，成立「蘆洲李宅古蹟—李友邦將軍紀念館」，並由楊渡撰寫出版《紅雲—嚴秀峰傳》……。

兩個「高砂鐵工廠」的女囚，一出自台北三峽，以傳統女性的溫婉，選擇維護兒子事業，讓自己在歷史裡消音；一來自浙江杭州，以強韌的意志與實踐力，兼顧了自我與家族的歷史定位。她們的女性意識如此懸殊，委實讓人扼腕。我認為，被囚於「高砂鐵工廠」這個巨大反諷的陰影，對辜嚴碧霞的內心是終身的精神磨難；也許因為這個磨難，使她選擇銷毀日記，自我消音。）

3

一九六五年九月十七日晚上，楊蔚說到嚴秀峰時也是很激動的。但他的激動不是為了她的美，而是一小截牙膏。他說，入獄後一無所有，連牙膏都沒錢買，有一次嚴秀峰和他在洗臉台巧遇，故意把她用剩的一小截牙膏留在那裡，默默的看他一眼，他也回以默默的注視。

「妳是沒辦法想像那種感覺的，」他說，「那時候，那一小截牙膏，對我啊，就像金子一樣珍貴。」

嚴秀峰這個小小的（同時也是巨大的）善行，恰恰對應了葉石濤的形容：「垂憐的觀音菩薩」。

一九五三年八月，楊蔚被裁定「交付感化三年」，送到綠島「新生訓導處」。

（在綠島，他最尊敬三個人：小說家楊逵，舞蹈家蔡瑞月，以及他的山東同鄉，「崔老師」崔紹萱。崔老師之夫鄒鑑，是山東流亡學生澎湖案被槍斃的校長之一。她曾任青島市議員，也因澎湖案被捕，判刑十年，唯一的女兒寄養在孤兒院。出獄後，為了自保，她嫁給一個陳姓警察局長，江西人，女兒也隨著改姓陳。一九六二年，陳局長從東港調到虎尾，女兒也從屏東女中轉學虎尾女中，與我同班，常邀我去她家玩，只見她母親常常叼著一支菸，眼神迷離望著天空。當時我還不知道澎湖案，陳同學也只說她母親坐過牢，心情不好。一九六三年，我們高中畢業，陳同學考上文化大學，陳局長的江西老鄉陳大慶出任警備總司令，調他到台北任警總資料室主任，住在木柵考試院後面，一座警總配給的西洋式平房；屋前左側有個大池塘。陳同學大學畢業後出國留學，拿到碩士回來在母校當講師，有天我去她家探望陳媽媽，告辭時陳同學堅持送我去外面公車站。關上大門後，她忽然指著那個池塘說：「每天回到這裡，我都恨不得跳下去。」我問她發生了什麼事，她說，每天回家後，媽媽叼著一支菸，望著天花板，一句句問她今天見了什麼人，叫什麼名字，說了什麼話；「妳怎麼回答？」如果媽媽認為答錯了，就瞪著她說：妳怎麼可以那樣說？妳應該這樣這樣說……。「每天一成不變，像特務在問話，我快受不了啦。」還好不久後她結婚了，丈夫是台南人，在中興大學農學院擔任教授，婚後定居台中，她才免去了媽媽的每日盤問……。

楊蔚說了他最尊敬的三個人之後，說起了他在綠島最愛的人F；她原是國防醫學院護理科學生，因與同學組織讀書會入獄。他與F常偷偷互遞紙條，傾訴感情，但沒有機會私下相處。有一次他壯起膽，約她去一個極隱密的地方見面，幻想著兩人可以在那裡擁抱、接吻，甚至做愛。「她真的來了，我好興奮啊，我看到她跑過來，也趕快朝她跑過去，結果啊，唉，一碰到她的身子，都還來不及抱緊，我就洩了，我們緊緊抱在一起，又哭又吻，只能跟她說對不起對不起……。後來我鼓起勇氣在她耳邊小聲說：以後我們一定要永遠在一起，她在我懷裡點點頭……。」）

在綠島，他也常去海邊游泳，想要強化體力，了解海況，以便俟機偷渡回大陸。後來遭人告密，被獄官叫去問話。他雖極力否認，仍遭一頓毒打。或許因為這樣，三年感化期滿未獲釋放，被轉送到台北縣土城鄉的「生產教育實驗所」繼續感化。這使他積了一肚子的冤屈怨怒，不時在裡面鬧事洩憤，三年後又被送到屏東縣琉球鄉專門關流氓的職訓總隊，成天和一群流氓在一起挑石頭，做苦工，被踢，被打，挨餓，吃盡了苦頭……。

——難怪他有一張舊身份證字號是：**屏琉（十七）口字〇〇〇七號**——

「我被捕那年二十三歲，出來的時候已經三十二歲了，人生最好的十年時光，就像個陀螺轉來轉去，很多事情都轉得暈頭轉向，記不清楚了。」

「你坐牢的時候，投給林先生的稿子，是小說嗎？」

「也許有小說，有散文吧，記不得了，那時太窮了，寫作只是想賺點稿費，大多隨便用個筆名，但是稿子投出去要先經過審查的，也不能隨便寫。以前那些事太痛苦太混亂了，我都想盡量忘掉。」

「那——，有沒有留剪報？」

「林先生寄給我了呀，出來後到處流浪，什麼都丟光了。」

一九五九年六月，他終於從小琉球職訓總隊回到本島，替他做保的是曾任保安司令部政治處長的朱介凡。後來，他輾轉找到在綠島獄中曾經誓言相愛的F，卻發現她已別嫁一個殷實的商人，丈夫在松山開一家戲院（後來還在重慶南路開一家書店）。

剛出獄時，他去萬華投靠一起坐過牢的難友，一個個都苦哈哈，賣水餃的，踩三輪車的，擺菜攤的，都只求自己有口飯吃。有次投靠賣洗衣粉的老萬，教他用麵粉摻一點點洗衣粉去菜場賣，因為賣的比較便宜，很快就賣光了。於是再度如法炮製，卻在菜場被一個阿婆拿枴杖來打，說你們賣的是什麼洗衣粉，根本是麵粉嘛……。

投奔了一個又一個，最後走投無路，萬念俱灰，買了安眠藥，一九六〇年初在新公園自殺。但是小難不死，被路人發現報警，送到對面的台大醫院急救，消息上了《自立晚報》。林先生看到報導，即刻趕去台大醫院急診處找他。

「我是林海音，你是不是那個給我寫稿的楊蔚？」

他不敢置信的，恍惚的面對一雙清亮如鏡的眼睛，虛弱的點點頭。林先生憐惜的嘆道：「你很有才氣，文筆又好，聰明人幹嘛做糊塗事呢？」他的眼眶霎時蓄滿了羞愧的淚水。

第二天林先生又去看他，給他送醫藥費，留下電話號碼，叫他出院後與她聯絡。

柏楊那時在《自立晚報》當採訪主任，林先生打電話向他提起那則楊蔚自殺的新聞，說他文筆很好，請他幫忙介紹楊蔚到《自立晚報》做記者，柏楊一口答應了。就那樣，楊蔚從《自立晚報》駐桃園記者，開始了他的新聞生涯……。

斷斷續續的回想，一支菸接著一支菸述說，說的都是二十歲的我從來沒聽過的，那麼複雜又那麼不堪的往事。雖然幾度唏噓不已，卻是我第一次見到楊蔚那麼坦白，平靜，而且快樂。

最後，似乎想起了什麼，他在書桌最底下的抽屜找出一個斑剝的紅色餅乾盒。

「這裡有些剪報，」他興奮的搖著說，「是我進晚報後林先生鼓勵我寫的小說。」

他激動的翻出一疊泛黃的剪報，一張張攤平在書桌上給我看。一九六〇年五月到十月之間，他在聯副發表了六篇小說：五月二十七日〈赤裸之夜〉；七月三十日〈六萬頭老鼠〉；八月七日〈最後吶喊的人〉；八月十九日〈跪向升起的月亮〉；八月二十一日〈跟魔鬼訂約〉；九月十七日〈孿生的傳奇〉；十月四日〈結〉；十二月二日〈五個吹鼓手〉。

他說，發表〈赤裸之夜〉後，他被調回《自立晚報》台北總社，不久全省跑了一趟，寫了一系列「塔裡的男人」報導，介紹全省各地的燈塔和看守者，引起新聞界矚目。不久之後就被《中國時報》前身的《徵信新聞報》挖去跑社會新聞；一九六四年又被《聯合報》採訪組副主任孫建中找去，可惜那時林先生已離開聯副。跑了一陣社會新聞後，他換跑藝文新聞，十一月開始在唐達聰（耿邇）主編的「新藝」版發表「這一代的旋律」專欄，報導從丘延亮到許常惠的十位現代作曲家；十二月到次年九月，發表「為現代畫搖旗的」專欄，報導從陳庭詩到馮鍾睿的十六位現代畫家，一時轟動文藝界，是他新聞生涯的頂峰期。

九月三日專欄結束，十七日即在平鑫濤先生主編的聯副發表小說〈昨日之怒〉。然後，十九日受林先生之邀去她家吃餃子，看她訪問美國的幻燈片，又一次親炙了「再生母親」的關愛，也難怪他那天意氣風發，心情那麼暢快。

4

天黑了，我開了燈，幫著他把那些泛黃的剪報一一折疊收好。當他蓋起了那個斑剝的餅

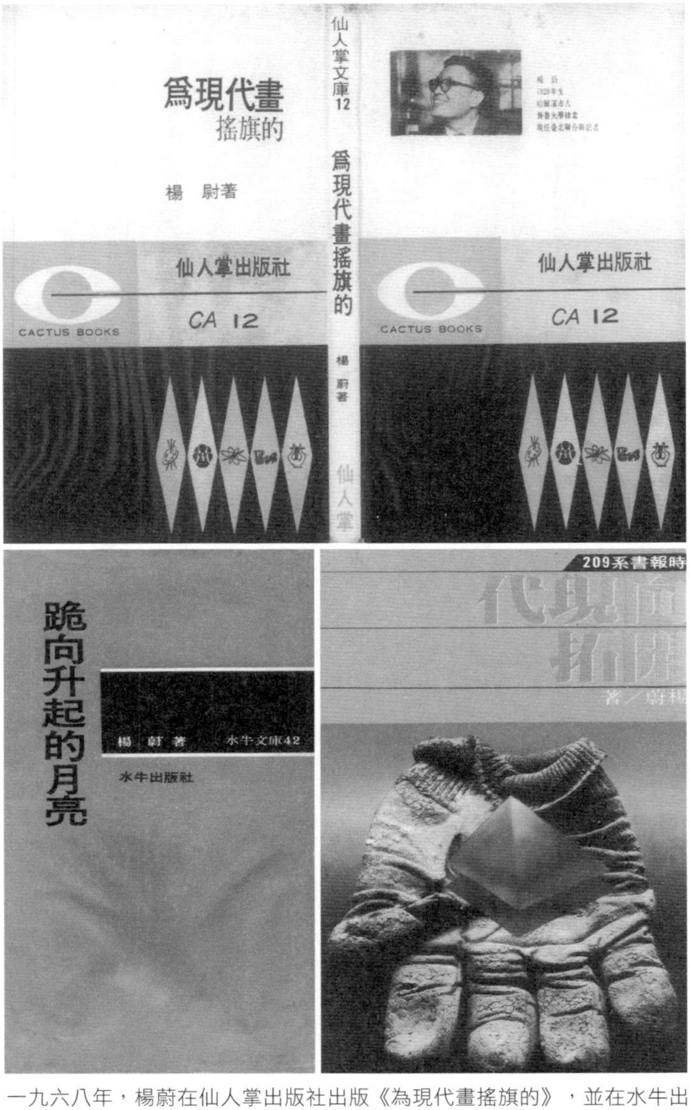

一九六八年，楊蔚在仙人掌出版社出版《為現代畫搖旗的》，並在水牛出版社出版小說《跪向升起的月亮》。一九八〇年八月，《為現代畫搖旗的》和《這一代的旋律》合為《向現代開拓》，由時報文化公司出版。

乾盒，彎腰放回抽屜時，卻是語帶哽咽的呢喃著：

「如果不是林先生，我早就不知死到哪裡去了！」

是的，如果不是林先生果斷而熱心的扶了他一把，走出台大醫院急診處的楊蔚，仍是個一無所有的，走投無路的人，也許仍會萬念俱灰的自殺，只是選擇的一定是一個無人知曉的，確實可以一了百了的地方。

然而重生之後的楊蔚，仍是一個誰也不怕的，十六歲就離家闖蕩的浪子性格。他唯一尊敬而且敬畏的人，只有他的「再生母親」林海音。

就因這樣的機緣，六年之後，精神瀕臨崩潰的我，最後一次走進重慶南路三段十四巷一號，熱心果斷的林先生也拉了我一把，在一九七一年末做了我的「再生母親」。這條無形的牽引看似那麼單純，背後的牽扯卻是千絲萬縷理不清；楊蔚深陷其中無以自拔，我也被推入漩渦險遭滅頂。

一九七一年十一月，我們公證離婚的第三天，他憤而辭去報社工作，讓自己再度顛沛流離，生活幾度陷入困境。一九七三年我家裝了電話後，有時接到林先生電話：「季季，楊蔚最近有沒有去找妳？他今天又來找我了……。」

林先生說，在辦公室如果接起一個一開始沉默了幾秒鐘的電話，然後傳來沙啞的聲音喚著：「林先生——」，她立即知道，電話的那一端是楊蔚。於是她低聲的問道：「你是楊蔚嗎？你在哪兒？我請人給你送去……。」

一次又一次的，在絕望的瀕死的時刻，老左派楊蔚，首先想起的，永遠是他的「再生母親」，林海音。

第七章

我的再生母親

走進林海音的第一個客廳（下）

那個淺藍色的公共電話筒，掛在里長伯雜貨店門聯「天增歲月人增壽」的旁邊，上方懸掛著一袋袋柴魚片，小魚乾，豆皮，海帶，香菇；周邊堆放著衛生紙，掃把，畚箕，拖把，水桶，垃圾桶……。即使是現在，眼睛注視著電腦螢幕，開始書寫那段艱辛的往事，我仍然清晰的從腦後看到那個場景，以及一個支起左腳，靠在牆邊對著電話低語的人影。

那是一九七一年九月中旬，在永和中興街四十四巷口，精神渙散的我終於鼓起勇氣，撥通了純文學出版社的電話。

「林先生——」我的語音顫抖，哽咽了大約半秒鐘，才又接著說：「我能不能來——來看妳？」

「可以啊，」林先生似乎立即接收了我求救的訊息，爽亮的從彼端傳來她的允諾：「妳現在就可以來啊，我在純文學這裡等妳。」

1

將近十一點半，我按了純文學的門鈴。

那時林先生創立純文學三年，在重慶南路三段十四巷一號她家對面的九巷十號，租了一樓作辦公室。她拿著一串鑰匙出來，先把我上下打量了一下。

「咱們上我家去。」她的語氣近乎一種命令。

從純文學到她家，短短一小段路，林先生依然腳步飛快。

「聽姚宜瑛說，妳生了個小女兒，多大了？」
「快滿四個月了。」
「哦，那大兒子呢？」
「幼稚園中班，快滿六歲了。」
「一個人照顧兩個小孩，很累的啊。以前我家的小孩，多虧我媽幫忙。那妳今天來，女兒誰照顧啊？」
「請我妹妹照顧，她今天請假。」
那天是星期一，林先生家靜悄悄的。進了客廳，她拿出茶葉罐，先泡了兩杯茶。那時我還留長髮，坐下來喝了兩口茶，她就拂開我右臉的頭髮說：「妳這塊烏青是怎麼回事？是不是被楊蔚打的？」
我只好默默的點頭。
「唉，這個楊蔚到底是怎麼啦？」林先生氣憤的說：「四十多歲的人，有兒有女，該好好珍惜呀。我聽《聯合報》那邊的朋友說，他很愛賭是不是？」
我又默默點頭，不知從何說起。
「那是他不對，他為什麼要打妳？」
這次我終於不再沉默了。
「因為我要離婚。」我大聲的說。
「要離婚？」林先生嘆了一口氣：「孩子那麼小，妳要離婚？妳父母親同意嗎？鄉下人

1. 一九七七年一月二日，林海音宴請自港來台的《風蕭蕭》作者徐訏。前排左起：楊牧、林懷民、陳之藩、齊邦媛、徐訏。中排左起：羅蘭、羅體模夫人、羅體模教授。後排左起：何凡、殷允芃之妹、琦君、林海音、季季、心岱、七等生。
2. 一九八八年三月二十四日，在林太乙的新書發表會留影。左起：莫昭平（時任《中國時報》「開卷」版主編）、純文學發行人林海音、季季（時任《中國時報》副刊組主任兼「人間」副刊主編）

思想比較保守的。」

「我母親本來不同意。知道他打我，已經同意了。我母親說，再不離婚，她女兒什麼時候被人家打死了都不知道。」

「妳是說，他以前也打妳？都是為了妳要離婚？」

「林先生，全台灣，大概只有妳說的話他肯聽。我今天來，就是要拜託妳勸勸他，請他答應離婚。我覺得他的精神已經崩潰了，如果我也崩潰了，誰來照顧兩個孩子呢？」

「妳是說，他賭錢賭到精神崩潰了？」

「不止是賭錢，還有別的事。」

「難道他有外遇？」

「比外遇更嚴重。」

「那妳得把事情說清楚一點兒，我才知道怎麼勸說他。這些年我只聽說他愛賭錢，其他的事，我也不清楚。」

林先生說完站起來，去冰箱拿出兩個雞蛋。

「承楹中午在報館吃，我媽去我弟弟家，昨晚兒還有剩飯，咱倆吃蛋炒飯白菜豆腐湯，很快就好，妳想說什麼儘管說，反正就咱兩人。」

林先生把蛋液敲入碗裡，拿一雙筷子喀啦喀啦的打起來。

2

林先生，以前我怕人家笑我，都不敢說出來。現在我已經不怕了。我們剛結婚時，他三十七歲我二十歲，他說我數學不好不會管錢，要由他負責管錢。聽到「負責」這兩字，我好高興啊，以為那是大丈夫應該有的態度，就把稿費匯票都交給他去領。他每天給我五十塊錢買菜，買完菜我就在家寫小說，很滿足的享受著被「負責」的生活，從來也沒去想這樣有什麼不對。

但是林先生，我從小的家教是要做誠實的人，而我遇到的，恰恰是一個最不誠實的人。我結婚時，父親請他在西螺開家具行的木匠好友竹腳仔師，給我做了一座很大的檜木衣櫃，中層藏有長條暗屜，送我十二個日本時代曾祖父留下來的墨西哥銀圓，母親送我兩隻金戒指一條金項鍊，也送了一隻金戒指給楊蔚。我不喜歡佩帶金飾，把那些結婚禮物都藏在暗屜裡。我們結婚後五個多月，一天晚上我忽然想看看那些金銀禮物，拉出暗屜一看，金子都不見了，銀圓也只剩五六個。我很害怕，不知家裡什麼時候遭了小偷，趕快跑到巷口打公用電話到報社。楊蔚聽了我上氣不接下氣的描述，卻只發出一聲輕笑：「沒事，沒事，我正在寫稿，回家再說妳就會明白。」他說完就掛斷電話，我握著話筒，想不透「沒事」是怎麼一回事。等他回到家，才知所謂的「沒事」，是指我家並未遭小偷侵入。

「那就奇怪啦，」我困惑的說：「沒有遭小偷，金子銀子怎麼會不見了呢？」

他搓著手，一臉諂媚的笑著：「妳聽我說，妳聽我說，我不是故意的，我真的是不得已的……。」

他解釋說，已經三個月沒付養女的生活費，只好先賣了那些金銀去支付，不然前妻會一直打電話到報社催他。他的前妻阿薌在刑警總隊做會計，是他跑社會新聞時認識的。阿薌不孕，在中國家庭計畫協會領養了一個女嬰媜媜。我認識他時，他剛離婚不久。

（林先生從冰箱拿出一把小白菜：那個阿薌啊，剛結婚時楊蔚也帶來過，長得很漂亮，身材高高的，靜靜的不太愛說話。他們為什麼會離婚？）

楊蔚說，阿薌也是養女，養父母只有她一個孩子，堅持阿薌結婚後要住在家裡，一般本省人都不願意，拖到二十多歲還沒嫁出去，他反正孤家寡人無所謂。但是婚後警察常常來查戶口，生活作息、飲食習慣也不同，養母看他這個外省人不順眼，常在阿薌面前找碴數落他，他氣不過據理回罵，阿薌回到房間就和他爭吵，怪他不孝順長輩，兩人一吵就冷戰好幾天。後來領養了媜媜，本以為可以改善家庭氣氛，沒想到又為媜媜哭了要不要抱的問題吵得更兇，結婚第三年就離婚了。他向我求婚時，曾拿離婚證書給我看，證明他確實已經離婚。我記得離婚書上並沒有任何條件，但那天晚上他卻說，曾有口頭約定，每月由他支付媜媜生活費六百元。我們結婚時，添購床鋪廚具衣物及支付房租押金等等，他曾向報社預支薪水，必須按月扣還，已經三個月沒錢支付媜媜的生活費，才會把那些金銀拿去賣掉。我問他為什麼銀圓沒賣完呢？他說：「那幾個年代不一樣，不值錢。」我又問他為什麼不先跟我說一聲呢？他立刻收起笑容，厲聲答道：「我怕妳不同意啊，妳如果不同意，那我怎麼辦？現在都已經賣掉了，妳問這些又有什麼意義？」

看他那麼聲色俱厲，我就不說話了。也許他說的是真的，但我始終懷疑那也許是假的。後來他說的很多事，我也都不知道是真是假。最近我才想，有些事如果能問出真相，為什麼不試著去問看看。譬如那些失蹤的金銀，我就去找阿薌——

（林先生把蛋炒飯端上桌：妳找到阿薌了？）

是啊，阿薌還在刑警總隊工作，前幾天我打電話找到她，她很和氣的，約我在寧夏路她辦公室附近一家咖啡館見面。她看起來很善良溫柔，說話時總是微笑著。我把那件金銀失竊記說給她聽，她苦笑了一下，說她自己有薪水養媜媜，和楊蔚離婚沒有條件，沒有什麼口頭約定，也從來沒打過電話到報社找他。她還說，楊蔚其實不願離婚，是她媽堅持要他們離的，因為他賭掉她媽在太原路的一個日式平房。他本來說賣掉房子和報社同事投資遠洋漁船，後來說沒有賺到錢，她覺得有點可疑，偷偷去找那位跑交通部新聞的同事，發現根本沒那回事，而且從那位同事口中知道楊蔚愛賭博，錢可能被他賭掉了。所以阿薌說，我那些金銀大概也是被他賭掉了。我看阿薌說得那麼誠懇，也就誠懇的向她招供：楊蔚向我父親拿的錢，足夠在永和買五個公寓了。

（五個公寓？林先生把白菜豆腐湯端上桌，瞪了我一眼：既然知道他賭錢，妳幹嘛還讓妳父親給他那麼多錢？他用什麼理由去向妳父親拿錢？來，開始吃吧，妳慢慢說，別急。）

林先生，一開始的時候，我並不知道他在賭錢啊。林先生，妳聽說過陳映真他們被捕的事吧？對，就是三年多以前，聽說抓了二十多人，但我只認識陳映真、丘延亮、吳耀忠、陳述孔、王小虹這幾個人。楊蔚和他們那個案子有關，他說那是理想主義者的挫敗。陳映真他們被捕後，楊蔚也曾被叫去問話，整夜沒有回家。我很擔心他也會被捕，他卻說不會，因為他是大哥，他們沒把他供出來。

那時他已調到《經濟日報》擔任採訪組副主任，兼編「影劇俱樂部」，早出晚歸，常常天亮才回家。雖然他說不會被捕，我還是每天提心吊膽。過了兩個多禮拜，他突然說要去永定向我父親借五萬元。我問他為什麼要去借那麼多錢？他緊張的說：這是一個祕密，妳千萬不能說出去，不然我一定會被捕，而且必死無疑。

（林先生嘆息著說：他已經坐過十年牢，怎麼還要去沾惹那些事呢？）

對啊，我也不知道為什麼。他說他們不止有讀書會，聽中共廣播，還有一些實際行動，譬如深夜去西門町張貼反國民黨標語，去碧潭等地的山區祕密散發反動傳單。那些印刷交通等等費用本來大家一起分攤，陳映真他們被捕後，留下一筆未了的帳，他這個大哥在外面必須負起責任，眼前要先還人家八萬元，他整天奔波只借到三萬元，下下策才想去永定借錢。那時我兒子剛出過玫瑰疹出院，身體很虛弱，他叫我在家照顧兒子，他自己去就好。但他說，怕我父親不相信他說的話，要我寫一封信讓他帶去。我父親體念楊蔚孤身在台，曾說要像對待自己兒子一樣的對待他。加上有一次我父親來台北，曾在我家見過陳映真、阿肥（丘延亮）這些朋友，很欣賞他們的氣質，所以第二天楊蔚就帶著五萬元和兩串我家種的香蕉回來了。然而那五萬元並沒有徹底解決問題。過了三個月，他又去永定找我父親拿錢。一次又一次，都說同志還有未了的債，加上要給牢裡的同志送零用錢。最後兩次，他甚至沒先跟我說，只留下一張紙條寫著「一周內問題沒解決就永遠不回來」。我們鄉下沒電話，我也沒想到他又去找我父親。我家只是小康家庭，養育七個孩子負擔很重，我父親也沒多少積蓄，後來只好拿土地去農會及土地銀行抵押，領到貸款再以郵局匯票寄來台北給他。後來我父親告訴我，楊蔚每次到永定，就坐在我家客廳哭，說他如果度不過難關就要自殺：「那妳女兒就沒丈夫，妳孫子就沒爸爸。」聽他那樣說，我父親也跟著流淚，答應再幫他一次，鼓勵他要堅強的活下去。

後來有一天，他突然說，他可以領到二萬元獎金，預備在郵局給我開個戶頭存起來，以後做兒子的教育費用。我們結婚後，我沒看過他的薪水袋，只聽他說每月薪水四千多元，我賺的稿費版稅也都交給他，但常聽他說交際應酬多，錢不夠用，從來沒開過戶頭存錢。他說要開戶頭，我很好奇的問他二萬元獎金是報社給的嗎？他很肯定的說，不是。我更加好奇了，就問他是哪個單位給的？他很生氣的說，妳問那麼多幹嘛？人家要給妳二萬元妳還那麼囉嗦！他一向容易暴怒，發起脾氣就亂摔東西，那一陣尤其不穩定，我只好噤聲不語了。

有一天星期日，他天亮回家睡到天黑起床，吃過晚飯就帶兒子出去玩，九點多回來還幫他洗澡。兒子入睡後，我在我的書桌寫稿，他在他的書桌看書。我瞄一眼那本發黃的書，就知道他又在看歐尼．派爾（Ernie Pyle）寫的《大戰隨軍記》（《*Here is Your War*》，于熙儉譯）。

（噢，那本書很有名，林先生說：好像是正中書局出的。）

對，是正中出的，楊蔚買的是一九五八年一月的版本。他曾說，那是一九六〇年妳介紹他到《自立晚報》做記者後，領了第一筆稿費買的第一本書。他心情好的時候喜歡看那本書，心情不好的時候更是要拿出來看，不知已看第幾遍了。我對那本寫二次大戰的書沒什麼興趣，但他叫我至少看看第一章「往北非的護航隊」。那是一九四二年十月底，歐尼．派爾從倫敦坐上運輸美軍的軍艦，隨軍去北非採訪戰地新聞。歐尼．派爾說，軍隊紀律分明，尤其是軍艦遭受攻擊的時候，將官，軍官，兵士，看護的位置都有嚴格規定，任何人不能隨便走動；楊蔚特別畫出一句話給我看：

在攻擊時只有我們記者可以到甲板上去。我們是無用的人而又有特權，所以如果想死的話，我們可以有被射死的特權。

他說，那種隨軍記者的特權是他最嚮往的，可惜在台灣不可能有那種機會。他把那句話奉為經典，每次看都要朗誦一次。

那天晚上，是他一個多月裡難得一次那麼專心而平靜的看書，看到有趣的地方還兀自笑出聲。我寫完稿收桌子的時候他也放下書，我看他心情不錯的樣子，就問他去開戶了沒？他臉色一變說，妳幹嘛這時候問這事？我說，你上上禮拜不是說有二萬元獎金要開戶存起來嗎？他怒氣滿臉的說，沒有了，已經花光了。我不敢置信的說，「兩個禮拜就花掉二萬元？花到哪裡去了？你不是說要存起來做兒子的教育費嗎？不然你也該寄回去還我爸爸啊。」他卻突然發狂的捶著桌面，瞪著我罵道：「都沒有了，賭光光了！妳知道那是什麼錢嗎？我為什麼要存那些骯髒錢？那是警總的錢啊！」說完趴在桌上，歇斯底里的哭嚎起來。

我驚愕住了。看著他起伏的背影，心裡像有雷電閃過，木木然呆坐著，卻彷彿看到一線答案。「賭光光了！」難道，以陳映真之名，以我及兒子之名，一次次去向我父親拿的錢，也都不是為了左派的同志，而只是，都是，瘋狂的，賭掉了？

林先生，簡單的說吧，那天晚上停止哭

一九六四年秋天，季季與楊蔚結婚初期留影；白色貴賓犬是讀者范香蘭送給季季的禮物。

嚎之後，楊蔚好像接近虛脫的罪人，要把最後一點力氣對神告解，終於說出他出獄後繼續受警總監控的故事。以前我只知道管區警察每周來我家查戶口，不知道還有更高層級的警總監控著他。警總的人找他，他不敢不去，大多在新聲戲院地下室一家咖啡館，問些新聞界文藝界的人的近況。他認識阿肥、陳映真他們後，警總的人起先並沒問起，他也確實喜歡那些年輕熱情的朋友，喜歡和他們讀那些左派的書，說那些罵國民黨的話，以為在「國戚」的家裡聚會很安全，不會出問題。但是後來，警總的人還是問起了他們。他知道逃不開也躲不掉了；如果不坦白，警總的人隨時可以給他戴頂帽子抓起來。他有舊案在身，再進去恐怕出不來了。好不容易有了兒子，他當然很怕再被逮捕。

（林先生敏感的問道：那他是不是有幫警總做什麼事？）

是的，林先生，楊蔚說，後來他去阿肥家，警總的人要他在身上藏一個像鈕扣一般大小的無線電錄音器，警總的人就藏在阿肥家附近的汽車裡錄音。他非常痛苦，不想再去阿肥家，但他連那種不想去的自由都失去了。他也很想讓阿肥他們知道暴風圈已經來臨，但也連那種說出口的勇氣都沒有了。陳映真、阿肥他們被捕之後，他晚上下班騎機車回永和，到了中正橋就下來在河邊徘徊，幾次想跳下去一了百了，但想到未滿兩歲的兒子，好像兒子拉著他的褲腳，讓他沒勇氣跳下去。後來他就去賭場，一翻兩瞪眼，用狂賭麻醉腦袋，以沉淪贖罪自己。

（林先生嘆息了一聲：妳父親那一大筆錢，也都被他賭掉了！就為了他自己啊！）

是的，林先生，直到聽了他的告白，我才知道我父親的善心白費了，才知道所謂理想主義者的挫敗，竟被他拿來作為煙幕，製造了一個那麼大的賭局和騙局。

（不過，他也是身不由己吧？林先生再一次嘆息了。她站起來，去廚房拿了一串香蕉；來，吃點水果，妳繼續說。那麼，告白以後，他有改變嗎？）

4

林先生，妳比我了解他。我畢竟閱歷太淺，雖然結婚五年多，還是不了解他，才會被他騙得團團轉。那天晚上告白之後，唯一的改變是他說以後讓我管錢，他要戒賭，但是我必須答應再生個孩子，最好生個女兒。

（林先生懷疑的看我一眼：戒賭跟生女兒有什麼關係？）

是的，林先生，戒賭和生女兒沒關係，但楊蔚一向有辦法把沒有關係的事情說成有關係。他說十六歲離家以後，最想念的不是父母和弟弟，而是唯一的妹妹。他是長子，有五個弟弟一個妹妹，妹妹眼睛大大的很會撒嬌，喜歡纏著他唱歌說故事，揹她到野地裡找鳥蛋。他離家時妹妹才五歲，怕她纏著不放，晚上趁她睡了才偷偷的走，從青島一直往西走，走到開封，鄭州，洛陽，武漢，西安，延安，蘭州，寧夏，然後重慶，上海，台灣……，一路想著妹妹，想了二十多年。所以他說，如果我能幫他生個女兒，他一定戒賭，像疼妹妹一般疼愛女兒。聽到「戒賭」兩字，我好高興啊，以為我們這個瀕臨山窮水盡的家，終於有了一線轉機。

我生產之前，姚宜瑛大姊成立大地出版社，要我給她一本書，預付五千塊版稅給我做生產費用。住進省立護專附設醫院時繳了二千元保證金，我好擔心生的不是女兒。在產床上聽楊本潔醫生說是個千金，我激動得哭了。她是第二次為我接生，看到我哭就說，生了一個兒子，又生一個千金，多麼完美，妳怎麼哭了呀？我就說，是高興得流淚啊。林先生，當時的我真的以為，有了女兒，楊蔚就會戒賭了。

從產房回到病房後，他說醫院有小偷，叫我最好把剩下的三千元交給他保管。「妳放心好了，」他說：「妳幫我生了女兒，我發誓決不再去賭了。」聽到「發誓」兩字，如雷貫耳，我又一次相信了他。但是，楊蔚拿走了三千元，也三天不見人影。第四天晚上，他來了，臘黃著臉，緊閉著嘴，小小的三角眼畏縮的看我一眼，然後低頭不語。那一刻，我終於，真的，完全明白了。林先生，我到台北後，有過許多夢想，但是那個晚上，我最大的一個夢想，就那樣，完全破滅了。那個夏天，我沒有錢買補品做月子，每天吃的是炒豆腐炒空心菜。那時我無法寫作，沒有稿費收入，有時甚至必須向鄰居太太借兩杯米煮飯。而他是告解過的賭徒，兩三天沒回家是常事，回家也無非是要錢。我如果說沒錢，他就把書架的書全搬下來，坐在地板上一本本一頁頁翻找；衣櫃的衣服也一件件扯出來，找不到錢就都堆在地上，忿忿然揚長而去。但是沒有多久，這樣的翻箱倒櫃又重演了。有一次他懷疑我把錢藏在身上，突然從後面緊緊抱住我，用力撕下我的外套口袋，發現裡面空無所有，他放開我說：對不起對不起，我已經瘋了！

更可怕的是，債主一個一個上門來，因為他跟人家說是我在管錢。那些債主都不是新聞界或文藝界的人，有的過了中午就來，坐到天黑才走。我抱著女兒驚恐陪坐，苦笑，道歉，不知會發生什麼事。我決意要離婚，但每次說出口他就一拳打過來，好幾次打在我頭上，痛得我跌坐在地，好久起不來。

然後，更恐怖的事情發生了，我替女兒泡牛奶時，溫度常常調不準，太燙要拿到水龍頭下沖涼降溫，但我總是順手就扭開瓶蓋，直到牛奶被沖光才驚醒過來。林先生，這種情形已經十幾次了，再這樣下去，我一定會發瘋。這些年來，我也很同情他，能為他做的，都盡力做了，我的書也都已賣斷版稅給他還債。但是現在，我已一無所有。連同情他的能力也沒有了。我只希望早點離婚，讓我和孩子有一條活路。

（林先生站起來說：我知道怎麼做了，我們走吧。）

她走回純文學。

我回到墳墓一般的家。

5

一九七一年十一月十六日，林先生邀姚宜瑛大姊協助作證，我和楊蔚在台北地方法院辦妥公證離婚手續。

林先生後來告訴我，她把楊蔚叫去，足足勸說了四小時，他才答應離婚。

如果沒有林先生，哪有今日的我呢？

第八章

我家的文化革命

雨密密的下著。濕冷的風不斷撲面而來。我們正在前往大頭（陳映真）家的路上。元宵節晚上九點多，從永和騎機車到板橋，路上沒什麼行人車子，也少有路燈。五十C.C.山葉機車噗噗前行，雨衣擋住了雨水，卻擋不住颼颼的寒意。「初一到十五，十五的月兒圓——」，尖細的小調忽忽飄過，但是眼前不見十五的月兒。從潮濕的鏡片看出去，天地朦朧之中，只模糊瞥見車頭燈照出的暈黃光束，偶而忽左忽右的晃動著；坐在後座的我禁不住寒冷，竟開始猛烈顫抖了。

「不要亂動啊，」楊蔚在前座怒吼著：「這樣很危險妳知不知道，翻車了怎麼辦？」

於是我咬緊牙關，閉氣，深呼吸，不敢亂動。

如今回想起來，那個雨中夜行彷彿深具象徵意義。在其後的生活中，無數次遇到「翻車了怎麼辦」，或者真的「翻車了」的狀況，我總是咬緊牙關，閉氣，深呼吸，不敢亂動。一次又一次，演練修行，使之成為艱難存活的生命儀式。

至於那天晚上在陳家瞄到的「**澳門暴動內幕**」那幾個字，是陳映真偶然的疏忽，或是有意的暗示，答案似乎已不重要了。我只知道，從對岸開始文化大革命後，楊蔚激進的活在他們的「內幕」裡，我則緩慢的活在承受「內幕」爆發之後的「暴動」裡，終而負債纍纍，家庭破滅，離婚後甚至值錢的衣物書本都遭他變賣。

1

一九六七年二月二十三日，星期四，元宵節，楊蔚在報社發完稿提前下班，一進門就說；「快去換衣服，我要去大頭家，他叫我回來載妳，一起去他家吃湯圓。」

我很自然的問說，阿肥他們也去嗎？三個多月前，吾兒出生那天，阿肥和他女友王愛林又煮了一鍋鯽魚湯送到醫院來，當場認了吾兒做乾兒子。陳映真下了班後也來探望，懷裡抱著一紙袋的雞蛋。農曆初四是阿肥生日，我們還一起去丘家給他慶生呢……。然而楊蔚說，阿肥家也請親戚過元宵節，走不開身，「我那篇小說寫好了，不去交稿不好意思。」

陳映真和尉天驄合辦《文學季刊》，是同仁雜誌，沒有稿費，籌備期間就來我家請楊蔚幫忙供稿；我是「皇冠基本作家」，不能為他們寫稿。楊蔚雖然答應了，卻拖拖拉拉，趕不上一九六六年十月的創刊號，也沒趕上一九六七年一月的第二期。好不容易寫好一篇，能趕上第三期，當然得趕快送去。二妹那一陣來幫忙照顧吾兒，我也就放心的穿了雨衣，跨上機車後座，在雨霧茫茫中奔往陳家。

陳映真從小過繼給三伯父，可惜疼愛他的伯父在他高中畢業前病逝了。一九六一年從淡江文理學院英語系畢業，服了兩年兵役後在強恕中學教了兩年半英文（蔣勳是他的學生），一九六六年經一位姓方的成功高中同學介紹，轉到輝瑞藥廠工作，與養母及妹妹住在板橋四川路，一幢租來的小樓。那排小樓面對一大片空曠農田，雨夜裡顯得尤其荒涼。

我們到達時，已過十點，他說伯母習慣早睡，睡前特別為我們煮好了紅豆湯圓，「你們坐一下，我進廚房再熱熱，下雨天熱呼一點好。」

我們在沙發坐下來。

就在那短短的兩分鐘裡，我瞄到茶几上放著一份文件，標題是「**澳門暴動內幕**」。我的眼睛震動了一下，轉頭瞄向楊蔚，他焦躁的瞪我一眼，正色端坐，面容凝重。

大頭熱好了湯圓從廚房出來，端一碗給我說：「這小湯圓是我母親自己搓的哦，來，趁熱吃。」端一碗給楊蔚說：「小說終於寫完了哦，恭喜你也謝謝你。」

「哦，寫得不好，寫得不好。」楊蔚謙虛的把一疊六百字稿紙遞給他。

「啊，大哥，快別這麼說，大哥是前輩，我這就先拜讀囉。」

他專心的翻閱著楊蔚的小說，似乎並未察覺我們瞄到那份文件的標題。那時我二十二歲，對於陳映真後來自承的「幼稚形式的組織」，根本一無所知，嚼著湯圓的當兒，卻仍不免敏感的懷疑著：為什麼他有那份文件？從哪裡來的？為什麼要放在那桌子上？

之前的幾個月裡，報紙不時報導對岸文化大革命的消息，不久前又增加了「澳門暴動」的新聞，說是「暴民」到督府陳情，談判鬧事，遭到警察毆打，逮捕，市民因而罷工罷市抗議，引發更多人被打傷，逮捕，甚至十多人被打死……，從十二月初鬧到一月底快過農曆年才平息。那個「暴動」的背後，到底有著怎樣的「內幕」？陳映真為何要閱讀那份「內幕」呢？

「大哥，寫得好啊。」大頭看完抬起頭來，微笑的看著楊蔚。

「哪裡，比你差遠啦。」楊蔚也微笑的看著大頭。

「哦，別這麼說，大哥這種小說，我們是寫不出來的，以後要多寫啊。」

我們起身告辭時，大頭送到門口。

「哦，雨停了，好走啊。」大頭說。

是的，雨停了，但十五的天空仍然沒有月亮。機車駛離了那條小巷，我迫不及待的問道：為什麼大頭有那份「**澳門暴動內幕**」？楊蔚沒有回答。機車飛快前行了幾分鐘，突然煞車熄火。

我以為車子發生故障，卻聽楊蔚對著沉寂的夜，以無比清晰的，重如石頭的，一字字擲到我的耳邊：

「我警告妳，千萬不能說出去，聽到沒有？那沒妳的事，知不知道？」

山葉五十C.C.又快速前行。雨雖然停了，冷風仍打得我又開始顫抖。於是我又咬緊牙關，閉氣，深呼吸，不敢亂動……。

那一夜，我們一句話都沒再說。

後來，也從沒再說起這件事。

2

一個半月後，《文學季刊》第三期出版（一九六七年四月十日），登了黃春明〈青番公的故事〉，陳映真〈第一件差事〉，王禎和〈嫁妝一牛車〉。另外有姚一葦〈論批評〉，何欣〈精神分析與文學形式〉，及其他十幾篇包括小說、詩、散文的作品。

楊蔚那篇小說叫〈那個丟臉的傢伙——八個死亡的故事之一〉，寫一個「滿身都是些破敗的披掛，其他一無所有」的中年人，因著絕望，頹廢，敗德，終而自殺死亡的故事。自殺之前，他寫了兩封遺書，一封給患難之交林模；另一封給女友貝嘉，追憶他的青春年代：

那時我和另外六個伙伴，守著一個距離大部隊最遠的碉堡。再越過一個山頭，在河流的對岸是一些敵人的村落。一到黃昏，砲聲就打起來了。那些砲彈從我們的頭上飛過，落在山後的盆地上。……貝嘉，在四十年代的時候，我們從來沒有想到有一天會心甘情願的泡在咖啡館裡讓自己墮落。在那個年代，我們背著小包袱，穿著草鞋，懷著理想，像螞蟻覓食一般低著頭往後方跑。在一條幾千里長的黃土飛揚的路上，絡繹不絕的全是我們這些熱情的孩子。啊，貝嘉，妳懂得這些嗎？妳還在母親的懷抱中酣睡時，我們已經在山嶺，森林，或者河流的兩岸，跟敵人廝殺。……

流亡與戰爭，是楊蔚永恆的夢魘，也是百說不厭的獨白。心情好的時候，他最喜歡說走過湖北大別山的故事。「我在山裡獨自走了一天一夜，只遇到一條蛇，沒見到半個人。」他的語氣彷彿是個獨行英雄：「我還跟那條蛇說，你好啊，好久不見，牠對我搖搖尾巴，大概是說再見，然後就鑽入草叢不見了。」

那時他的雙腳已經起泡腫脹，行走艱難，好不容易走到一個山村，就去敲一戶人家的門。那家姓秦，只有媽媽帶著兩個女兒，家裡的男人打仗去了，行蹤不明。那兩個女兒，看起來好像比他大兩歲，每天清早出去挖竹筍，吃過早飯又下田種菜拔菜，臉孔黑亮亮的，綁著麻花辮，看到他就滴溜溜轉著大眼睛。

在秦家住了八、九天，秦媽媽每天搗草藥為他敷藥消腫，把自家的雞蛋留給他一個人吃。秦媽媽問他走去哪裡，他不敢說去延安，說去西安。秦媽媽也不知西安在哪，只問他是不是要去打仗？他沒有回答，秦媽媽說：不要去啊，我們村的男人，去了都沒回來，你跟我們住下來，我家兩個閨女隨便你挑一個，一起過日子多好。他不願說好，也不敢說不好，就對秦媽媽說，「我想一想。」第二天，秦家母女吃過早飯照常下田去，他就偷偷的走了。

「你有沒有留個字條謝謝人家？」

「留什麼字條？」他不屑的說：「她們都不識字。」

但他說，常常夢到那個寧靜的山村，因為那是他流亡生活裡最平靜的一段日子。第一次說這故事後，他掀起衣服說：「妳看看我的背，那就是離開秦家以後，被國民黨軍隊打中的。」

他的背很白。在脊椎中段的右側，有個黑色窟窿，約莫半粒花生米大小。

「有沒有看到一個槍眼？」他說：「天氣一冷，那地方就痠痛。」

「是不是子彈沒取出來？」

「誰曉得？沒被打死就算好了。」他說：「後來我常想，如果留在那山裡種田，不就沒以後這些挨槍挨揍坐牢的狗屁倒灶事？但那時候年輕啊，一腔熱血想革命。他媽的，革了半個中國，一下跑到共產黨那邊，一下跑到國民黨那邊，革他媽的命啊。」

3

三個月之後，《文學季刊》第四期出版（一九六七年七月十日），黃春明發表〈溺死一隻老貓〉，陳映真發表〈六月裡的玫瑰花〉……；翻到「八個死亡的故事」之二，竟是〈跪向升起的月亮〉，我驚叫著說：「咦，你這篇不是好幾年前在聯副發表過嗎？」我念著開頭第一句：「我又想起那個美麗的靈魂……。」

然而楊蔚漠然答道：「管他的，大頭喜歡就好，反正沒稿費。」

那年十一月，第五期出版，登了黃春明〈看海的日子〉，以及王禎和、施叔青、劉大任、七等生、尉天驄等人的小說；還有詩人葉笛精心翻譯的包括〈地獄變〉等五篇芥川龍之介的小說。翻開目錄，旁邊的一則訊息最引人矚目：

本期黃春明先生之小說〈看海的日子〉及前期王禎和先生之小說〈嫁妝一牛車〉之電影版權，已由陳耀圻先生購得，特此聲明。

這個消息鼓舞了黃春明、王禎和，及所有《文學季刊》的同好，也向文藝界昭告一九六五年以紀錄片《劉必稼》成名的導演陳耀圻又從美國回來了。——陳耀圻的祖父陳維屏是蔣介石、宋美齡的牧師，父母都在美國，家世地位與人不同，外貌也帶著貴族氣息。

但是，也是在第五期，沒有陳映真的小說。

從第一期開始，作為《文學季刊》的精神領袖與內容主導者，他連續四期發表了〈最後的夏日〉、〈唐倩的喜劇〉、〈第一件差事〉、〈六月裡的玫瑰花〉，然而第五期，「陳映真」缺席了。

正是在六六年底到六七年初，他和他親密的朋友們，受到思想渴求實踐的壓力，幼稚地走上了幼稚形式的組織的道路。（許南村：〈後街——陳映真的創作歷程〉，一九九三。）

這段多年之後的自剖，只點出他的思想轉變，並未觸及陳映真小說從《文學季刊》第五期至第十期缺席的原因。後來我因楊蔚而經歷了一段創傷與成長，從其中讀到一個重要的真相：我在他家看到「**澳門暴動內幕**」之時，他們「幼稚形式的組織」已經建構完成。那時的陳映真，表面上是（**美國帝國主義的**）輝瑞藥廠員工，兼《文學季刊》的精神領袖；暗地裡則是「幼稚形式的組織」的靈魂人物；為了強化那個「組織」，必須投入全部的精力，並且已承受著被警總跟蹤監控的壓力，內心想必無時不處在巨大的恐慌之中；那一方必須靜心經營的小說田地，也就只能任其荒蕪了。

一九六八年五月下旬，陳映真等人陸續被約談、逮捕，《文學季刊》同仁也人心惶惶。負責編務的尉天驄，決定一九七〇年二月十五日出版第十期時宣布停刊。彼時已身繫牢獄的陳映真，悵然寫下〈永恆的大地〉作為停刊獻禮。但是迫於當時的政治高壓（禁止發表陳映

1. 《文學季刊》老同仁及眷屬重聚一堂。前排右起：黃春明、何欣、姚一葦及夫人、齊益壽及夫人。後排右起：陳映真、王禎和夫人、王禎和、白先勇、尉天驄、陳映真夫人、尉天驄夫人、黃春明夫人。
2. 黃春明（左）也曾受陳映真（右）「民主台灣聯盟」案波及被約談。這是日本著名導演今村昌平一九九〇年訪台時與兩人合影。

真作品），〈永恆的大地〉在第十期發表時，用的是一個陌生的筆名「秋彬」。（經過將近二十年沉埋，一九八八年四月，陳映真自營的「人間出版社」推出「陳映真作品集」十五卷，在第三卷《上班族的一日》（小說卷一九六七—一九七九）第二篇，〈永恆的大地〉才正式歸隊，隸屬陳映真名下。）

4

另一個從第五期就完全消失的名字是楊蔚。「八個死亡的故事」只寫了一個（或勉強算兩個），其餘的就胎死腹中，無影無蹤。

現在回頭去看，那時的楊蔚，和陳映真的心境也許不同，處境其實是相近的吧。當黃春明、王禎和、七等生那些非組織的文友，心無旁騖的埋首寫作，一期一期在《文學季刊》交出耀眼的成績，陳映真和楊蔚這兩個「幼稚形式的組織」同志，卻同時在《文學季刊》消失了名字。而楊蔚，在參與強化「幼稚形式的組織」的同時，不僅必須疲於應付警總的追索，還加上背叛、敗德的自我譴責，哪有一絲絲平靜足以供養他的小說寫作？更殘酷的說，當時的楊蔚，雖然身上還流著溫熱的血，其實心已經死了；一具什麼都已不在乎的苟活肉身，哪會在乎死亡的故事有幾個呢？

但是，當時的我是被矇蔽者（或者是被保護者），彷彿罩著無形的隔離衣，完全在他們的狀況之外。楊蔚拿回第五期《文學季刊》那天，我翻開目錄就先找他的名字：咦，怎麼沒你的名字？這期不是要登「八個死亡的故事」之三嗎？他怒聲道：登什麼登？根本就沒寫！我說：你不是要寫八個系列故事嗎？他說：不寫啦，寫那些過去的爛帳有什麼意思？

我繼續看目錄，前前後後看了兩次，也沒找到陳映真的名字。

「咦，這期也沒大頭的小說？」

「大頭大概沒空吧，他這期寫了一篇好長好硬的隨想，就是那篇〈最牢固的磐石〉。」

「那不是陳映真，是許南村呀。」

「沒錯啦，許南村也是他的筆名。」

他翻到那篇〈最牢固的磐石〉：「妳看他這篇隨想的副題－理想主義的貧乏和貧乏的理想主義，我最不喜歡看這種理論文章。不過前面這篇〈大地之歌〉的對談也是大頭策劃的，請兩個老外談美國民歌的發展（註），滿好看的，有談到瓊．拜雅和鮑伯．狄倫呢。」

談到瓊．拜雅（Joan Baez），楊蔚的語氣高亢起來了。他很喜歡拜雅，說她的歌聲清亮甜美，充滿了陽光的氣息，「聽了心裡好舒坦」。他其實聽不懂歌詞內容，因為他讀完初一就跟著父親打游擊，後來又一個人四處流亡，沒在學校正式上過幾天課，認不得幾個英文字。但他說，聽不懂歌詞有什麼關係，歌聲是無國界語言，阿肥說拜雅唱的大多是抗議歌曲，管它抗議什麼，聽到的感覺最重要。

不過看了那兩個老外的對談後，他好像大開眼界，叫我也要仔細看一看。

「大頭這傢伙真是聰明，」他說：「弄這麼個對談，我們才知道美國民歌對美國社會原來有那麼大影響，什麼黑人民權問題，中產階級，工會運動，烏托邦，哇，好複雜，還有什麼幻想藥呢，不知那是什麼味道？」

5

我們聽到瓊・拜雅，是從阿肥家開始的。大夥兒一邊罵美國罵越戰，一邊聽著瓊・拜雅和鮑伯・狄倫（Bob Dylan）。後來我家的拜雅唱片，也是阿肥送的。

一九六六年六月二十七日，對岸的文革開始不久，中午剛吃過飯，阿肥和單槓（陳逑孔）就來我家，送來四張黑膠唱片，三張瓊・拜雅的，一張鮑伯・狄倫的。唱片封套上的拜雅，抱著一把大吉他，寬鬆的淡紫色紗衣和黑褐色長髮迎風飄揚，微笑的側臉也很陽光甜美的樣子。楊蔚說狄倫的搖滾太激烈，偶而聽聽就好；拜雅則天天聽也聽不膩，以後他一起床就要放來聽，柴可夫斯基和貝多芬就先擺一邊了。

阿肥上完廁所回到客廳，苦笑的對楊蔚說：「他媽的大哥，你家廁所的門還沒修好呀，現在連馬桶蓋也沒了？」楊蔚捶他一拳說：「他媽的少爺，你還想搞革命啊，沒有馬桶蓋就不能撒尿拉屎了？我們以前可都是在野地裡出恭的呀……。」

他們哥兒倆常鬥嘴，我也沒從楊蔚那句玩笑話裡聽出「搞革命」的絃外之音。倒是阿肥坐下來就收了笑容，嚴肅的說道：

「大哥，說正經的，今天那篇文革的文章——」

「我當然看了呀，」楊蔚亢奮的打斷他的話：「他媽的，好像有好戲看了呀。」

他從抽屜裡拿出那天的《聯合報》二版。

「我怕你們沒看到，留著要帶給你們呢。」

「我們一早就看啦，就是要來請教大哥的嘛。」單槓說。

我搶過來一看，〈文化大革命的來龍去脈—本報資料室〉。我一向不太愛看政治新聞，早上看報也沒注意這篇報導。

「你們發現沒有，這是《聯合報》第一次把『文化大革命』這五個字拿來做標題，很重要的訊息哦。我跑的新聞跟政治沒關係，不過最近報導對岸變化的新聞可是看得很仔細的，以前那些什麼《三家村札記》、《海瑞罷官》的報導，我看都是零零碎碎的，沒這條重要。」

「前不久一版還有一條印尼來的消息，說是老毛中毒死了呢。」阿肥說。

「哎呀，那種小道消息別當真，老毛不會這麼早死，我看他是藏起來了，準備大幹一場。」

楊蔚轉身進房間換衣服，說是跟人約好了去採訪。

「阿肥，你回家就打電話給大頭，叫他晚上去你家，我們再聊聊。」

6

那時我已懷孕七個月，楊蔚不讓我坐摩托車，我已很久沒去阿肥家，但他和單槓有時會突然提一袋菜來看我。單槓喜歡做菜，拖著一條義腿在小小的廚房裡忙半天，說是給我一人

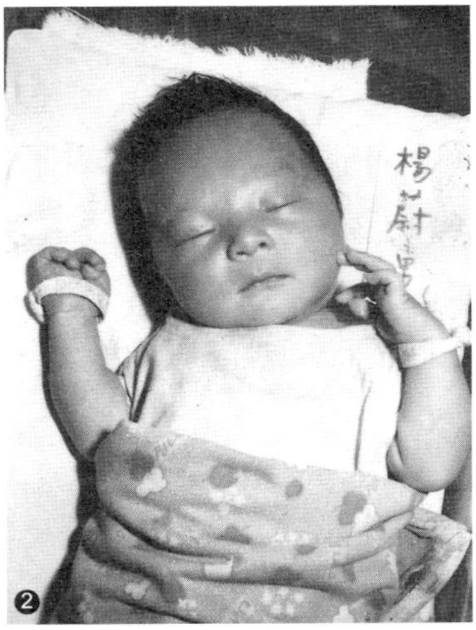

1. 陳映真赴台中東海花園探訪前輩作家楊逵。
2. 楊蔚之男一九六六年十一月出生前，也是陳映真等人「幼稚的組織」逐漸成形之時。
3. 一九八九年十二月，陳映真與季季正在向文友敬酒。

吃兩人補。

九月初，阿肥和單槓又來了。

「大嫂，我們大哥最近好興奮啊。」單槓說。

「對啊，」我說：「快做爸爸了嘛。」

阿肥卻說，更讓楊蔚興奮的是，老毛真的沒死呀，在天安門現身接見紅衛兵啦。單槓說，紅衛兵真厲害呀，連黃花崗的自由神像都敢去搗毀，破四舊嘛，我們大哥說，中國人有救了。

我苦笑了一下，沒再接腔。

原來，紅衛兵比兒子還重要。

直到那時，我也只以為，那是男人和女人對於政治的差別。

多年以後回首這些細瑣往事，我問自己：即使那時我發現了他們的祕密，又能如何？在那個文化大革命的年代，面對著「幼稚形式的組織」的夢想，以及它背後那強大的冷戰結構的撕扯，我能改變或者抵抗嗎？就算做了母親，蓄積了自以為豐沛的能量，其實也只不過像一滴小水滴，烈日一照就被蒸發到大氣之中，等著夜晚之後回魂為草叢裡的一滴水……。

然後，義大利學運，西德學運，法國學運，日本學運，印尼共黨暴動，澳門暴動，香港暴動……；「在巨大無比的『國家』機關的暴力前」，台北的「幼稚形式的組織」破滅了。陳映真被捕。李作成、單槓、吳耀忠被捕。陳映和、林華洲、王小虹被捕。阿肥被捕。只偶然和劉大任參加過一次讀書會的陳耀圻，在南投拍攝《玉觀音》外景的旅館被捕，二周後被他祖父營救出來立即送出國。從未參加讀書會的黃春明，凌晨被保安處的人帶至西寧南路東本願寺問話，深夜才返家……。而楊蔚，以「自首」換取自由，開始用狂賭麻醉腦袋，以沉淪贖罪自己。

7

一九七一年十一月和楊蔚離婚後，房子租約還有一個月到期，我先帶兩個孩子回永定。過了幾天，獨自回到永和中興街的家收拾衣物，面對的是一地凌亂，有如暴動之後的現場。楊蔚的衣物還在，但我的大衣毛衣，兩個書架的書，我婚前買的國際牌二手唱機，阿肥送的瓊·拜雅和鮑比·迪倫，以及柴可夫斯基、貝多芬、舒伯特……，大多找不到了。

我坐在書桌前呆望著周遭，哭了很久，想了很久。

那時，對岸的文化革命，仍在高歌未歇。我家的文化革命，經歷了一長段的崎嶇，留下的是如此錯雜荒亂的殘局。我與孩子的路，以後要怎麼走呢？

終於，我擦乾了眼淚，開始整理那些沒被他賣掉的衣物。

為了孩子，我必須盡快向這殘局告別。

註：

「大地之歌」對談，於一九六七年九月十六日下午在台北天母舉行。由李南衡錄音，雷驤筆記，列席者包括尉天驄（《文學季刊》主編），七等生（小說家），曹永洋（翻譯家），許南村（作家）。

兩個對談者，一是白中道（Douglas A White），一九六四年美國哈佛大學畢業，主修遠東語言。一九六五年在台大史坦福中心研究一年，並進入台大中文研究所就讀。獲台大中文系碩士後返回哈佛大學深造，以「易經研究」獲哈佛「東方語言與文明學」博士學位。曾出版《物理禪》、《觀察物理學》、《易經論》、《卡巴拉生命樹》等書。二〇〇六年九月在台出版《古埃及神圖塔羅》。

另一對談者戴文博（Thomas Davenport），一九六一年耶魯大學畢業，主修英國文學。一九六三年在夏威夷大學東西研究中心修習中文一年。後來改習攝影，一九六七年擔任《國際攝影雜誌》（*National Geographic Magazine*）攝影記者。

第九章

暗夜之刀與《夥計》年代

那房子門前兩側各有一個矮籬圍起的小花圃，種著白茉莉，紫繡球，紅玫瑰，韮菜蘭。中間走道不足五步，開門即是長條形客廳，左手邊一間三坪多臥室，客廳後面是餐廳。臥室窗外有支咖啡色木梯，爬上去是矮矮的閣樓；木梯下方連著廚房浴室廁所。後院大約五六坪，鋪了水泥，右邊搭個棚子晾衣服，左邊留一小塊地，一棵香椿高過鄰家屋頂，我在那裡住了一年半沒摘到半片香椿芽。還有一棵老根粗壯的軟枝黃蟬，沿著左牆越過後門頂端攀爬到右墻，濃密的枝葉幾乎把那木頭後門給遮住。

一九七一年十二月底，慕沙帶我從內湖一村她家走到相隔不遠的精忠新村五十一號看房子，看到門前花圃就喜不自禁，到後院見了滿墻軟枝黃蟬，更覺心境一亮。慕沙說，房東徐太太了解我的窘境，每月房租只算六百元。

殘破了夢想的我，以為可以在那有花有土的房子開始沒有爭吵與毆打的新生活。然而，命運何其殘酷，僅僅這樣卑微的夢想亦不可得，一年半之後不得不決定搬走。

1

就在搬家之前，一九七三年六月七日，暗夜裡一柄冷冰冰的尖刀抵在我的頸子上。——後來我才知道，那持刀的幽靈，竟是從軟枝黃蟬底下的後門鑽進來的。

「不要動，妳敢動一下，我就刺死妳！」

即使已經睡熟了，我仍聽得出來，那是楊蔚的聲音。——除了他，還有誰會拿刀抵在我的頸子上？

我沒有動，依然向左側躺著。刀尖緊緊抵在右耳下方，有點痛，但我只能深呼吸，沉默，保持一動也不動的姿勢。

「妳要搬到哪裡去？妳是不是要嫁給別人了？」

他的聲音急躁沙啞，刀尖似乎抵得更緊了。那一刻，我依然沉默，心裡卻意外清明；沒有了父母和孩子，甚至也沒有了恐懼。我只直覺到，如果我與他的生命必須以這樣的方式作最後的對決，那麼，此刻手無寸鐵的我，絕不是他的對手。終於，我平靜的說：

「如果你想刺死我，現在就刺吧。」

他的呼吸聲急促的在我耳邊起伏，冰冷的刀尖似乎慢慢熱了，正在把我身體裡的血一絲絲的引出來。我想起了父母和兒女的臉，想在死去之前靜靜的在腦海裡回看他們一次。我依然沒有哭，也沒有流淚。

然後，不知過了多久，也許三十秒，也許一分鐘，頸子上的刀似乎猛一下鬆開，他的哭嚎像一陣山洪，轟轟然爆發了。我在他的哭嚎裡撫摸著頸子，似乎沒摸到血，但隱隱的痛著。我縮在床角，緩緩按摩那痛處，在黑暗中凝望床邊一個像鬼一樣的影子。那是我熱愛過的文學同好，我孩子的父親，也是我所不了解的前第三國際共產黨員，以及，我所深惡痛覺的，賭徒。六年半的婚姻，我已為他付出所有；離婚一年多，仍為他背負著沉重債務，為什麼他還不放過我？到底要到何時，他才會放過我呢？

1. 季季的父親李日長，幫助她度過生命最陰暗的歲月。
2. 季季在永定度過幸福的童年。圖為一九四七年九月，兩歲半的季季與一周歲的大弟李新輝合影。
3. 季季在內湖精忠新村五十一號門前種的向日葵；籬邊是她剛滿周歲的女兒。

2

床邊那影子的肩膀漸漸不再顫抖，哭嚎轉為抽泣，終於漸漸平息下來了。

「我不是真的要刺死妳啊，」那影子發出極微弱極沙啞的聲音：「我只是不知道怎麼辦才好。我沒辦法控制我自己啊。」

黑暗中的影像漸漸清晰了。床邊靠牆是吾兒的小書桌，楊蔚挪到桌旁的椅子坐，桌面上那把刀，白亮亮，森森然，微微的一束光。我記得那把黑柄的刀，大約二十公分長。半個月之前，五月二十四日上午，他也曾帶著那把刀來闖門，在客廳抵著我的頸子，我給了他二百元。我並不怕死，也不怕流血，但我不願再過這種不斷被恐嚇的生活。過了兩天，一早我就帶著孩子回永定，向父母說明了情況。六月五日端午節，吃過中飯帶著兩串粽子來台北，開始寫答允《文藝月刊》七月號發表的小說〈手〉；寫完稿交出去後，就要搬到永和與三妹同住。我怕他再來騷擾，回來後沒開過客廳的門，沒拉開窗簾，晚上也不敢開客廳的燈，躲在臥室用吾兒的小書桌寫稿。這樣隱密小心，卻還是被他發現，而且被他闖進來了。

他燃起菸，菸頭在黑暗中忽紅忽黑閃爍著。我靠坐在床角，伸直兩腿，雙手交握，不知這暗夜的僵局，何時才會結束。

「妳不要怕，」他說：「我保證，絕不再傷害妳。」

鄰家的老鐘敲了一響又一響，午夜十二點了。

他燃起第二支菸，悠悠說道：「妳現在一定在想，我是怎麼進來的吧？」

是啊。我心裡想著，但沒說出口。

「妳不要怕，我現在就向妳解釋清楚。五月二十六日那天是女兒生日，我買了一個小蛋糕來給她，發現房子沒開燈，門也鎖著。第二天再來，門還是鎖著。過了一個禮拜，還是一樣，我就從後院爬牆進來，發現孩子的東西都不在了，我猜妳過幾天會回來搬家，就到後門去，把門閂拉開，再把客廳的窗簾也掀起一角做記號。今天晚上我在前面走了一趟，看到窗簾左下角露出一點點光，知道妳回來了，就推開後門進來了。」

哦，多像偵探故事的情節。

「妳雖然會寫小說，觀察力還是不夠細。以後妳要注意，就是一片窗簾也很重要，一定要仔細檢查。好了，我解釋清楚了，現在妳要告訴我，妳把孩子送回永定，什麼時候再接來？妳到底要搬到哪裡去？是不是要嫁給別人了？」

我告訴他，三妹快生產了，母親要我搬去永和同住，照顧她做月子。三妹在永和國中教書，每個月送三分之一薪水來，幫忙我養育孩子，她要生頭胎，我當然要去照顧她。

「真的這樣嗎？」他說：「如果是去照顧三妹，我就放心了。」

我沒有答話。這房子唯一的缺點就是沒有牢靠的大門。尤其是夏天，客廳木門關起來太悶熱，紗門雖然鉤住，每次他來拍門，我怕引起鄰居誤解，只好讓他進來。說是來看孩子，最後都是開口要錢。我叫三妹去找個有鐵門的公寓頂樓，那樣他以後就進不來了。

「那妳什麼時候把孩子接來？」

其實孩子的戶口已遷回去，吾兒九月就要上永定國小。但我不想激怒他，就說，「等搬

好家再說吧。」

「妳搬好家一定要讓朱西甯他們知道哦，我再去他家聽消息。好了，現在我的心情已經平靜了，妳再睡，我去客廳瞇一下，等天亮有公車就走。」

六點才有公車。他拿起刀走出去。鄰家的老鐘敲了一下。我下床把書桌移到門後頂住，躺下來，拉長耳朵聽客廳的動靜。錢包裡有四百元，鎖在客廳書桌大抽屜，希望不會被他偷走。

朦朧中又聽到鐘聲，天已濛濛亮，清晨五點了。菸味仍從門縫鑽進來，他還沒走。我起來坐在書桌前，萎靡的看著錶上的分針，真想衝出去大喊：「你還不快滾啊！」五點半，客廳木門嘎一聲。五點四十分，菸味淡了，我搬開書桌，慢慢的拉開門，客廳地上一堆菸蒂，書桌大抽屜的金色圓鎖被挖出來，放在桌上彷彿一個答案。錢包還在抽屜裡，四百元不見了。走到木梯下，拿掃把掃完菸蒂，放回去時發現掛在木梯釘子上的兩串粽子，只剩下兩粒。

我像重獲自由的囚犯，拉開木門和窗簾，坐在藤椅裡望著窗外。菸味漸漸的淡了，我的眼淚慢慢流下來。

3

窗外是三棵已冒出細小花蕾的向日葵，欣欣然在晨光裡等待著陽光。讀虎尾女中時，看過雜誌介紹梵谷畫的向日葵，第一次看到向日葵是一九六三年，林（懷民）媽媽在縣長公館花園裡種了一整排，碩大的金色花朵真的會隨著陽光慢慢轉動，太陽下山就垂下頭。我向林媽媽要了幾粒種籽，在永定家門前種了兩棵，鄰居聽說花朵會隨太陽轉，都好奇的跑來看，直說沒見過這樣奇巧的花。一九六四年三月離開永定時，我在行囊裡帶了幾粒種籽，但到台北後住的都是沒有泥土的房子，始終沒再種過。未料搬來這清簡的陸軍眷舍，居然每家門前有個小花圃，而且居然有鄰居種著向日葵，我興奮的跑去討了幾粒種籽來種，去年夏天開過幾朵，今年新種的又已冒出花蕾，但我已不能等到花開時節。

從小在農村生活的我，對土地與種植一直有著難捨的深情，到台北時才會帶著向日葵種籽。那時的台北，在我的夢想裡也像發亮的太陽，會賜給我自由的生機與創作的能量。然而我只能棲身於沒有土地的鋼筋水泥間，無力為那些種籽找到萌芽之處。好不容易有一小片土地種花，如今卻不得不割捨了。我多麼不捨這些土這些花啊，然而已經不得不逃到沒有泥土的高樓，不得不去尋求鋼筋水泥的庇護。

如果沒有到台北，也許就不會遇到楊蔚吧？如果不是做一個職業作家，也許也不會遇到他吧？如果沒有遇到他，我的生命也許不會有那麼多驚險與磨難吧？但是，三個如果，也都只是也許啊。

第一個如果，決定者是我自己。第二、三個如果，關鍵者則是《皇冠》社長平鑫濤先生。他不僅是我當年的出版人，也是我和楊蔚認識的介紹人，以及我們在鷺鷥潭結婚的策劃人。一九六四年五月，平先生與我簽訂「皇冠基本作家」合約後，要求我在作品發表前必須自己做最後一校。《皇冠》在南京東路三段，平先生囑我上午去校對，漂亮溫婉的平太太還留我吃中飯。那時平先生也兼任「聯副」主編，囑我下午去康定路二十六號的《聯合報》校對。八月初，平先生來信說，〈崩〉預定八月十六日在「聯副」發表，囑我去報社校對。校到一半，有個人走過來，平先生介紹說：這是名記者楊蔚，他寫的報導妳看了吧？寫得很好啊。我抬頭看他一眼，平頭，寬臉，高個兒，戴眼鏡，白襯衫，果然一副名記者模樣。我對他點點頭，繼續校對，沒和他說話。

十二月中旬，平先生又來信，說〈沒有感覺是什麼感覺〉預定十二月二十日在「聯副」發表，囑我再去校對。楊蔚又來找平先生聊天。那時他已開始寫「這一代的旋律」和「為現代畫搖旗的」專欄。我仍是埋頭校稿沒理他。校完走出報社，他卻跟出來，說要請我去吃美觀園。

「就在峨嵋街，很近的，走幾步路就到了。」他說。

人家都跟出來了，不答應好像沒禮貌，但也不好意思說好，只是很自然的和他聊著他寫的畫家和作曲家，沒多久就到了當時西門町最有名的「美觀園」餐廳。

「美觀園」是大眾化日本料理，以快餐最受歡迎，一份十五元，附一碗味噌湯。圓盤的一邊是堆成橢圓形的白米飯，一片炸豬排，一個荷包蛋（有時換西式火腿），另一邊配著當時少見的生菜沙拉；在番茄小黃瓜高麗菜絲及馬鈴薯泥上面淋一圈微甜的沙拉醬。如今看來很平常的菜色，在貧乏的六〇年代卻是許多人心目中的天下美味。

楊蔚叫了兩份快餐一碟生魚片，邊吃邊說他的採訪趣事。他的言語幽默，豪爽率真，看起來很開朗的樣子。閑談之間，知道我從鄉下來，出生於光復前夕，喝完湯突然問我：「妳會說日本話嗎？」

我誠實的回答不會。父母親都受日本教育，父親還曾到東京讀中學，我讀虎女時，他幾次說要教我日語，我忙著讀小說，都說沒時間，不過從父母日常對話中聽懂一些單字。

「哦，那真可惜，」他笑著說：「我小時候就會說日語，不過現在也快忘光了。」

「你小時候就會說日語？」我好奇的說。

「是啊，我母親是日本人，叫秋子，是我父親去福岡留學時認識的。」

「他們也在台灣嗎？」

「沒有，」他臉色一沉：「不知道還在不在哈爾濱。我是在哈爾濱出生的。」

當時十九歲的我，沒有察覺那臉色的變化有著何種隱喻，只以天真的眼睛看著比我大十多歲的男子，以幼稚的耳朵傾聽他成熟的聲音；對他說的每一句話，沒有一絲絲的懷疑。

經過三十年（一九九四），我才知道，這個曾經受過中共地下訓練的共產黨員，一九四九年來台後就編製了一套任何人在那個年代都無法查證其真假的劇本。一九六四年的我，對他說的每一句話還是深信不疑的。不知道那是一套祕密劇本，也不知道他已把我納進那套劇本，在其後的歲月裡參與他的演出。

4

假的名字，身世，學歷；假的婚姻，證件，證言……。不管他們的名稱是間諜，特務，偵探，地下黨員，一切的虛假和偽造都被合理化，而說謊是他們存活下去的基本手段。在國共兩黨的爭鬥年代，這樣的故事和人物層出不窮，我竟不幸遇到了其中一個共產黨，並且無知的嫁給了他。

不管是左派或右派，不管是理論者或實踐者，他們身上總該有某種道德準則或理想主義的特質吧？然而我看到的我的丈夫，只是一個背叛的左派，奢靡的右派，虛無的頹廢派。六年半的婚姻生活中，我印象最深刻的是，每當他的謊言被發現，他總僵著臉，瞇著眼，腦羞成怒的答道：「我說的話，妳就當作是放屁！」

一九七一年十一月他終於答應離婚時，已經積欠我父親四十萬元；當時永和的公寓一層八萬元。我請父親來台北協議債務問題。當時楊蔚擔任《經濟日報》採訪組副主任兼「影劇俱樂部」版主編，每月收入近一萬元。他應允每月給孩子生活費一千五百元，還我父親兩千元。但協調債務總額時，他說在離婚協議書記載四十萬債務太沒面子，堅持只記載二十四萬元；「不同意就拉倒，不辦了。」他說。

父親為了我能順利離婚，只好同意。我怕他應允的條件「當作是放屁」，特別央請林海音、姚宜瑛作證，到台北地方法院辦理公證債務及離婚手續。父親付了一千一百元公證費後對我說：「假使他能還二十四萬，我也滿意了。」

原來，父親已經看透了他。

果然，公證之後三天他就辭去報社工作；「我要報復，」他對我怒吼著：「要讓你們一毛錢都拿不到！」

既然做得這麼絕，他該不好意思再和我見面了吧？然而，我又錯了。搬到內湖半個多月，他從慕沙那裡問到地址就來拍門。「我來看，看看孩子。」他不斷點頭，囁嚅的低聲哀求著。他一向重視穿著，元月下旬大冷天，卻只穿一件像在地攤買的深褐色尼龍夾克；值錢的毛衣風衣大概都當掉了。那年我二十六歲，他已四十三歲，臉孔臘黃起皺，看起來更瘦削更蒼老了。

進到客廳，他勉強笑著和吾兒說了幾句話，手足無措的坐下來。吾兒去餐廳倒了一杯開水給他。女兒已八個多月，坐在藤車裡睜著懷疑的眼睛，嘴裡不知咿唔著什麼，他突然走過去抱起她親吻：「叫爸爸，叫爸爸。」他說，女兒嚇得大哭。吾兒說：「爸，妹妹還不會說話啦。」一語提醒境外人，他驚慌的把女兒塞給我，她才停了哭聲。

鄰家敏敏來找吾兒去籃球場玩，吾兒出去後，他在牆角藤椅裡開始哭，說他很後悔辭掉工作，很對不起我和我父親。「但妳一定要相信，我不是故意的，我只是一時衝動控制不住自己啊，妳看我現在，什麼都沒有了啊！」

我沒有哭，抱著為了讓他戒賭而生的女兒，只是緊緊的抱著。是的，他什麼都沒有了，我卻還有一堆的債。我想痛哭，想痛罵他，但我不想在女兒面前表現脆弱和憤怒；雖然她還只是個半歲多的孩子。

然後，連著四天，他每天下午來，天黑才走。說是來看孩子，其實都坐在牆角藤椅裡發呆，打盹。看著他的落魄樣子，想到阿肥、陳映真、單槓、吳耀忠那些朋友都還在坐牢，這貪生怕死的大哥卻畏縮在牆角，心裡真的很痛恨他，很看不起他。失去所有，苟且偷生，那樣的生命有什麼意義？如果一九六八年他也被捕，或甚至如阿肥所說「必死無疑」，真的為他的社會主義理想獻身，我會更愛他，更尊敬他；我家也不至於負那麼多債啊。

第五天臨走，我告訴他要趕稿，請他不要每天來；「照離婚協議，一個月探望孩子一次。」他低頭看著地板沒說話。然後，囁嚅的說，可不可以借他一些錢，他沒錢吃飯了。我忍不住生氣的說：「我也沒錢，我的錢是爸爸寄來的。」

他臉色一變說：「好，我不走了，我沒有爸爸。」

後來這好像成為一種模式。一次又一次，走了又來，一百元，五十元，二百元……。不給他開門，他拿石頭砸門。前門人來人往，他去砸後門。不給他錢，他打我鼻子，勒我頸子，拿刀抵住我胸口。甚至還去向朱西甯告狀，說我不讓他看孩子。慕沙來叫我去她家，他當著他們的面仍說我不給他看孩子。我只好把他來要錢、砸門、打人的事說出來。他沒等我說完就一拳揮過來打我的嘴，歇斯底里嚷著：「妳這臭女人，妳胡說些什麼！妳瘋了是不是？」朱西甯把他拉開，他猶怒氣沖沖道：「她說謊，她說謊，你們不要相信她。」

指控我說謊之後，這個說謊者照樣來拍門要錢甚至偷錢。一九七二年八月，女兒臀部長了大膿包，我抱她去松山外科手術。下午兩點回到家，他又坐在客廳裡。吾兒說，「媽，爸爸又來了。」那天一早我抱女兒轉兩趟公車到松山外科掛號，十一點多手術完，麻藥尚未消失，她一直昏睡著。女兒已一歲多，十公斤重，抱她回到家，我已很累了，他裝作很關心的問著女兒手術的事，我說明天還要去換藥，就抱著女兒進臥室休息。躺上床才想起提包放在餐廳，但是又想，女兒明天要回去換藥，他應該不忍心偷錢吧，也就沒出去拿進來。睡到四點多，女兒痛醒了，要餵她吃止痛藥，開門出去倒開水，只有吾兒在書桌前畫圖；爸爸走了哦，他說。我腦門轟一聲，走到餐廳打開提包，一百多元不見了，錢包裡只剩五毛錢。

天啊，世間怎有這樣的父親？

5

陽光出來了，我拿出紙箱開始收東西。孩子的衣物都已運回永定，我的衣物也不多，要收的不過是一些文稿，幾本我愛看的書也都已疊放在書桌上；最上面一本是《今日世界》出版、劉紹銘翻譯的瑪拉末（Bernard Malamud，1914-1986）長篇《夥計》（*The Assistant*, 1957），是我搬來內湖後買的第一本書。

瑪拉末被譯介到中文世界的第一本書，也是劉紹銘翻譯，《今日世界》一九七〇年出版的短篇小說集《魔桶》（*The Magic Barrel*, 1958）。一九七二年四月中旬，偶然路過衡陽路書報攤，看到瑪拉末的長篇《夥計》自是喜出望外。翻看版權頁，一九七一年二月香港出版，已在台灣上市一年多了。翻到封底，左下角框著六行介紹文字：

瑪拉末的《夥計》一書，創造了兩個令人終生難忘的人物：雜貨店的老闆和他的夥計，他們的行徑，超越了種族、宗教和文化的界限，使人在艱難困阨之中，重新肯定了同情心和道德的價值。

瑪拉末是猶太人，生在猶太人麇集的紐約布魯克林區，大部分作品都在寫猶太人的苦難。劉紹銘在《魔桶》的譯者序裡說，一九五八年瑪拉末接受《郵報雜誌》（*Post Mazagine*）訪問時曾說：

> 我一直沒有忘記猶太人遭受過的苦難。六百萬猶太人被殺了，這悲劇我們沒有好好寫過。但我並不單指猶太人而言。中國在一九三六年時，黃河水患，有六百萬至一千萬以上的中國人被淹死，那時我的感受也是如此。

一九七二年四月，季季在台北衡陽路購買的瑪拉末長篇《夥計》封面。

那段話讓我對瑪拉末這個作家念念不忘。

但我認識瑪拉末，是從楊蔚開始的。

阿肥他們被捕後一年，一九六九年六月，新世界戲院上映一部電影《我無罪》。當時深陷背叛之罪的楊蔚，上映第一天就跑去看，回家後叫我也要去看。「很悲慘但是很好看，」他說：「那個人的故事跟我有點像。」

在銀幕上，我發現《我無罪》原名《修補匠》（*The Fixer*），原著 Bernard Malamud（那是我第一次看到瑪拉末的英文名字），敘述沙皇時代一個猶太人亞柯夫在俄國的基輔被反猶組織誣告殺人的故事：他被捕入獄兩年多，未受審判，受盡折磨，始終堅持自己是無罪的。

後來我問楊蔚，「亞柯夫的故事跟你哪一點像？」他說：「妳大概沒看懂吧？」然後又說：「以後妳會懂的。也許有一天，我會告訴妳。」

那時我已不想再聽他那些真假難辨的故事，沒再追問下去。我只記得電影裡的亞柯夫說的一句話：

> 我靠這雙手吃飯。任何破碎的東西，除了心，我都修補。

是的，破碎了的心，有誰能為你修補？

次年《魔桶》出版，我終於對瑪拉末及其小說有了較多了解。知道他曾獲美國「國家書卷獎」，並以《修補匠》獲一九六七年普立茲文學獎。

而《夥計》，不但是我搬到內湖後買的第一本書，也是楊蔚開始來砸門後，他呆坐牆角打盹，我枯坐另一角閱讀止痛的食糧。

《夥計》的故事也很簡單。猶太人普伯在布魯克林區開雜貨店，後來德國佬也在他斜對面開雜貨店。此後，他的生意日漸清淡。義大利青年法蘭克，從小在孤兒院長大，四處流浪，跟著遊手好閒的朋友蒙著面要去搶一家酒鋪，卻錯搶了普伯的店，打傷了他的頭。法蘭克為此很自責，抱著贖罪之心去幫受傷的普伯照顧生意。普伯不明就裡，深受感動，不但讓法蘭克住進他家，還每周付他薄酬。法蘭克雖在贖罪，卻又不斷犯罪：背著普伯盡情吃喝店裡的東西；偷普伯的錢；偷看普伯女兒海倫洗澡……。

他常在內心反省，自我告誡，卻又明知故犯。後來，他愛上了海倫。為了獲得海倫的愛，他從一個罪犯變成了聖徒。他把偷的錢全放進雜貨店的收銀機裡還給普伯，並且熬夜在外兼差，賺的錢也放入收銀機裡。普伯死後，他更賣力工作，只吃水煮馬鈴薯，把賺的錢都給了普伯太太，讓海倫能回夜間大學繼續讀書；那是普伯一直想為海倫做而無力做到的事……。然後，法蘭克去割了包皮；「過了逾越節（註）後，他就變成了猶太人。」

一邊讀著《夥計》，我一邊想著，歸化為猶太人的法蘭克，可以不斷的自省與自我救贖，流亡到台灣的中國人楊蔚，為何不能？法蘭克可以從罪犯變為聖徒，楊蔚為何深陷於墮落的泥沼爬不出來？其中的分別，只因他曾是一個被關了十年的共產黨嗎？

6

慕沙家一九七二年末已搬去景美，不能再就近去她家打牙祭了。那天中午，吃了僅剩的兩粒粽子，泡了一杯茶，繼續寫我的〈手〉；賭徒對他妻子說：

我呀，每次都想不去了，可是妳一罵我，我那要變好的心就崩潰了。真的，妳對我好，妳受了很多委屈，我是知道的。妳對我越好，我越感到慚愧和感激妳。妳不妨試試，這對我可能是一劑特效藥呢。

後來賭徒夢到索債者要來砍斷他的五個手指頭，嚇得驚醒過來，埋怨妻子說：

以前我叫妳砍斷我的指頭，妳為什麼不肯？如果妳那時砍了，說不定我早就沒手摸牌了。

次日中午，〈手〉已完成。結尾只有兩句：

他猛衝向廚房去。

夢美聽到他刷的一聲，從刀架上把菜刀拔了出來。

那是我的《夥計》年代，在內湖完成的最後一篇小說。

註：

逾越節在猶太曆法尼散月十四日（約西曆三月），為猶太人慶祝重生的節日。

第十章

失蹤的《何索》與台灣何索

我是馬各，妳知道，何索——是誰？

久未連絡的老友，電話裡吞吞吐吐的，竟是為了來問一個文壇新人？

一九七六年一月三十日，《聯合報》副刊頭題就是何索作品〈這是你的世界〉：「這故事的另一面是：女人之所以拚命想騎在男人的頭上，原因之一，是由於這地球上再沒有比它更舒適的地方。……」

那之前的一個多月裡，「聯副」主編平鑫濤已經五次以頭題發表何索的作品。一般讀者可能以為那是一個創作力旺盛的新人，但是我一看就知道，何索只是一個新筆名，並不是一個文壇新人。馬各在《聯合報》工作，或許已知道真相，我只好誠實答道：「大概是楊蔚吧？」

「嗯，」馬各傳來了笑聲：「妳果然了解他。」

我問馬各是從平先生那裡得知的嗎？他說：「先前已從唐達聰那裡知道了，不過平先生自己的事業太忙請辭，報社要我二月初再接編聯副，這兩天正在與他辦交接，今天是來向妳約稿的。」

「哦，又要重出江湖了？」

從電話彼端，傳來馬各習慣性的冷笑：「哼，那有什麼辦法？領老闆的薪水嘛。妳最近在聯副發表的〈野火〉（一月十五至十六日），〈一天裡的兩件事〉（一月二十八日），都寫得很好，最近再寫幾篇給我吧。聽說楊蔚住在松山，台北農工附近，是他的老長官劉潔幫他安排的房子，我也給他寫了信，請他繼續寫。他這傢伙有才氣，不好好寫可惜了。如果他能安定下來，也就不會再來找妳麻煩了。」

1

原來馬各也知道楊蔚找我麻煩的事，大概是從林海音那裡聽說的吧？

那瞬息之間，我想起一九六五年初開始和楊蔚戀愛後，他得知我讀虎女時就和林懷民、馬各通信交往，立即一臉不悅的說：「馬各這福州人說話很刻薄，妳以後少跟他來往。」三月底平先生又叫我去康定路《聯合報》社校對〈屬於十七歲的〉，意外碰到許久未見的馬各；他通常吃過晚飯才進報社編報，那天下午是去開會的。一見到我，他就神色急切的把我拉到一邊問道：「聽說妳要和楊蔚結婚，是真的嗎？」

主編聯副十二年的平鑫濤，是第一位發表何索作品的副刊主編。

大概楊蔚已經對報社同事說了吧？我靦腆的點點頭，不敢說出楊蔚叫我少和他往來的事。

「唉——！」他一臉憂容的嘆氣了：「妳最好再考慮考慮，聽說他來台灣的時候帶了十幾根金條，都賭光了。唉——！」馬各又嘆氣了：「妳怎麼不先打聽打聽？妳以後要當心啊！」

後來我曾婉轉的問楊蔚，說許多

人來台時都帶了金條，他帶了幾根？他哈哈大笑說：「哎喲，幾根？妳以為我是什麼豪門貴公子啊？我呀，只帶了一根，」他輕佻的睨了我一眼：「哈哈，哪個男人不都有一根？」

聽他那語氣，我哪敢再問下去。那時的我畢竟未經世事，看到的只是他的臉孔和身體，無法掃描他那纏繞著千絲萬縷的腦袋和心臟，更難分辨他那層出不窮的謊言。結婚之後，現實逐漸撕裂了夢幻，馬各那句「妳以後要當心」常在耳邊飄浮，卻已是一句無力的警語。

但是經歷了六年半的婚姻惡夢，又經歷了離婚後近五年的糾纏，楊蔚在我眼裡已漸漸透明了。

一九七五年十二月二十六日，「聯副」第一次登出何索的〈兩種夢〉，我一眼就認出那是他的傑作。〈兩種夢〉分前後兩篇，前篇「做夢的」：「這故事的另一面是：扯謊是一種了不起的天才。我說謊話，只是希望能好好的睡一覺而已。」後篇「碎了再補的」：「這故事的另一面是：女人也是講道理的。不過，如果你有道理的話，她便不跟你講道理。……」

他延續著一貫的冷冽文字，以玩世、虛無的風格創造了一個叫何索的丈夫：自大，喝酒，打牌，摔東西，玩女人；一個叫艾梅的妻子：神經質，愛哭鬧，亂買東西，不做家事。其後發表的〈恐肉時代〉、〈我們釣魚去〉、〈電話狂想曲〉……，也都以黑色幽默的模式不斷顛覆誇大，把何索描述成一個顧家負責愛搞笑的丈夫，把艾梅醜化為虛榮無知兼無趣的妻子。

我知道，那是他的另一種報復；他必須以那樣的嘲諷和醜化，發洩二度離婚對他的創傷。

但是我也知道，他終於用「何索」這個筆名，婉轉招供了他確曾在內湖偷走了我的美國《何索》。

2

何索在故事發生的時候，大概是四十開外的年紀。他結婚兩次，離婚兩次。故事重心在於第二次的結婚與離婚，特別是離婚給予他的打擊。……——顏元叔〈淺談《何索》〉

《何索》是不是貝婁最成功的一部小說，恐怕要等若干年後才能有定論。到目前為止，是他最轟動的最暢銷的一本，大約是不疑之論。貝婁說時下有些自命為高雅之士，對暢銷書的偏見，他是不敢苟同的。……他知道很多離了婚的人喜歡這本書，很多自言自語的——那些發現人世間無與可言的、只有自己對自己談話的人喜歡這本書，大學畢業程度的人喜歡這本書，還有，還想繼續活下去一段時間的人也喜歡這本書。——吳魯芹〈索爾．貝婁〉

《何索》（*HERZOG*, 1964）作者索爾．貝婁（Saul Bellow, 1915-2005）是猶太裔美國作家，父母從俄羅斯流亡到加拿大，他誕生在魁北克，自幼隨父母移民美國，在芝加哥成長、讀書、教書，小說大多以芝加哥為背景；是一九七六年諾貝爾文學獎得主。《何索》是貝婁的「自傳體小說」：「主人翁何索為了兩位前妻問題苦惱不已，而向親友和公眾人物瘋狂寫信，但卻從未投遞」；一九六四年出版即為他贏得第二座美國「國家書卷獎」。

《何索》是貝婁四十九歲時出版的長篇，由顏元叔．劉紹銘中譯，一九七一年八月香港《今日世界》社出版。那時我尚未離婚，生活艱困，無錢買書，且吾女出生不久，也無閒逛重慶南路。一九七二年十二月十六日，搬離內湖之前半年，在重慶南路逛書店時發現了這本書。翻到開頭兩句，就被它吸引住了：

「如果我真的瘋了，那沒關係，我不在乎。」摩西．何索想。

「有些人可真的以為他瘋了，而他也有一陣子懷疑過自己是否真的存在。」

那兩句話讓我立即聯想到楊蔚。

《何索》中譯本厚達四百多頁，顏元叔〈淺談《何索》〉第一句即說：「《何索》是一本艱深的小說，讀後令人有點撲朔迷離。」我仍然把它買回家，準備慢慢消化那三十多萬字。

奇怪的事情發生了，看完顏元叔那篇七千多字的淺談後，《何索》竟在我家不告而別。慕沙他們換大書架時，把有玻璃門的三層書架送給我，我的書看完就放在那裡，沒看完的就放在書桌上。但是《何索》既不在書桌上也不在書架裡。吾兒讀幼稚園大班，頂多看看有注音符號的《伊索寓言》或《唐詩三百首》，不可能看《何索》的。

那麼，唯一可疑的人，就是楊蔚了。

過了幾天，楊蔚又來了，我問他有無借走《何索》，如果有，要記得還給我，因為我還沒看完。他的眼神閃過一絲不安，似乎想要承認，但那三角眼一瞬間換了神色，瞪著我怒道：「誰拿妳的書啦？我幹嘛那麼無聊？別以為看那幾本書就多清高；我早就什麼書都不看了。」

那一刻，我先是驚愕的注視著他，然後快速轉身走到後院，眼淚潸潸而下。多麼卑微的人啊，如果他承認「借」走《何索》，不就無需背負「偷」的罪名嗎？為什麼他沒有勇氣開

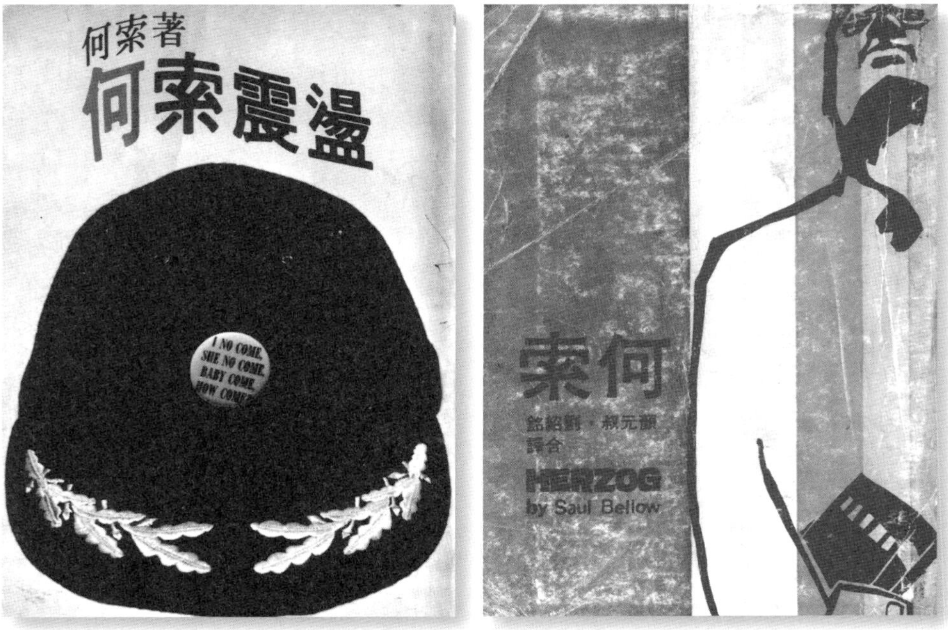

左：一九七六年遠景出版《何索震盪》（封面攝影莊靈，設計黃華成）。右：一九七二年季季所購美國作家索爾．貝婁所著《何索》。

口借一本書，甚至連承認借的勇氣也沒有。但我轉念一想，偷走我的書，總比偷走我的錢高貴多了。如果他能讀完《何索》，從另一個二度離婚的男人身上獲得一些心靈共鳴，情緒也許會漸漸平靜，再去找個工作努力生活。他是孩子的父親，我多麼希望他能堅強的再站起來；即使失去了全世界，也不該放棄做一個有尊嚴的父親的權力啊。

3

我的美國《何索》失蹤之後四年多，沒想到它真的讓楊蔚獲得重生。

更出乎我意料之外的，他竟以那樣直接的方式，把貝婁的小說人物納入自己的生命，宣告台灣何索的誕生。

一九七六年，何索成為台灣最受歡迎的幽默作家。除了《聯合報》副刊，《中國時報》人間副刊主編高信疆，《中華日報》副刊主編蔡文甫，都去請他寫專欄；當時最受歡迎的中視電視劇《家有嬌妻》，也請他去編劇；半年之間出版了《何索震盪》、《無冤錄》、《愛情與遊戲》、《何索打擊》、《浮浪生活》、《滄海橫流》六本書，據說都很暢銷。

五月十日，何索的第一本書《何索震盪》出版，遠景出版社破天荒在《聯合報》一版左上角登了一則非常醒目的廣告，大標題：「早安，養樂多．晚安，何索」，聽說一出版就暢銷。遠景的沈登恩，特別寄了一本給我；扉頁上題著：

獻給林海音女士，她在文學上，播下許多信心的種籽。

那是楊蔚對他的再生母親的深摯感謝。

翻到目錄，二十一篇文章有十篇輯為「艾梅與我」。輯後的〈何索供狀〉，是全書最後一篇，其中兩段仍藉著艾梅影射我：

我和艾梅初識時，她住在一間小屋裡，埋頭寫作。她那時還保留著學生時代純樸的外貌——短髮、白衫、藍裙，以及對事物的天真的看法。

相識不久，我每天到那小屋去陪她。我隨身帶著她最喜歡的雞腿、蘋果，和卡繆的小說。另外還有大堆美麗的愛情的謊言。

對於離婚，他倒有幾句赤裸的告白：

我和艾梅離婚後，在最初的一年內，我做過一次惡夢，看到自己站在一群含有敵意的人們面前，身上只穿了一件短小的內褲。這真是一種可怕的經驗，你暴露著全身的缺點，而找不到任何遮掩。

至於探望孩子，他也有一番自我說詞：

有一次，我去探望艾梅。她把我擋在門外。

「怎麼又跑來了！」她責備說。

「我想看一看孩子。」

她搖了搖頭，不以為然的朝我斜睨著，以至於露出大半的眼白……。

那一陣，看過《何索震盪》的文友來電話都說：

「聽說那個何索就是楊蔚啊，妳看他把妳寫成什麼樣？妳難道不生氣嗎？可以去控告他妨礙名譽啊……。」

「算了吧，」我說：「當小說看就好了。」

那年隱地請我為《書評書目》社編《六十五年短篇小說選》，我每天除了寫稿還要忙著登記各報刊發表的小說，專心閱讀並作筆記。六月二日，聯副頭題是吳念真的〈婚禮〉（上），這篇感人的小說後來不但入選《六十五年短篇小說選》，吳念真還獲得夏烈提供的一萬元獎金。但是那天，這一切都還沒發生；我先閱讀的不是〈婚禮〉，而是在它左側的邊欄——何索的〈我與「何索震盪」〉。

那本書出版已近一個月，何索那篇兩千多字的文章似有廣告意味；文末還附了定價及出版社劃撥帳號，顯見馬各對這位落難的老同事還是很照顧的。

不過，在我看來，那篇文章最重要的訊息是他終於公開向我招認了台灣何索與美國《何索》的祕密。

進入中年後，我開始學著站在一個客觀的位置，來分析和批判自己。我時常問：何索啊，你這些年來都做了些什麼呢？或者，你活著究竟有什麼價值？得到的答案，常使我悚然一驚，我看到這個名叫何索也者的人物，他多年來拚命揮霍自己的結果，除了滿腦袋不著邊際的幻想如昔，便只剩得一堆無用的渣滓。

有一天，我忽然不想回家，一個人在街上徘徊。我知道這是崩潰的前兆，我怕得渾身在抖，但是無力擺脫，這是三年前的事情了，接著，我跟自己多年辛苦建立的一個平穩的世界，完全隔離起來。我鳩衣垢面，四處流浪，偶然遇到一位老友，便躲在牆邊，淚如雨下，我那時真希望自己在拐過一個街角時，能夠永遠從這個世界上消失……。

我過了大約兩年這種生活，我知道自己是在尋求一些什麼東西，但它究竟是什麼，我並不了解。不過，我現在終於知道了，我尋求的是懲罰，一種精神上和肉體上的自我的折磨！

去年十一月，我返回台北，隨身一無所有，腰間塞著一本索爾·貝婁的《何索》。（那個走投無路的傢伙正是我的寫照。）……我給一位老友掛電話，我只說：「潔公，我又想寫作了。」我這位老友和他的太太，立刻親手替我佈置一個房間，並為我把生活所需都一一安排妥當。然後，我鎖上房門，足足有五個月的時間，不見人、不開口、不出門，把全部時間都用來思索與寫作，寫得眼珠都要掉在紙上了。就這樣，何索從街邊的拐角上又轉了回來。

我現在繼續站在一個客觀的地位，來觀察和批判自己。我是在試著製造一種五四以來文學櫥窗上怪異的「商品」。這商品的內容是幽默、荒誕、生活的挫敗和一層蒼涼的顏色，而包裝在一個浪漫主義的瓶子裡。……

看完之後，我打電話給馬各，說出我的美國《何索》在內湖失蹤的故事。馬各說，「很好嘛，妳應該感到欣慰啊，幸而有妳那本《何索》，不然哪有今天的何索？」

然後，馬各換了一種熱誠的語氣說：

「其實，妳難道看不出來，這是一篇對妳的懺悔？」

「馬各，這是他的自我懺悔，不是對我的懺悔。」

「那有什麼分別？」馬各不以為然的說，「像楊蔚那樣的人，能這樣公開懺悔，已經很不容易啦……。」

4

也許只有我知道，何索的自我懺悔，真正的對象並不是我。

也許馬各不了解楊蔚的另一面，才會問「那有什麼分別？」

我與楊蔚離婚前後，只有林海音從我口中知道他涉及陳映真、阿肥他們的「民主台灣聯盟」案。其他的文友，包括最關心他的山東同鄉、國防部中校朱西甯，也都一無所知。

在那尚未解嚴的時代，即使距離事件發生已經八年，我仍然不敢對馬各這樣的老友說明蘊藏在〈我與「何索震盪」〉裡的「自我懺悔」之真相。但我確實知道，「我尋求的是懲罰，一種精神上和肉體上的自我的折磨」，這句懺悔的對象不是我，而是阿肥、陳映真、吳耀忠、單槓這些當年的同志。

1. 一九七八年二月八日，馬各（左二）與妻曾久芳（右二），子冀野（左一）、冀耕（右一）攝於季季家。
2. 新聞界前輩劉潔（中戴花環者），協助獄中歸來的楊蔚安頓住屋，寫出一系列何索作品。圖為一九六六年五月二十三日他啟程訪日，與送行的《聯合報》同事攝於松山機場：左起三人為黃慶祥、羅璜、馬克任；右起三人為王潛石、丁文治、于衡。

阿肥於一九七一年十一月出獄；陳映真、吳耀忠、單槓等判刑十年的，也都因蔣中正於一九七五年四月五日去世而獲得特赦減刑，相繼於同年七月間出獄。

弔詭的是，昔日同志都已重獲自由時，楊蔚卻因他案尚在服刑，比他們晚兩個月才出獄。他文中提到「去年十一月，我返回台北，隨身一無所有，腰間塞著一本索爾·貝婁的《何索》。」其實正確的時間應該是九月，因為九月六日我接到他的電話：「我回來了，明天是星期天，我可不可以帶孩子出去玩一玩？」那時吾兒讀國語實小三年級，女兒讀幼稚園中班。

第二天下午，我帶兩個孩子去台大對面的小美冰淇淋和他見面。他理著平頭，頭髮更白也更消瘦，亢奮的對孩子笑著，笑容裡難掩寂寞與淒涼。那一刻，我咬著嘴唇，沉默的強忍著眼淚。

等冰淇淋送上來，孩子們興沖沖吃著時，我拉他到門口說了兩句話。第一句，「大頭他們回來了。」第二句，他問我怎麼知道，我說，「七月二十一日在明星和施叔青見面，她告訴我的。我已經和施叔青一起見過大頭了。」他紅了眼眶，激動的握著我的手說：「謝謝妳告訴我這個消息。」

然後我走入地下道，要去對面搭公車回永和。地下道陰森而灰暗，有人在賣膏藥襪子玉蘭花，也有人一條腿裹著紗布躺在牆腳，身旁放一隻躺著幾枚銅板的鋁碗。我的眼淚終於和我的腳同步，一秒也沒停的滴下來。我哭著他的悲哀，也哭著我的恐懼。

他回來了，我是否又將過著不時被恐嚇糾纏的日子？

5

一九七三年夏天從內湖搬到永和一層頂樓和三妹同住後，本以為可以擺脫他的糾纏，沒想到過了一個多月，他又如一縷陰魂飄來，在樓下大門按鈴。我躲在陽台看到是他，真怕有鄰居回來打開大門。還好沒有，後來他就走了。連著幾天，他每天來按鈴。一天上午，他的身旁多了瘦小的朱西甯的身影。我怕他情緒失控，仍然不敢開門讓他們進來。

那時我家後巷在蓋一排四層公寓，已蓋到頂樓，兩家後陽台僅一尺之隔，工人一邊做工一邊聽廣播歌曲，整天歌聲不絕於耳。楊蔚與朱西甯離開大門不久，突然從尤雅的〈往事只能回味〉裡傳來「季季」的叫聲。我疑惑的走到後陽台，竟看到朱西甯站在新樓的後陽台對我招手，身後站著神色鬼祟的楊蔚；幾個正在紅磚上塗抹水泥的工人轉過頭，怪異的看著我。

啊——，怎麼會這樣？我只能深深的嘆了一口氣。

「沒事，沒事，」朱西甯說：「妳開一下大門，我到妳家來說幾句話，妳放心，楊蔚不進去。」

朱西甯進來後我一直向他道歉。如果那時有電話，就不會這樣失禮。他說，楊蔚只是想知道，他什麼時候可以看孩子？我說，孩子暫時住在永定外公家，吾兒已上永定國小一年級，明年再接他們回台北⋯⋯。

接下來的日子，虔誠的基督徒朱西甯，一直以拯救迷途羔羊的愛心，希望我也信仰基督，再給已經承諾信仰基督的楊蔚一次機會；不時來信叫我去他家，與楊蔚見面溝通，相信楊蔚信了基督後一定會改過自新的。（一個共產黨徒，一個無神論者，怎麼可能有宗教信仰呢？）十月十五日近午，我又依約去景美朱家，發現幫我離婚作證的大地出版社發行人姚宜瑛大姊也在座。之前在一些文學活動場合遇到她，她都笑著說：「又接到楊蔚來信罵我啦，他心情不好，讓他罵吧，送他一點錢就好。」姚大姊也曾在我生活最苦時接濟過我，每次想到給她添麻煩，感謝之外更有深深的愧疚。

我與他們寒喧了幾句，楊蔚就說希望單獨和我談談，朱西甯笑著說：

「那就到我書房吧，好好談一談，心結打開就好了。」他的書房在客廳後面，僅約三坪大，一走進去關上門我就緊張得直發抖。他站在朱西甯的書桌邊，叫我在書桌後面的椅子坐下來，以居高臨下之姿，凶惡的瞪著我說：

「妳也知道害怕了是不是？妳以為把孩子送回永定就能整倒我了是不是？」

他從隨身帶著的紙袋拿出那把我熟悉的刀子，不及一秒就架在我的頸子上：「不許出聲，妳如果點頭承認妳錯了，我就不殺妳。」我知道他不會殺我，只是要凌遲我。但我不願再給朱家添麻煩，閉著氣不斷的點頭。刀子拿下後，他卻從紙袋裡拿出一張繫有紅繩的硬紙板，慢條斯理的懸於胸前：上面一行字「誰害我家破人離？」下面一行字「作證者該死！」

「現在妳知道我要做什麼了吧？」他說：「要不是她幫妳做證人，我們怎麼會離婚？」

「那是林先生去請她的——」

「她可以不答應啊，她為什麼要答應？」

「她同情我啊。」我忍不住說了實話。

「對，她同情妳！她為什麼不同情我？我等一下就要掛這板子出去向她抗議！」

「請你不要這樣，」我哭著哀求他：「姚大姊也很關心你，她不是也送錢給你嗎？」

聽到「送錢給你」，他愣了一下。恰在那時，天使一般的慕沙的聲音在外面響起了：「飯好嘍，出來吃飯吧。」

我獲救一般搶先而出，驚恐的哭道：「楊蔚又拿刀子架在我脖子上！」他跟在背後嚷道：「別聽這瘋女人鬼扯，我們明明談得好好的，哪有拿刀子？」他走出來時，胸前已不見了硬紙板。朱西甯斜睨著他的紙袋，溫和的笑著說：「那就好，那就好，來吃飯吧。」姚大姊也望一眼紙袋對他說：「楊蔚，到西甯家做客就要高高興興的啊。」然後拍著我的肩膀說：「別哭，來，坐我旁邊，沒事了。」

過了兩個多月，一九七四年一月六日，我又收到信去朱家，這次的事情更詭異了。

「楊蔚坐牢了妳知道吧？」朱西甯說。

「不知道啊，」我說：「為什麼去坐牢？」

「咦，他說是妳去告的呀，」朱西甯說：「妳沒有告他恐嚇嗎？」

我說沒有，真的沒有。他說楊蔚寫信給他，說是我告他恐嚇，他才會被判刑入獄；如果不相信，可以找我一起去台北監獄與他對質。

「到了那裡就知道真相了。」朱西甯安慰我說。

第二天是星期一，朱西甯特別請了半天假，約我和舒暢上午十點在愛國東路台北監獄入門處見面。舒暢早一步到，先去辦理會面手續，我和朱西甯會合後，見他搖著頭走過來說：

「唉，根本不是季季告的嘛。」

「那是怎麼回事？」朱西甯說。

「是違反票據法。」舒暢說。

朱西甯望著我長嘆一聲：「唉，又委屈妳了！」

後來我們一起去會面窗口，由朱西甯與他說話。

他沒說要與我對質，只對朱西甯說，入監服刑是被朋友所陷害，大概要一年多才能出來。他交給朱西甯一張收據，要我去台北車站寄物處幫他領一袋東西。我猶豫的說：「是什麼東西？」朱西甯說：「大概是他的衣物吧，他也沒說清楚。」

明明不該是我的事，我卻不能拒絕收下那張收據。

第二天，去台北火車站寄物處交了一百多元保管費，領出袋子送到台北監獄，交給收發處轉交給他。

又過了兩天，收到林先生的信：聽說楊蔚又出事了，妳來純文學拿五百塊送去給他零用。

坐車去純文學的途中，我疲倦的想著林先生信裡的話，想著何時他才不會再出事？何時出事了再沒我的事？離婚這些年來，他不去工作，只是流浪，賭錢，到處寫信罵人，向朋友要錢借錢，不停的找我麻煩……，這樣的日子還要過多久？越想越茫然，竟致忘了在純文學那一站下車，只好冒著冷風從下一站往回走，再去幫他拿錢，再去為他送錢……。

不過，他入獄的一年八個月裡，我才算過著離婚後真正沒有恐懼的生活。

6

馬各說的也許沒錯，我應該為台灣何索的誕生感到欣慰。即使〈我與「何索震盪」〉是戴著面具且蘊含著市場性的自我懺悔，也不管那些嘲諷、醜化、影射艾梅的文字是否達到了何索自許的高度，至少他重新找到了以文字立命的窗口，此後我應該可以平靜過日子了。我想起去台北火車站寄物處幫他領回的提袋，褐色的塑膠皮已經裂痕斑剝，拉鍊尾端卻有個小小的號碼鎖，不知裡面鎖著多少浪人的祕密。

也許，把它交給台北監獄收發處時，我的美國《何索》就在其中。

第十一章

暗屜裡的答案

「老林，今天是不是像昨天一樣？」

二〇〇四年九月十九日，雲門舞集《陳映真・風景》公演第二天，晚上十點打通林懷民手機，問他第二場演出的情況，電話那端卻是疲倦而低沉的聲音：「季季，我今天沒去劇院——」懷民頓了一下，似乎在想下一句話要怎麼說。終於，他說，「林媽媽走了，今天火化，我們沒有舉行公祭，正在討論追思音樂會的事，到時請妳來參加。」

林媽媽那年八十四歲，腦瘤住院兩年多，懷民常去榮總陪伴。我問林媽媽哪天離世，懷民說：「九月十六日凌晨兩點多，但是請妳要保密，我還沒有讓其他朋友知道。」

我的耳朵彷彿受到重擊，腦袋卻霎時清明起來。原來——，哦，原來九月十八日在國家劇院為陳映真熱烈鼓掌之時，舞台上的懷民和舞台下的我都藏著一個九月十六日的祕密。我激動的對著話筒說：「老林，我也有一個祕密，楊蔚也是九月十六日去世的；他和林媽媽一樣腦裡長瘤，不過他真正的死因不是腦瘤，是絕食。」

「哦，為什麼絕食？」

「我也不清楚。聽說他九月一日被送進醫院後就拒絕進食，瘦得皮包骨，九月十六日清晨七點醫生灌他流質食物，但他全吐出來，吐完就走了。」

懷民悠悠問道：「他在哪裡去世？」

「印尼東爪哇的一家醫院，昨天已經下葬了。」

「孩子們有去送他嗎？」

「有啊，他們兄妹倆十七日一早從台北出發到雅加達，轉機到泗水，又坐了六個多小時汽車，晚上十點才到達他住的村子，十八日上午九點就舉行葬禮；因為伊斯蘭教徒歸真三天內就要落地土葬。」

「伊斯蘭？」懷民訝異的說，「他什麼時候成了伊斯蘭？」

「他三個月前娶了一個二十一歲的印尼女子，是伊斯蘭教徒。」

「哦，」懷民深深的嘆了一口氣，「那是另一個悲劇，但妳終於放下一個大麻煩了。」

1

其實，四年前楊蔚遠赴巴里島後，我就已經完全的放下了。二〇〇〇年六月，他領了不當羈押七年的冤獄賠償金八百多萬元，次年八月又領了白色恐怖感訓三年賠償金二百多萬元；扣除律師費用，合計近一千萬元。我希望他歸還欠我父親的債務，但他說那是他坐牢十年所得，要留作養老之用，一毛錢也沒還。當時正為肺腺癌末期所苦的父親揮揮手說，算了，要回那些錢我們也不會更富有，別跟那種人計較了。吾兒也笑笑說：「媽，就當妳買到自由了，他有了那麼多錢，以後不會再來找妳要錢了。」

之後他在巴里島住了三年，二〇〇四年初才搬到東爪哇鄉下。在巴里島，他像個退休闊佬，過著沒有任何人知道他的過去的新生活。二〇〇二年六月吾兒曾去探望他，說他在庫塔海濱買了三個房子，一個自住兩個出租；也曾買過一部汽車，一部吉普車，雇了一個司機兩個女傭。後來和司機吵架予以解僱，自己學會開車，發生兩次車禍後賣掉汽車，換了一部重型哈雷機車代步，每天下午風馳電掣出門。無論汽車或機車，他日日遊走於庫塔各大舞廳和酒吧之間，以闊老、酷老之姿請人喝酒、跳舞，呼朋引伴狂歡作樂。那年十月十二日是周末，晚上十一時，回教激進組織「回教祈禱團」在巴里島引發三起大爆炸，一在首府丹巴沙，另二在海濱大城庫塔的沙莉俱樂部，死傷五百多人……。

一九九一年我去過巴里島，對那裡的人和印度教信仰留下深刻印象。那晚十一點剛過，我還在報社忙文化版新聞，國際新聞組的人大呼小叫，說糟了糟了要換稿了巴里島大爆炸；忙完降版的同事都去擠在總編輯右後方的電視前……。半小時後我簽好版面，吾兒從家裡來電話，語氣低沉的說：「媽—，老爸說不定凶多吉少啊，我一直打他手機，都沒人接。發生大爆炸那家沙莉俱樂部，他幾乎每晚都去那裡混。」我安慰吾兒說：「先別急，現在那裡很亂，明天再打看看吧。」

次日中午，吾兒接到楊蔚回電：「哈哈，你們虛驚一場了吧？沒事沒事，昨天晚上我很累在家睡覺沒去跳舞，哈哈，明天是重陽節，敬老尊賢嘛，算我命大，逃過一劫……。」

二○○四年九月，自許命大的楊蔚卻因腦瘤破裂在東爪哇農村陷入昏迷。醫生說他的腦瘤很大，壓迫到左腦神經，右手已經癱瘓，也已失去語言能力。送醫第二天清醒後，他開始絕食，以左手在一張便條紙上寫著吾兒和我的名字、電話，要一個照顧他的女子艾莉塔輾轉告訴我去看他，說有話要對我說。我當時在《中國時報》寫每周一次的「三少四壯集」專欄，俗事纏身無法遠行，雖知他已失去語言能力，仍試著叫艾莉塔把手機遞給他聽。

「楊蔚，我是季季，你知道我是誰嗎？」

他激動的發出嗯嗯之聲。

「你有什麼話要對我說嗎？」

他的聲音更為激動了，但是除了不斷的 YaYa—YaYa，無法說清一句話。後來我又打了幾次電話，每次來來回回重複著的還是我的問話及他的 YaYa 之聲。我遂頹然的，放棄了。到了生命的最後，他到底想／要對我說什麼呢？就算能夠清楚的說出一句話，也許是道歉，也許是謾罵，對於我，或者對於我們的一生，又能有什麼影響或有什麼意義呢？

沒有了，我對自己說，不可能有任何的影響，也沒有任何的意義了。九月十六日傳來他大嘔吐之後離世的消息，我只想著：那最後的時刻，為什麼他要大嘔吐？他是否吐盡了一生的污穢之氣？在他的腹腸之內，是否還潛伏著幾句謊言，或者一粒夢想？

2

楊蔚去世之前四個月，我和他見了最後一面。

那年四月五日，他由印尼返台治療左眼白內障，十二日在榮總進行手術。彷彿冥冥中預料那是最後一次與家人相聚，以前幾次返台都住旅館，那次卻要求住在兒子家。五月九日是母親節，也是他七十七歲生日，吾兒特別去一家上海餐廳買了他愛吃的烤方，吾媳做了幾樣清淡家常菜，難得家人一起聚餐。他很興奮，直說好久沒吃那麼好吃的菜了。吾兒也買了蛋糕讓他吹蠟燭慶生，他左眼還蒙著眼罩，笑對九歲的孫子四歲的孫女說，「獨眼龍吹蠟燭，

1. 一九九五年三月十二日，楊蔚首度返回青島，他最想念的妹妹正在為他拭淚。
2. 一九九五年元月，楊蔚找到大陸的家人後，二弟寄來兩人童年時代的合影。右是楊蔚，左是二弟。
3. 楊蔚的母親魯濂溪，青年時代是幼稚園老師。

4. 一九九五年元月，找到大陸家人的楊蔚，露出平常少見的欣悅笑容。
5. 一九九六年九月，楊蔚在蒙古草原騎馬。

一吹就熄喲。」切了蛋糕，他對我說，再過一個多禮拜需回診，沒問題就可以拿掉眼罩；「回印尼後要好好的把我這一生的故事寫出來。」

五月十二日，為他出版《何索震盪》的沈登恩肝硬化去世，消息見報後，我打電話問他要不要去板橋殯儀館上香致意，他虛弱的說，「不行，今天起床後一直暈眩，沒辦法出門。」（那時他的腦瘤是否開始脹大了？）他說去印尼四年，每天吃大量水果，從沒生過病；「但是午夜驚叫的毛病一直改不掉，鄰居常被我吵醒。」我想起新婚期間的午夜驚魂（那時他的腦瘤是否已長出來了？），回說：「這是你的終生之病啊。」他說：「是啊，這驚叫跟了我一輩子。」十八日他來電話，說已去複診回來，「拿掉眼罩真好，前途一片光明。」至於暈眩，他看了神經內科，醫生說是腦部老化，吃藥稍可改善但無法治癒。（門診醫生只作問診，沒照X光，不知他的腦裡已有一個瘤？）

最後，他說，已定好五月二十一日的班機離台；「下次不知什麼時候再回來了！」語氣一時低微，轉為哽咽了。彷彿冥冥中覺得要和他見最後一面吧，我說五二〇那天正好輪到休假，想請他吃晚飯為他送行。他謹慎的問道：「是不是只有我們兩人？」我說是啊。他立刻說：「那好，那好，我有很多話要對妳說。」

自他二〇〇〇年遠走巴里島後，那是我們第一次單獨見面。他說在巴里島過著神仙生活，無拘無束，快樂自在；「這輩子沒這麼痛快過。」我問他以什麼語言和當地人溝通，他說巴里島有很多澳洲人法國人美國人，他學會一些簡單的英語和印尼語，不會說的就跟他們比手畫腳，真的無法溝通也就算了；「反正無非吃喝玩樂，沒什麼大不了的事情。」

說到他在庫塔買的房子，一個自己住兩個出租，還說其中一個本來預備給我的，等我退休後可以去那裡寫作。然而庫塔大爆炸後，外國人銳減，房子出租不易，已把三個房子低價賣掉了，錢放在銀行定存生息，收入比較穩定。他還說，恐怖份子神出鬼沒，誰曉得庫塔何時再發生爆炸，年初房子全賣掉後，已搬到離庫塔車程八個多小時的東爪哇一個山上，「那裡安全平靜多了，房租和生活費也比較便宜。」然後，他雙手交握在心口，彷彿祈禱的笑著說：「妳一定不相信，我和兩個朋友在那裡合辦了一個孤兒院。」

「孤兒院？」

「是啊，而且我們收容的都是父母親被恐怖份子炸死的孤兒，最大的十四歲，最小的才五歲，現在已經收容十四個了。」

「哦——？」

「跟我合作的朋友，都比我年輕，一個男的是澳洲人，三十多歲，在餐廳做主廚，本身也是孤兒。一個女的是法國人，四十多歲，在庫塔開一家很漂亮的寢具店。他們兩個都說沒結婚，嘿嘿，我也說，我沒結婚。反正我們的理想是人道，要幫受難者養育孩子，誰管你結婚沒有？我們出的錢雖然不多，但是很有成就感。」

「你出了多少錢？」

「開辦前每人大約出二十萬台幣，租房子買廚具家具衣服生活用品；每月再各出兩千多台幣就可以維持了。」

「哦，」我漫應著，「那，滿有意義的——。」

「是呀，我們請了一個小學老師，她離了婚，自己也有兩個小孩，由她管理和教孩子們讀書。我在後院做了一個克難式籃球架，教他們練習投籃傳球。等明年正式立案後，可以獲得社會局補助，就能收容更多孤兒。那法國女人每次從庫塔開吉普車來山上看孩子，總是很興奮的說：明年我們就有一百多個孩子了……。」

說到「一百多個孩子」，他笑得肩膀都抖起來了。（不知那個腦瘤是否已將破裂？）我專心的聽著，懷疑的看著這個我認識了四十年的，喜歡以謊言和夢想佐餐的男人。一個壯年時不養育自己的孩子，晚年有了錢也不還我父親債務的人，竟在我的面前興味盎然的說著人道理想，展現以養育別人孩子為榮的笑臉？

「妳一定不相信」，他說得沒錯。然而，在不相信的同時，我也不免有一絲絲懷疑；懷疑自己定型了四十年的印象是否需要改變？也許，他終於為自己做了最後的自我救贖？也許，他真的喜歡照顧那些失去了父母的孩子？

他回印尼後，我把這個孤兒院的故事說給吾兒聽，他笑著摟摟我的肩膀說：「媽呀，真是個感人的故事啊，但妳相信那故事是真的嗎？我不相信。」

九月十七日晚上，吾兒吾女抵達東爪哇，向父親行了跪拜之禮後打電話回來報平安。我問起孤兒院的孩子，吾兒悶著氣說：「媽，這裡不是他說的山上，是一個平地農村，這裡也沒有什麼孤兒院，只有一個一歲四個月的小女孩，是他的女兒。還有一個二十一歲的大女孩艾莉塔，是他太太，看到我們來一直哭，說她很害怕。她拿結婚證書給我們看，今年六月才辦結婚登記的；那不就是回台灣手術白內障回來後才辦的嗎？艾莉塔也拿死亡證明書和存摺

1. 楊蔚去世前所居的印尼東爪哇農村。
2. 楊蔚晚年改信伊斯蘭教，去世後其女（前右）與其再婚妻子艾莉塔，在其墳上撒花送別。左下墓碑為艾莉塔父親所製。
3. 小蔚在國小四年級時，曾與楊蔚共同生活三年。

給我們看，我換算了一下，他的錢大概只剩三十多萬台幣了。我跟她說，不要怕，那些錢都留給她，她現在已經不哭了。」吾女接過電話說：「媽，艾莉塔不太會說英文，我們跟她溝通有點困難，不過我們會盡量對她好一點；她一直指著小孩對我們說，my son，my son，可是那明明是個小女孩啊……。」

「好了，回來再說吧。」我流著淚掛斷電話。

二十歲嫁給三十七歲的楊蔚，是我一生最大的不幸。艾莉塔二十歲為楊蔚生了女兒，卻是過了一年，七十七歲的楊蔚才和她辦理結婚登記；三個月後，楊蔚走了。我無法衡量這是她的幸或不幸，只是，艾莉塔以後要如何對女兒描述她的父親呢？當年二十一歲初為人母的我不了解楊蔚，二十歲初為人母的艾莉塔又了解楊蔚多少？甚至是現在，正在書寫的當下，楊蔚生命裡仍有許多我探照不到的黑洞；洞門未曾開啟，卻已隨著包裹他的一匹伊斯蘭白布，永埋於地層之下。

在人生的階段轉折中，我曾經試著放下一切的傷害和怨恨，寬容的再度接納他，協助他，傾聽他，在他走過的地圖上千折百繞，在他緊鎖的心裡試圖進出……。那一切啊，只因我曾以年輕的熱情愛過他，只因我想更完整的看清他，了解他。一個受害者，又是一個寫作者，對於人的變貌永遠懷抱著探索與敬畏之心，我的搜尋與描摹，也許只是大時代裡的一幅小小拼圖吧？

3

文革時，楊蔚曾興奮的對我說，在報紙上看到他父親的照片，好像官位不小（那也是無從查證的劇情）。一九八四年秋天，台灣尚未解嚴，他突然拋來一粒炸彈：要回大陸老家。那年吾兒讀高二，他到學校門口等他放學，說一個日本朋友幫他託人打聽，他父親住在青島，做了高官，弟妹也都成家立業，他在台灣活不下去了，想回青島定居；那位朋友願意幫他出東京到青島的機票，但他沒錢買台北到東京的機票，要我幫他出兩萬元；「你跟你媽說，這一定是最後一次了，以後我不會再來找你們了。但你們一定要保密啊，要是被警總知道了，我非死不可……。」

吾兒回家後，趁妹妹洗澡時向我偷偷轉述這些話。見我愕然不語，他青春的臉上也浮起淡淡的憂愁。

楊蔚以《何索震盪》走紅後，生活改善，吾兒國小四年級時曾接去同住三年。我到《中國時報》工作後，他說「養不起了」，國二時又還給我。吾兒說，爸爸有錢時，每天去中泰賓館游泳吃牛排，沒錢時則連著一個禮拜吃泡麵；還說他曾花十五萬買一套牛皮沙發，三個月後沒錢又賣掉了……。

吾兒回到我身邊後，楊蔚的生活仍在牛排與泡麵之間浮沉，時起時落。有錢無有聲息，沒錢就去學校門口等吾兒放學，要他回來拿錢，每次八百一千不等……。他也常去「純文學」找林海音拿錢。如果他能回青島好好度過下半生，當然是他的福氣，但我對此是存疑的。讓我想想看吧，我對吾兒說。

過了三天，楊蔚親自打電話來了：「我知道妳一定不相信我的話，但這次妳一定要相信我，這是我唯一的最後的機會了……。」我沉默以對，他掛斷了電話。

第二天，他又去學校門口等吾兒。「媽，爸爸又來找我了……。」我怕吾兒被同學取笑，只好同意付錢。他拿到錢還打電話來致謝，說再過幾天就要去東京；「孩子就拜託妳照顧了。」

果然，他沒再去學校等吾兒，也沒再打電話給我。過了半年多，吾兒欣喜的說：「媽，看來我爸真的回去了呀。」我說：「是啊，希望是真的回去了。」

然而，吾兒高中畢業之前一個月，他又出現在校門口了，幾乎一個禮拜出現一次。吾兒痛哭著說：「為什麼我有這樣的爸爸啊？他為什麼要一直騙我們啊……？」吾兒深受打擊，無心讀書，那一年大學聯考落榜。

4

一九八七年底，台灣已經解嚴並開放大陸探親，各報大陸版每天刊登各種返鄉探親新聞，大陸鄉親的尋人啟事更常占兩三個版面。楊蔚那時在一家八卦周刊任總編輯，我打電話問他有無看到大陸家人找他的消息，他說沒有，經過一場文革，不知家人都散到哪裡去了。我問他是否想回去探親，他說，不想，「拿什麼回去見人啊？」

直到一九九三年十二月，已經六十五歲的楊蔚，終於寫出青島老家的地址和父母弟妹的名字。我請上海新聞界朋友轉請青島新聞同業協尋，不到一週，通過一個退休的黨書記，找到仍住青島的二弟，以及散居濟南、棗莊、青州、鎮江等地的弟妹，開始互通信息交換照片訴說別後。遺憾的是母親已於一九七九年七十三歲去世，父親也於一九八五年八十四歲去世。

次年三月吾兒結婚。一個星期後，我陪楊蔚返回山東七天，行囊中除了給弟妹各家的禮品、紅包、金飾，還有一支吾兒婚禮的錄影帶。走出青島機場時，他痛哭著與弟妹們抱在一起，聽他們述說青年時代的生活艱辛和父母臨死的慘狀……。

我終於知道，他們一家從來沒有住過他身分證上登記的哈爾濱。他父親是青島一家英國人辦的易文商業學校畢業（不是他所說的留學日本），做過青州老家的區長；解放後在青島滄口中學教英文，沒做過什麼高官。他母親曾任幼稚園老師，也不是他說的日本福岡人。他們堂兄弟都以「德」字排輩，所以「蔚」也不是他的本名……。

我在行程中不斷的暗自比對，發現只有「五弟一妹」是千真萬確的。

他的二弟在五七反右時被劃為右派，曾經從青島步行到北京上訪告狀，二十年沒有工作，靠妻子在工廠餐廳煮飯維生；文革結束後才獲分發到腳踏車停車場做管理員，後來調到資源回收場做小主管。三弟是農業大學畢業，已在文革時喪生。妹妹是婦產科醫生，住在鎮江，丈夫是地方法院檢察官。么弟從小過繼給人，在青州老家鄉下種田。四弟五弟情況最好，都擔任國營企業高階主管。四弟為我們接風時，志得意滿眉開眼笑說：「大哥啊，我們一家現在日子都好過啦，我跟我愛人是黨員，我兒子和媳婦也是黨員，最近我這個女兒也獲准入黨了。來，大哥大嫂，我們一家敬你們，大哥您在外面受苦了。」他也大言不慚的說：「為了你們這個黨啊，你大哥何止受苦，受的罪可多啦，要不是你大哥挺得住，現在哪有這條命坐在你們面前啊？……」

但是從濟南往棗庄五弟家的長途汽車中，趁著大哥在前座睡著了，五弟鉅細靡遺的向我細數那幾十年中的家族爭端。說到最後，自己嘆口氣下了結論：

「大嫂啊，我感覺我們楊家的兄弟啊，個性裡都有那麼一點不能自制的成分。不過我看我們大哥是讀書人，應該不像我們這些粗人吧？」

沒想到那時楊蔚醒了，轉過頭來說，「怎麼樣，在罵你大哥啊？」一句話免去了我不知如何作答的尷尬。

後來回到青島二弟家，提到那兩個弟弟，二弟癟著嘴說，「哼，他媽的，那兩個共產黨，做個芝麻官就了不起了？」

那次返鄉，他的親人不知道我們已經離婚二十多年。之後的四年中，他六度赴大陸，第一站總是先到青島，在那個罵共產黨罵窮了的二弟家住幾天。

「我最喜歡那個傻蛋，」他說，「他最像我，也對我最好。」

但是一九九九年二月首次赴巴里島旅遊後，他沒再回過大陸。他說，巴里島才是一個可以讓人完全放鬆自己的地方；不像在台灣，坐公車還會被司機罵「外省豬」。至於大陸，「我不會再回去了，變得那麼資本主義，我對那裡很失望，那哪是我曾經流過血奉獻過理想的共產黨啊？」

然而，我知道，他喜歡巴里島的真正原因是：

誰認識楊蔚？誰知道我的過去？

——一個看不見過去的人，就是一個新生的人。

5

一九九四年第一次返鄉回到台灣後，他卻說，他最想找的是一個叫艾映霞的女人。「那是誰？」我說。後來他拿了一本書給我：「這是我以前出的長篇小說，妳先看看，看過就知道了。」

於是我花了兩天時間，把何索的《春天．戰爭．愛情》（一九七九年四月，程氏出版社）看完。第一部寫一個跑社會新聞的女記者，奉命去採訪一家精神療養院院長，因為院裡有個叫魏雲的病人死了，留下一包東西，希望部分內容可以發表。女記者帶那包十公斤重的資料回家細讀，第二天也做了相關人物的採訪，得到這樣的結論：

魏雲來到台灣後，有過一段墮落的生活。他結了婚，又離了婚。關於這一部分，他記載得很詳細。他似乎很沮喪。在文字中，充滿著惱恨的意味。此後，在生活上，他便不斷的做著自我懲罰的行為。他懷念過去。對那個女孩的追憶，則幾乎使他接近瘋狂的狀態了。

我想，在最後的那一段時日，他雖然還活著，其實早已死了。

第三天女記者還採訪了魏雲的前妻，然後向採訪主任報告處理經過。說到那包東西如何處理，主任淡淡的說，「先送到資料室吧。」

看完第一部，我說這很像〈那個丟臉的傢伙——八個死亡的故事之一〉的擴大版啊。他說，唉，妳看完再說嘛。

第二部到第四部，是魏雲的自述。魏雲是一個師範畢業生，對日抗戰時期想從日本淪陷區逃到後方上大學，一路上歷經重重曲折，認識了許多同樣流亡的青年男女，其中一個就是艾映霞。

魏雲和艾映霞偶然相遇的情景，有如一個千萬分之一秒的經典鏡頭。他們從淪陷區邊界逃向洛陽時，已經沒有食物，他的身體很虛弱，而邊界滿布鐵絲網、掩體和日軍哨兵。他藏在荒田裡觀察情勢，發現越過鐵絲網前方有個墓地，長著茂密的針松和白楊樹，如果穿越過去，可以暫時在那裡藏匿再伺機逃走。深夜時分，他爬到鐵絲網邊，用力的把鐵絲向上推……

他顧不得鐵刺劃過背部的痛楚，用力鑽過鐵絲網，向那個墓地奔去。……他跑進墓地，大喘了一口氣，然後讓自己像一根木頭那般倒下去。……

又過了很久，他才嘗試著翻滾自己的身體，讓自己跌進一道長滿著雜草的溝裡。……槍聲又在響了，他彎著身體，盡量的縮向溝底。他的半個身體都浸在水中了。然後，他的手臂觸摸到一個柔軟的軀體。他的第一反應，便想到那是一個女人。他吃了一驚！

「什麼人？」他壓低了聲音問。

沒有回答，只聽到一陣一陣含滿著驚懼的喘息……。

——那個比他早一步跌進溝底的女人，就是艾映霞。

「妳能不能幫我找到她？」楊蔚說。

在《春天．戰爭．愛情》的結尾，魏雲和艾映霞要搭船逃到台灣，魏雲先抓住軟梯往上爬，後面的映霞卻失手掉落海裡：

他看到映霞從水中伸出一隻手臂，想再度抓住那支軟梯。他想轉身向回走，卻又被後面的人擠了上去。

然後，整個世界好像靜止下來了。沒有聲音，沒有生命，沒有愛……。

「艾映霞不是掉到海裡去了嗎？」我疑惑的說。

「那只是製造個象徵的意象，」他迂迴的說，「不知道還在不在，找找看嘛，我把資料寫給妳。」

他撕下半頁直條紋筆記紙，寫的不是「艾映霞」，而是「夏琳」。他也寫了自己的本名：

楊齊德。

尋找夏琳，十六年生（？），河南伊水（距離開封約三十里的小縣）人，河南大學農學院園藝系（開封），一九四六年從漢中同車到西安，後來再在開封重逢（她的丈夫可能是羅瀅）。

我託河南的文友協助查詢，回說那所學院已在一九五七年遷到省會鄭州，改名河南農業大學；而且學生資料零散，不一定找得到……。

楊蔚得知後很焦慮，不時打電話來問：「有消息沒有？」

過了一個多月，輾轉查到了結果：「夏琳」婚後住在洛陽附近的農村，已於一九八五年去世。她的丈夫還在，但不是「羅瀅」。他們查不到「羅瀅」的資料……。

這個答案讓楊蔚很沮喪，不願再提起「夏琳」或「艾映霞」。

後來他多次赴大陸旅遊，但不去陝西，也不去開封、洛陽。

（一九四六年，楊蔚十八歲，「夏琳」十七歲；他倆是否在那黑夜的溝底「偶遇」後「從漢中同車到西安」？到了西安，何時分開？為什麼分開？——他曾說，有一次與人約在西安車站見面，「在那車站死等了三天才等到」。他等的人，是否就是「夏琳」？那麼，西安分開後，他們何時「再在開封重逢」？之後再分開，又是為了什麼原因？他怎麼知道「她的丈夫可能是羅瀅」？既然如此，為什麼對「夏琳」還念念不忘？——在書裡寫了年輕的她，還想在現實裡找到年老的她？他們之間，除了那黑夜裡的溝底偶遇（也許還有擁抱熱吻？），其後還經歷了多少只有兩人知道的祕密？……

一九九五年得知「尋找夏琳」的結果後，我曾以小說寫作者的聯想，試探的，委婉的，分次的，把那一個個疑問提出來。而楊蔚，對於那段流亡的往事，也始終那麼敏感的，態度那麼堅決的，一貫的制式回答：「妳不要問那麼多。」

一九九五年，我已五十歲，不再是當年那個無知的少女。我已能解讀童年時代在永定村聽到的「共產黨」耳語，知悉了永定鄉親與老師們被捕前後的故事。我已去台中東海花園拜訪過楊蔚在綠島的「老同學」楊逵，參加了一九八五年三月在台中舉行的楊逵告別式，見識了近百位「綠島同學會」公祭時霍然而起的磅薄氣勢。我已閱讀了葉石濤《一個台灣老朽作家的五〇年代》、《台灣男子簡阿淘》等等記錄一九四九年後在台灣發生的白色恐怖案書籍。我也閱讀了一九四九年後在大陸翻天覆地的反右、文革、天安門等等的血淚之書。

一九九〇年後，我也開始跨越冷戰年代的中線，多次去大陸許多城市出差約稿（包括西安）。甚至我已陪楊蔚回過青島、濟南、青州、棗莊，見過他的弟妹，以及當年與他一起流亡，卻在鄭州意見不合而分道揚鑣的堂兄夫婦；他們在家舉辦一個二十多人的家族聚會歡迎我們的第二天，楊蔚冷笑的對我說：「哼，就是他們兩個，在鄭州丟下我不管……。」

即使我已閱讀了更多的人，更多的事，更多的兩岸兩黨之書，對於夾在／遊走其間的這本，名之為「楊蔚」的書，還是只能在閃爍的時空裡窺見一些粗糙的表象；在表象之下拼湊細節，揣摩，以及聯想。

一九四四年，楊蔚十六歲，離開青島淪陷區。之後去過河南、湖北、陝西、甘肅、寧夏、四川、上海。一九四九年從上海到台灣。一九五〇年在台中被捕……。

一九四六年，抗戰已經結束，國共還在邊談邊打。楊蔚與「夏琳」偶遇的漢中，同車而去的西安，都在陝西；當時屬於中共「陝甘寧邊區政府」管轄。他和「夏琳」、「羅瀅」，那時應已是共產黨員；為什麼只有他千里迢迢遠行，最後輾轉至台灣？……）

7

一九九八年十二月，白色恐怖基金會開始受理申請賠償，楊蔚次年夏天開始收集綠島、小琉球、土城等地的戶籍資料提出申請，也委任律師向士林地方法院申請不當羈押冤獄賠償。二〇〇〇年三月，收到法院判決書，他一邊看一邊眼淚滴不停。等我看完判決書，他還在哭，我問他可以領八百多萬賠償金是好事，為何哭了呢？他歇斯底里叫著說：

「我想起了胖子啊！」

胖子？誰是胖子？

我把當年的裁判書仔細再看一次。胖子在哪裡？

楊蔚裁判書（季季註：為保留原貌，內文錯別字不予更正。）

【裁判字號】42，審聲，0021

【裁判日期】420302

【裁判機關】台灣省保安司令部
【受裁判者】楊蔚
【類　　別】裁定書
【裁判全文】

台灣省保安司令部裁定　（42）審聲字第二十一號
聲請人　本部軍事檢察官
被　告　楊　蔚　男　年卅六歲　松江省哈爾濱市人
住台中縣大甲鎮中正里三號　業大甲警察分局警員（在押）
右被告因違反檢肅匪諜案件經軍事檢察官聲請感化本部裁定如左

主　文

楊蔚交付感化其間另以命令定之

理　由

本件軍事檢察官聲請要旨略謂被告楊蔚原係台中大甲警察分局警員卅九年十二月　被告因匪諜嫌疑扣解到部迭經調查均無為匪實據尚難令負刑責惟查其在本部軍法處看守所羈押時因不滿現寔向同監押返陳正宸路齊書蘇尔挺等大發牢騷又與報徒高唏生接近頗久寔有交付感化之必要等情查被告在本部軍法處看守所羈押期間乃竟大發牢騷齊思想不正已可概見軍事檢察官聲請交付感化非無理應予照准除感化期間另以命令定之外爰依戡乱時期檢肅匪諜條例第

八條第一項第二款裁定如主文

中　華　民　國　四　十　二　年　三　月　二　日

台灣省保安司令部軍事法庭

審判官　甘〇行

右正本證明與原本無異

中　華　民　國　四　十　二　年　三　月　二　十　一　日

書記官　徐〇銓

他雙手蒙著臉，繼續抽泣著。

過了一個禮拜，他情緒漸平靜，我很技巧的從閒聊中知道，一九五〇年九月他在大甲一處海濱派出所被捕押到台北，在西寧南路保安司令部保安處偵訊，才知胖子先在基隆被捕，供出他們一起被派來台灣工作。他歷經拷打灌水種種酷刑，「就像《我無罪》裡的亞柯夫一樣，始終不認罪！」胖子則受不了酷刑，招供認罪寫了自白書，後來被判死刑。有一次他和胖子一起出庭，他仍堅不認罪；他深沉的望了胖子一眼，本是送別之意，胖子則怯怯的回看一眼，輕輕點下頭，似是道歉之情。

「那天胖子就瘋了！」楊蔚說：「是胖子救了我啊，要不是他發瘋，供詞失效，我最後也會被槍斃的！」

「那胖子也不該被槍斃啊。」

「他的情形不一樣，他被捕後就認罪了，被他供出來的另外幾個也都認了，做了筆錄，判了死刑。只有我和一個女的叫梅英死不認罪，後來被判感化三年。梅英關兩年就假釋出來了，我在裡面不聽話，暴動鬧事，才會被送到綠島，小琉球，多關了七年。」

一九五一到五三年，他都關在保安司令部軍法處看守所，親眼目睹胖子那些同志走完生命終途，牢裡的人照例唱〈安息歌〉、〈國際歌〉為他們送別。

他說，〈安息歌〉是俄國民謠，聽說是郭沫若寫的詞，當時大家邊唱邊哭，很是悲壯。「我來唱兩句給妳聽：安息吧，死難的同志，別再為祖國擔憂，你流的血照亮的路指引我們向前走，你是民族的光榮，你為祖國而犧牲……。還有〈國際歌〉：起來，飢寒交迫的奴隸！起來，全世界受苦的人！滿腔的熱血已經沸騰，要為真理而鬥爭，把舊世界打個落花流水……，當時也是唱得慷慨激昂啊。現在看看，這些口號多麼僵化多麼肉麻啊。為了這些狗屁理想，結果得到的是什麼啊？多少人白白送了一條命，活著的也大多跌跌撞撞，面目全非，真是狗屁！」

他曾和葉石濤（作家），張曉春（社會學者），郎裕憲（政治學者）等許多人關在一起，留給他最深印象的則是中學老師黎子松；他後來因為「社會主義青年大同盟」案被槍斃了。

他和黎子松住同房，常常一起聊天唱歌。黎子松最喜歡聽他唱〈等你到天明〉這首新疆民謠：

塔里木河水在奔騰，孤雁飛繞天空，黃昏中不見妳的身影，從黑夜等妳到天明。啊，那羊兒睡在草中，在山腳閃着孤燈，我的姑娘啊，從黑夜等妳到天明。

楊蔚唱完這首歌還說，這是當年在開封的時候「夏琳」教他唱的。——那是他最後一次提起「夏琳」。

黎子松比他大十一歲，廣東東莞人，是新竹縣立中學老師，會畫畫寫詩作曲，在牢裡寫了一首〈南方的木棉花〉，很多人都會唱。他大概已知生命難保，把自己寫的一輯詩題名《彌留草》；楊蔚說他當時看了很感動，經過四十多年，只記得其中兩句：

知音平生喜辛辣，半種辣椒半種薑。

黎子松還曾朗誦一首廣東海陸豐農民起義領導人彭湃（1896-1929）的詩給他聽；據說那是彭湃臨刑之前，被蔣介石軍隊押著在上海龍華遊街途中口占的絕命詩：

細雨過江東，狂風入大海，生死皆為君，可憐君不解。（註）

8

也許是士林地院的判決已定，那一陣楊蔚心情放鬆很多，有一天終於說，他和胖子他們都是共黨第三國際派來台灣的，男的都混入警察系統，女的則在基隆港對面斜坡上的一片矮木屋裡以賣淫作掩護，從軍艦和港務人員口中打探情報，由胖子負責直線聯繫。胖子在基隆被捕後遭到酷刑，其他人也一一被供出來了。

我把裁判書又拿出來看，問他胖子的真名。

他卻說，「妳不必知道那麼多。」

類似的話我聽過無數次，每次都沉默以對，陷入冷戰狀態。那天大概因為確定有八百多萬賠償，心情開朗，見我不說話，仍然接著說：

「胖子叫什麼名字和妳有什麼關係？梅英的故事才和妳有關係。」

「啊，梅英，她怎麼會和我有關係？」

「有啊，和妳的金子有關。」

「我的金子？」我一時想不起來。

「就是我們剛結婚的時候，妳藏在衣櫃暗屜裡的金子銀子啊。」

「哦？」我坐直了身子。我差點忘了，他還記得。

他說，到《徵信新聞報》（《中國時報》前身）跑社會新聞後，有一天接到梅英電話。她在報上看到楊蔚的名字懷疑是同名同姓，打電話來試試看。「請問，你是楊蔚先生嗎？」他在報社常會接到這樣的讀者電話，所以一邊寫稿一邊不以為意的說，「是啊，妳哪位？」沒想到對方說，「我是，是基隆——，基隆的梅英，你記得梅英嗎？」他立刻放下筆，捂著話筒低聲說，「記得記得，妳在哪裡？」梅英說還在基隆，希望能和他見個面。

他約梅英次日中午在「美觀園」吃飯。梅英比他大三歲，仍穿著她以前愛穿的碎花滾邊旗袍。他記憶裡的梅英是個小巧玲瓏的古典美人，十幾年沒見，玲瓏依舊，臉孔卻像脫了水的橘子皮，乾乾皺皺的，說不出的滄桑，那一剎那，他心口好痛。梅英說，「以為老朋友都不在了，沒想到會在報上看到你的名字，真是恍如隔世啊。」他問梅英，結婚了吧？她輕笑一聲說，「嫁給誰啊？誰會要我們這種人？」原來她感化期滿出獄後走投無路，只好仍回基隆港做老本行，但是身體不好，一天打魚兩天曬網，勉強湊合著過。他的心口更痛了。但他還是告訴她，剛和阿薌結婚不久，青年時代的夢想已經幻滅，希望能過安定的生活，以後最好不要再見面了……。

「我送她去搭車回基隆的時候，把口袋裡的錢都給她了，」楊蔚說，「除了錢，我真的不知道還能給她什麼……。」

「你睡過她沒有？」我突然敏感的殘酷的問道。

「剛來的時候，」他點點頭，「我還沒去大甲之前。」

「你愛她嗎？」

「不愛，」他說，「那時我誰也不愛。我們反正一鍋煮，年輕要發洩嘛，大家相濡以沫，胖子他們也睡過。」

我心裡發冷，沒有說話。

「不過後來梅英又來找我了。」他接著說。

「哦，就是賣金子銀圓那次？」

「是啊。很奇怪，她兩次來找我都是我結婚不久。那次她說有重要的事，我只好又約她去美觀園。她的臉色蒼黃，吞吞吐吐的，拿著一條花手絹，時不時的偷拭著眼角。我跟她說，我們老朋友了，有什麼事就直說無妨，她才說，得了子宮頸癌，沒有錢手術。啊，就是這樣，我不得不把妳那些東西偷偷拿去賣了給她錢，還在報社標了一個會給她。那時我不想讓妳知道以前那些事，只好騙妳說拿去付媜媜的生活費。不過，後來梅英就沒再來找過我，說不定，已經死了！」

楊蔚泣不成聲，我也在擦拭著眼角。

啊，第三國際，妓女，子宮頸癌，死亡！

怎樣的女人，怎樣的人生，怎樣的暗屜，怎樣的答案啊？

9

然而，我的心裡仍是困惑的。

暗屜裡的答案，是否又是楊蔚種種虛構裡的另一個虛構？

如果梅英的故事是真的，為什麼他要隱瞞胖子的名字？

胖子到底是誰？真的有這個人嗎？是否他對胖子有很深的愧疚，難以說出口……？

二〇〇六年十一月，《行走的樹——向傷痕告別》出版後，陸續收到友人轉來的書評或讀後感；其中一篇是李禎祥的長文：〈從《行走的樹》看白色恐怖中的人性〉（二〇〇八年六月，《新台灣》週刊）；其中有關楊蔚考入青年軍的經歷，最讓我震驚：

楊蔚，青島人，一九二七年左右生。抗戰時離鄉背井，冒九死一生的危險，從青島輾轉流亡到大後方。一九四六年入甘肅國立五中；隔年返鄉，考入青年軍二〇八師，此後兩、三年在軍中服役。一九四九年二月，台灣省保警隊在上海招考，他考上後，可能在三月隨隊抵台，進警察學校受訓八個月，再分發到大甲警局工作，不久，一九五〇年十二月被捕。

這份資料不知出自何處，卻是我首次看到。楊蔚是一九二八年生，祖籍山東青州，成長於青島，流亡時期去過甘肅，也許確曾「入甘肅國立五中」。我與楊蔚結婚時，他身分證註明「齊魯大學肄業」。一九三八年濟南被日軍攻陷後，「齊魯大學」一度從濟南遷移至成都；他去過四川，也許曾在「齊魯大學肄業」（但李禎祥資料沒有這一項）。至於「考入青年軍二〇八師」，「兩、三年在軍中服役」，楊蔚從來沒說過。一九四九年二月在上海考台灣省保警隊之事，則是獲得補償金後才首度提起，說是想去警務處查資料，如果能取得當年的「在職證明」，就要向警務處申請補發「退休金」……。我趁機問他何時到上海？考保警隊之前在上海做什麼事？他又大聲反問：「妳知道那麼多幹嘛？」

不過談及保警隊的事時，他不小心說溜了一件也頗讓我震驚的事：

「我在上海曾和周璇住同一幢樓，她去買菜，都是我幫她提籃子。」

——周璇是當時很紅的影歌星，跟她住同一幢樓也許是巧合；但如果沒有私人交情，怎能陪她買菜，幫她提菜籃子？是否當時周璇也已是「地下黨員」？抗戰期間上海就有很多「地下黨員」，勝利後更多，解放後大多已冒出頭承認……。但他不要我「知道那麼多」，我也就沒再多問。

李禎祥長文的另一重點，讓我終於明白「胖子」就是「高晞生」。（在錯別字很多的「楊蔚裁判書」裡，這個名字是「報徒高唏生」。——楊蔚不肯說出他的名字，難道因為「報（暴）徒」兩字？）

以下內容即是李禎祥長文的一部分（黑體字是我所標）。

> 楊蔚的案件是「高晞生」案。將本書的描述（季季聽自楊蔚的口述）和檔案管理局的官方資料相比對，有正、有反、有合，還有更多疑點。筆者只能嘗試拼湊「可能的」案情如下：可能在上海時期或更早以前，楊蔚加入共黨；來台後，在警察學校**認識同是山東人的高晞生（即本書的胖子，基隆市警員）**，**並且當了他的上級**。他們的組織屬「華東區人民解放軍台灣工作團」，成員還有茹瑞祥、黃秀英等人。
>
> 一九五〇年九月，高晞生被刑警總隊逮捕，因受不了刑求之苦，供出楊蔚、茹瑞祥等人。楊蔚等抵死不承認，案件正在膠著時，高晞生突然「發瘋」了，滿口胡言亂語；等他「清醒」後，又向特務改口說，他是受不了刺激才亂供的。這個大翻供不僅讓案情單純化（其實也模

糊化），而且**幫同志解圍，高晞生獨赴馬場町**。同案其他五人除楊蔚外，不付軍法審判（**這點與本書出入很大**）；楊蔚因在軍法看守所期間，對同監難友陳正宸、蘇爾挺、路齊書發牢騷，並答應陳正宸他出獄後，要上阿里山幫他聯絡一名黨員，以此被判感訓三年。……

另一件案子也可能對他產生重大刺激，即軍法看守所「獄中叛亂」案。該案導致梁鍾濬、蘇爾挺等五名難友被處死刑，一人無期，八人七到十五年。楊蔚原本列入獄方的嫌疑名單，也許是高晞生的「精神錯亂」救了他，也許是其他原因，楊蔚和這場災難擦身而過。

值得一提的是，該案就是運用一名路姓受刑人臥底蒐集資料而「破獲」的。**這種用受刑人釣人受刑的例子，很不幸的，日後也發生在楊蔚身上……**

我設法聯絡到李禎祥，得知他一九六三年生，台大中文系畢業，二〇〇〇年開始研究白色恐怖歷史，常去「檔案管理局」申閱相關史料。他說，楊蔚的背景資料，附在「高晞生判決書」內；他係根據那份資料再比對他案資料，綜合整理寫成……。

隨後他很熱心的把「高晞生等案」的整份判決書傳給我參考。以下僅摘錄高晞生與楊蔚的案情。

高晞生判決書

——台灣省保安司令部判決（40）安潔字第466號

案件名稱：中共「華東軍區人民解放軍台灣工作團」高晞生等案

判決時間：中華民國四十二年八月十二日

槍決時間：中華民國四十二年八月十五日

身亡年齡：26歲

被捕前職業：基隆市警察局警員

案情：

高晞生，於民國三十三年奉其胞兄高宣武之命，就學朱毛匪幫所辦之柳林師範學校，專攻唯物辯證法、共產主義原理左翼思想，並投身學運工作。一九四六年成為共黨預備黨員，先後於濟南、青島、杭州活動，並於一九四九年於杭州加入共黨「新文化協會」。一九四九年底，利用上海招考台灣省保警之機會來台。來台後，擔任基隆市警察局警員，並改編至「華東軍區人民解放軍台灣工作團」，受楊蔚領導，從基隆港區從事情報工作。後為警局察覺，高晞生被捕，判處死刑。

楊蔚，二十五歲，哈爾濱人，三十五年春入甘肅國立五中，高二肄業。不久乃父自青島函囑返，遂於三十六年五月返青，同年七月考入青年軍二〇八師赴北平受訓。三十七年二月轉入第六軍區訓練班調赴漢口受訓。同年十一月因病重離班未及卒業。後即轉至滬，局勢已極緊張，乃於三十八年二月在滬應考本省保警隊來台灣，與高晞生係來台後入警察學校受訓時認識的，與其並無為匪工作關係，與茹瑞祥、黄秀英、周志勛等人均不相識。至渠於保安司令部軍法處看守所在押期內一度與同押匪犯陳正宸密商釋放後擔任匪方工作一節，據供陳正宸確曾將同黨林天庶地址寫在一條上交渠，渠如獲釋後即往聯絡。當時渠因不滿政府，故有此事發生，後經法官提訊問及此事時，渠已坦白供述經過情形。

如此，從國家定位的「檔案」看來，「暗屜裡的答案」似非完全虛構。然而，在那個國共對抗的年代裡，從「楊蔚裁判書」到「高晞生判決書」，其中陳述的「事實」，錯綜複雜，前後不一；那些拙劣的「國民黨編劇」，到底編出多少「真實的共產黨」劇本？

——至少，「高晞生判決書」裡的楊蔚，在我看來是個「**陌生人**」。

那麼，那些已在檔案裡發黃、模糊了的文字，那些經過各種非人的刑求，終而留下的所謂「自白」或者「證詞」，有多少是「**合法的虛構**」？又有多少是「**非法的真實**」？

我無能穿越那些虛構，更無能穿越那些真實，只能把傷痕修補得更為完整。

經過五十年的尋索，在我父親為我特製的暗屜裡，我唯一能確認的答案是二十歲時問楊蔚的那句話：

「沒有遭小偷，金子銀子怎麼會不見了呢？」

註：

彭湃絕命詩原句：

「急雨渡江東，狂風入大海，生死總為君，可憐君不解。」

第十二章

亡者與病者

沉默的高音——「小頭」吳耀忠（1937.8.17-1987.1.6）

從我認識楊蔚以迄所謂「民主台灣聯盟」案爆發的四年間，我從沒聽吳耀忠說過一句話。在阿肥家的客廳，在烤小牛之夜，人多嘴雜鬧烘烘的，沉默不語者不只吳耀忠一人，對他也就不以為奇。阿肥說，他在國立藝專當助教，和陳映真是死黨：兩人從初一到初三都一起坐火車上學；他們喊陳映真「大頭」，喊吳耀忠「小頭」……。

一九六六年夏天，某個星期日下午，陳映真帶著尉天驄、七等生、吳耀忠、王小虹等人來我家，說他們要辦一本同仁雜誌《文學季刊》；「楊大哥，你可是我們的典範哦，」陳映真對楊蔚說：「第一期得給我們寫篇小說……，不過沒有稿費呃……。」

我家在永和中興街四十四巷三弄底，客廳很小，兩張書桌兩個書櫃四把椅子。我去後面餐廳搬圓凳，三隻太擠，勉強放兩隻，還缺一個位子。那時我懷孕半年，陳映真要我坐下來，七等生、吳耀忠則靠在門邊站著如門神。七等生也很少話，據說為了專心寫小說辭去小學教職，太太在皮鞋店做店員供養他。吳耀忠還是老樣子，一句話也沒有。楊蔚說起「文星書店」老闆蕭孟能送我兩張書桌的曲折故事，侃侃而談有點炫耀；穿著白襯衫米黃長褲的吳耀忠，雙手交握於胸前，微笑的對我點個頭。——那算是他那天唯一的語言。

在我家坐不到一小時，陳映真帶我們穿過我家旁邊的窄巷，到對面竹林路巷內的姚一葦家，也是要去談《文學季刊》的事。姚先生住的是台銀配的日本宿舍，看不出裡面有多大，也許沒客廳，陳映真和他坐在門邊榻榻米上說話，兩隻腿還得放在外面。我們其他人就站在門邊旁聽。

雖然如此，那排日本宿舍前面倒有一片寬敞的空地，矗立著七八棵茂密的龍眼樹，垂著一串串開始暈黃的果實。樹下一群花色華麗的紅花雞，間雜著幾隻白母雞，帶著吱吱叫的小雞們低頭在地裡啄來啄去找蟲吃……。陳映真和姚先生才開始說兩句話，隔壁宿舍前突然喀喀喀響起木屐聲，一個穿碎花蓬裙的漂亮女孩左手拿隻鋁盆亮聲叫著：「嗨，雞媽麻雞小妹雞小弟來吃米喲，來吃米喲……。」邊叫邊以右手不斷的抓米往下撒。姚先生壓低了聲音說：「喏，那就是甄珍。」——啊，甄珍，當紅的「國聯五鳳」耶，竟在我們面前撒米餵雞。我悄聲跟站旁邊的吳耀忠說：「真的好漂亮耶。」他還是雙手交握於胸前不說話，定定的望著那個彎腰撒米的背影。

——那年他二十九歲，師大美術系畢業，在藝專當助教，父親是牙醫，也許內心很傲慢，不屑於和我這個沒讀大學的鄉下人說話吧？當時我是這麼想的。

•

後來我向他說起這些「沉默的」往事時，長我七歲的吳耀忠竟揚起酒瓶高聲道：「哎喲，我不是不跟妳說話啦，是不敢跟妳說嘛，妳那時候已經很有名，我還是無名小卒呢……。」

那是一九七八年，我初入新聞界不久。從永和到忠孝東路五段《聯合報》上班，必須搭254公車過福和橋，到光復南路國父紀念館側門那站下車；對面就是新開幕的「春之藝廊」，吳耀忠在那裡當經理。

那之前三年，我輾轉聽說陳映真、吳耀忠、陳述孔這三個判刑十年的老友已經「減刑」歸來。只有陳映真，施叔青聯絡我和他見了一面。吳耀忠、陳述孔則沒有人來聯絡。楊蔚與他們之間的那道陰影，始終籠罩著我的內心，即使不是我的錯，也讓我深覺羞恥、膽怯，不敢讓人知道，更不敢對任何朋友說想見他們。——尤其吳耀忠，那麼沉默傲慢，見了面要說些什麼呢？

大大出乎意料的，竟是吳耀忠來聯絡我了。

「喂，是季季嗎？」從《聯合報》的電話分機裡傳來一聲高吭的男聲。我說是啊。「妳猜我是誰？」——對這種猜謎電話，我通常直截了當回答：「猜不出來」。但我還沒說出口，那高音已自我回答：「啊，妳一定猜不出來啦，我是吳耀忠啦，在你們《聯合報》附近上班，算是鄰居啦，離得這麼近，要不要來看看老朋友？……。」——原來他在「春之藝廊」當經理，我立即向他道恭喜，他嘿嘿的笑了，「唉，什麼喜？混口飯吃嘛。」——坐牢回來的吳耀忠，怎麼變得這麼多？認識他十幾年，第一次對我說話，一說就這麼多，這麼興致高昂。他叫我去，真正的目的是不是要問楊蔚和他們的事？我免不了這樣懷疑著。

第二天是周末。那時還沒周休二日。平時下午兩點上班，周末晚點去沒關係。於是上班之前先去看他。

「春之藝廊」在地下室，順著迴旋狀樓梯往下走，右手邊有個雅致的池塘，咕咾石堆砌著斜坡狀小山，姑婆芋寬闊的綠葉挺立其間，金魚、大肚魚在清澈的水裡優游；左轉進去是寬敞的長方形展廳，看起來約有四十多坪。

那時我好激動啊。吳耀忠能在這樣的地方上班，真讓人欣喜而羨慕。展廳有開幕酒會，衣香鬢影，笑語喧譁，可我被接下來的影像嚇得忘了那是誰的畫展：我在那些酒會貴賓間走來走去找吳耀忠，偶而跟幾個認識的文化界朋友打招呼說兩句客套話，就是沒看到那個已經會對我高聲說話的人。他不是打電話叫我來嗎？他是這藝廊的經理，怎麼能不在開幕會場？我無心賞畫也不好意思問人，走來走去找不到，靈機一動踱到展廳旁側的辦公室門前，探頭往裡一望，哇，一個握著酒瓶的男人，坐在椅子上對我微笑。

「哎喲，妳終於來了，呵呵呵。」吳耀忠站起來，仍然握著酒瓶。我不喝酒不懂酒，不記得他握的是什麼牌子的酒。總之那絕不是一瓶醋。

深藍西裝白領結，吳耀忠依然是修長而斯文的，只是臉孔的英氣淡薄了，好像敷上一層深色油彩，有點陰鬱。

「你怎麼可以坐在這裡喝酒？」我竟然先問罪了：「你是經理，應該在外面招呼客人呀。」

「我幹嘛要去招呼那些人？」他含糊的說：「都是些有錢沒水準的。」

「哎呀，你還是這麼傲慢。」

我忍不住說起當年的「沉默」往事，他也解釋了從不對我說話的原因。然而，那些都不重要了。他已「遠行」歸來，在這麼好的藝廊當經理，以後我可以在上班之前來看看他。歷經那場劫難之後，他願意主動打電話給我，願意大聲的對我說話，這份情誼是讓我感動而且感激的。他如果問楊蔚的事，我會仔細說的。

然而，在後來的開幕酒會裡，我依然必須時常到裡面的辦公室找他。他依然穿著西裝，握著酒瓶，坐在那裡喝得醺醺然，痛罵一些他看不起的現代畫家，御用畫家，御用文人。

一九七八年八月，《雄獅美術》第九十期登了陳映真以筆名許南村發表的〈人與歷史——畫家吳耀忠訪問記〉。兩個青春期一起成長，青壯期同時入獄七年的老友，光就這點來看，這篇訪問就備受矚目；對現代派與抽象畫的抨擊更是轟動一時，讓我對吳耀忠的歷史與繪畫有了比較廣面的了解。其中兩個段落，一說童年，一說現實，是我當時最留意的。

> 在我們十個兄弟姊妹中，我排行第五，卻是父母頭生的男孩。……據說，只要把我往門檻上一擺，我就能安安靜靜的在門檻上坐上一天，默默地、興味十足地看著往來的人群……。
>
> 數月前我來到「春之藝廊」工作，換取生活費用，求個安定，然後希望很快就開始畫畫。嚴格意義上的「藝廊」的營作是藝術文化的一環。藝廊不可免的需要注意生意、業務，一切都應該按照經營的法則去做。必須先有這個認識，才能在業務展開中連帶地做些有益於繪畫向上的事。……

前一段回憶童年時期的安於沉默與觀察。後一段則表述他作為「春之藝廊」經理的業務理念。至於坐牢回來後的多話、憤怒、罵人，以及在辦公室握著酒瓶醺醺然的畫面，在那篇訪問記裡是隱而不顯的。

雖是如此，清醒的時候他還是很努力工作的，策畫了不少轟動繪畫界的展覽和講座活動。有時工作忙，我也不是每一場都去參加。一九七九年七月，洪瑞麟第二次個展「三十五年礦工造型展」的開幕酒會，我看到了神采飛揚的吳耀忠，風度翩翩的穿梭於賓客間解說洪瑞麟的人與作品。如果吳耀忠能一直這樣，該有多好啊。在他的辦公室裡，不是喝得很醉的時候，他也會談起他尊敬的李梅樹老師，談起洪瑞麟這樣的「礦工畫家」；尊敬他筆下那些被現實生活壓得喘不過氣來的，沉鬱無告的勞動者。在陳映真訪問記刊出的十多幅吳耀忠畫作裡，那五幅「建築連作」也都是沉鬱無告的勞動者。即使是他自稱出獄後為了「糊口」而畫的那些作家——陳映真、鍾理和、吳濁流等等——的作品封面，也大多帶有那種厚重的暗鬱風格。

那段近兩年在「春之藝廊」的見面，如今回憶起來有點像是時空倒置：吳耀忠話多了，我的話少了。他的話，幾乎都是酒沫與口沫齊飛的。他罵那些在牢裡要他畫國父遺像、領袖畫像的，「駛伊娘的走狗」，罵那些現代派畫家的抽象畫，「不知在塗什麼碗糕？」罵創作思維僵化的政工派畫家，「面皮比圍牆還要厚好幾層……。」有時他甚至也罵起了陳映真，「大頭仔啊，就是有大頭病。」——奇怪的是，他沒罵過楊蔚，甚至也沒問起過；也許不好意思，也許，更重要的，即使喝醉了，他的內心仍保留著他很在意的君子氣度。

他不太醉的時候，也會痛罵某些年輕畫家急於求名求利，例如有個美術新人獎在春之展覽，首獎已被藏家訂走，某商界人士找到那個得獎人，指定他「畫一幅一模一樣的，也是二十萬。」那位新人真的畫了，「就為了二十萬啊！」他怒拍著桌子，「畫有畫格，人有人格，每一幅畫都該是獨一無二的創作嘛……。」

我中斷他的話說：「年輕人都可以在春之展覽作品了，你也該準備在春之辦個個展。」

「那怎麼可以？」他說：「我自己在這裡做經理，這是起碼的職業道德……。」

「你不是跟大頭說，很快就開始畫畫嗎？大家都希望你早點開個展嘛。」

「有啊，我有在畫，」他把酒瓶往桌面用力一放，「再等兩年吧。」

那個動作彷彿下了大決心，說完默默瞪著我，兀自笑起來了。

一九八〇年初，我轉到《中國時報》「人間」副刊上班。報社在西區，周末很難再去東區的「春之藝廊」。半年多之後，聽說吳耀忠也離開那裡了。

•

一九八七年七月中旬，我為第二本散文集《攝氏20—25度》寫了一篇後記：〈妳這十一年只有這二十篇散文嗎？〉；開頭四分之一篇幅寫的是一個畫家。

我有個畫家朋友說要開畫展，說了七、八年都不見動靜。他受過嚴謹的學院美術教育，有深厚的素描基礎；所畫作品有寫實的靈動，也有寫意的情趣。愛他才華的朋友，每每為畫展之事責怪他的疏懶，他都一笑置之。

在這個越來越講求立即效益的時代，「疏懶」常被某些積極人士視為「不求上進」的同義詞。但我的畫家朋友無視一切現實利益者的責難，仍然每天喝酒、抽菸、漫步、冥想，過著我行我素、在別人看來近乎頹唐荒蕪的生活，只有興之所至才在畫架前畫幾筆。

兩三年前的某一天，我和另一個朋友去看他。他住在中央果菜公司附近一座老舊而簡陋的公寓裡。見到老友來訪，他興奮的喋喋不休，談美術，談文學，談音樂，還不時引吭高歌，唱些他最喜歡的民謠。

後來我們無可避免的又談起開畫展的事，他仍是一笑置之，卻是沉默下來了。

然後，他的眼光慢慢移向窗子的外面。在那裡，隔著狹窄巷子的對面，一幢新起的公寓正在施工。有的工人挑磚，有的工人砌磚，有的工人攪拌水泥，我們陪著他沉默的凝望了兩分鐘，他才回過神來，對我們綻開一抹神祕的笑容。

「我有在畫啊。」他說。

他啜著酒，喃喃說起日常的生活。每天清晨，他一定漫步到中央果菜公司，這裡走走，那裡走走，看工人卸貨，拍賣，搬運，裝菜……。

「每一種勞動者都有不同的姿勢和表情。」他說。

然後他在附近的巷弄散步，看早起的人做晨操；看醬菜車停在巷口搖鈴吆喝；看少年學生穿著齊整的制服站在公車站牌旁邊……。

「這些不都是畫嗎？」他問道。

然後他回家，坐在客廳望著對面的建築工人，看他們工作，聽他們說話，常常一坐就是大半天。

「我有在畫啊，」他又笑著：「畫在這裡！」他指著他的心，有點激動了。

我知道他的意思是「觀察」。細微、深刻的觀察本是一切藝術創作的前奏，但我的畫家朋友把它視為創作的一部分了；而且是最重要的一部分。

我感動的傾聽他的描述，而且完全了解他的心情。最近的八、九年來，因著工作、子女等等現實責任的無可推卸，以及生活瑣碎事務的繁雜與對創作的一些自我省思，我幾已暫停發表小說創作，甚至散文也常常一年只發表兩三篇。……

我完成這篇後記時，吳耀忠已辭世半年多。在悲痛餘緒中為吳耀忠寫的悼文，其實也哀悼著我的小說寫作。

如今我必須說，這悼文並沒有完全觸及事實的核心。——當時的大環境，以及我們周邊的許多事，都還是必須遮掩的。

在我停止小說寫作的一長段時間裡，確實有很多人問起「為什麼」。那時我怎敢說「為了楊蔚」？如果說出「為了楊蔚」，就必須說起「民主台灣聯盟」案，我哪敢說出來？只能以工作、子女等理由作些不切實際的搪塞之詞。人們以為離婚之後的我已經解脫，不知楊蔚仍然階段性的，無止盡的對我恐嚇、騷擾、需索，使我一直活在憂懼與懷疑之中。這樣的日子，到底什麼時候才會停止？過這樣的日子，生命有什麼意義？對於那些碰觸生命意義的小說題材，我陷入懷疑、灰心、無力之中。小說寫作與生命意義是一體兩面，我那時的內心有一塊黑暗地帶是近乎死亡的；努力工作只是為了子女、父母、還債。偶而素描一些生活現實的散文，也只是為了安慰父親，讓他知道我還能寫作。

至於吳耀忠，我所描述的那些白日所見的生活場景，都是出自他的轉述；我與友人去他家的時間，其實是晚上十點半之後，將近午夜時刻了。

一九八三年，我從永和永利路搬到福和路，面對福和國中校園，把國小畢業的女兒從永定接回永和，方便她上學。那年年底，吳耀忠不知從哪裡打聽到我的新家電話，竟然在晚上十二點半，我下班回家剛換好衣服就接到他的電話。他沒再說「妳猜我是誰？」直接就說「我是吳耀忠啦……。」啪啦啪啦說了半個多小時，又是醺醺然的一長串囈語。綜合言之，那通電話有兩個重點。其一是他已不住三峽民權路老家，搬到長順街九十七號四樓，「就在你們中國時報後面，很近啦。」其二是他打聽到我去「人間副刊」上班的時間是下午五點，「妳可以早一點出門，先來我家兩小時，我要幫妳畫一張像……」。

他不了解我所承受的生活壓力，我也不便對他明說楊蔚之事，只能客氣的說：「對不起啦，最近比較忙，等我過一陣比較有空……。」

然而這樣的午夜電話不時響起。那時沒有「來電顯示」，我的工作也偶而會（因時差）在午夜接到美國地區的作家電話，習慣了電話一響就接起來。不管如何，我不敢抱怨「難友吳耀忠」的午夜電話，也總是耐心的聽他吟唱絮絮叨叨的「酒後心聲」。他仍然說要為我畫像，我仍然說等有空再說。如此七八次之後，他生氣了，好像用酒瓶敲著桌面，「幹，妳很驕傲耶，不讓我畫就坦白講嘛，什麼等有空再說？妳什麼時候才有空啊？算了，不給妳畫了，以後不說啦……。」

他的謾罵對象，也開始轉向了。他不再罵那些現代畫家、政工畫家，竟然罵起他的青春夥伴了：「幹伊娘駛伊娘咧，這粒大頭仔，幹，給我你丟我撿咧，你丟我撿，妳敢有了解？

妳有聽人講過啦，幹伊娘大頭仔……」（他說話夾雜著國台語）

我靜靜的聽著，淚水漸漸滲出眼眶。

是怎樣的壓抑，讓他變成了這樣的忿懣者？是怎樣的失落，讓他變成如此赤裸的，口不擇言的謾罵者？

那個「你丟我撿」的女子，就是我在「序章」裡提到第一屆聯合報小說獎發生的，某名家為他女友的參賽小說簽名背書的作者，聽說後來那位名家要擺脫她，婉轉的請吳耀忠去追她……。那已是五六年前的事，為何多年後爆炸至如此不堪的境地？也許炸彈一直埋在心裡，打聽到我的電話才來引爆傾吐？我不想說「我了解」，不想問「為什麼」。焦頭爛額的我自己，只能安慰他：「過去的事情就過去了嘛，別生氣了啦。」他一聽竟嚎啕起來了：「我知道啦，但是，我就是，就是過去的事情，過不去呀，嗚哇哇……」電話斷了。

他住的長順街確實離報社不遠，但那一年多裡我不敢去看他。真的，我怕一個人面對他。我只能在電話裡，隔著遠遠的彼端，面對他的酒瓶與酒語。阿肥早已去芝加哥留學，單槓已去世，我總不能找大頭一起去。但至少，我一直耐心的做一個午夜傾聽者，讓他在酒精的痲痺中喃喃自語，或者高聲痛罵「你丟我撿」……

一九八五年春節過後，他難得平靜的沒有醉言醉語，向我打聽一個他認識的記者：「妳知道阿官嗎？很年輕優秀的記者，聽說他最近到你們報社跑政治新聞啦？」我問他找阿官有什麼事？「人間副刊」在三樓，採訪組在四樓，如有事找他，我可以上樓去問問。「沒事啦，」他說：「天氣這麼寒，想請阿官陪妳來我家吃火鍋，妳說有空要來我家，已經說了好多次，不要這樣看不起我嘛……。」

我的淚水又滲出眼眶。寒冷的午夜，孤獨的醉人，我對自己點點頭，再不忍心拒絕了。——原來他知道，我不敢一個人去他家。

我去四樓找到阿官，他白天要跑新聞，只能晚上去。於是跟吳耀忠約定星期五晚上，大約十點半過後到他家。他住的公寓很老舊，從陰暗的樓梯間往上爬，他啦啦啦的唱著自編小調加上拍手歡迎，我們加快腳步跑上四樓，免得他的歌聲吵醒鄰居。

「季季妳來看——，」一走進去他就拉著我的手到一隻矮桌前，「為了請妳吃火鍋，我今天特別去超級市場買了這麼多物件。妳知影我平常時是不去那些高級所在的。」

矮桌上堆滿了用塑膠袋裝的肉片、魚板、魚丸、魷魚、豆皮、豆腐、菠菜、番茄、高麗菜……。我們在小電爐上的小鍋煮著吃著，他卻做個旁觀者，一口也不吃。

「小頭，你不要光喝酒嘛。」我勸他也要吃一點。

「是啊，大哥，」阿官也勸他：「你不吃我們怎麼好意思再吃？」

「這些都是為季季特別去買的，阿官你陪大姊盡量吃，我是不吃這些東西了。」他又揚起了酒瓶：「我吃這罐就好。」

我問起他的女朋友，他靦腆的笑了：「哦，妳也知道？」

「最近有來看你嗎？」

「以前都是三個月來一次，」他的笑容淡了，「最近好久沒來了，宜蘭到這裡，也滿遠的嘛，她也有自己的家庭，我也不好意思打電話去。」

「會啦，」我安慰他，「也許這兩天就會來了呢。」

「誰知道啊？」他又喝起來了。

阿官的話也很少，大多是我在問話。後來說起陳映真好像準備辦個新雜誌，他又罵起了

「大頭仔啊，就是大頭病。」說著說著，又罵起了「你丟我撿，幹伊娘，駛伊娘……！」

「好啦好啦，」我趕快拍拍他手背，「大頭仔是你好朋友，不要再說那些鬱卒的，說說現在，你有每天出門走走嗎？整天悶在家裡不好。」

「那當然是有啦。」說者挺起胸膛，很振作的神情。

他彷彿突然清醒了，像他畫著素描那般寫實的，倒敘著我在「後記」裡轉換的，那些白日的日常，那些清晨起床後還未被酒精麻痺的，對他所關心的勞動者與庶民生活的觀察。在那熱氣騰騰的火鍋旁，我又聽到他在「春之藝廊」說過的那句話：「有啊，我有在畫。」

遲疑了一下，他接著說，不久前畫了一幅〈建築工〉。我問他可不可以讓我們看看，他揮揮手說，「我的畫沒什麼好看啦，妳如果想看畫，我有兩幅日本畫，那才比較值得欣賞。」

他站起來走往靠馬路的房間，我們也跟過去。

門開著，貼牆有座高大的深褐色衣櫃，好像藏了好幾幅畫，他拿出兩幅，迅即關上櫃門。他說那是日本著名畫家的膠彩畫，「足有價值的呢」。我不懂日本畫，忘了畫家的名字，只記得其中一幅卷軸站著一隻翹首遠望的長尾白鶴，「你們看這身軀羽毛，一層一層，一絲一絲，尤其到了尾巴這裡，好細好亮，真正是栩栩如生啊。唉，跟人比起來，我差幾百公里呢，哪有面皮開畫展？……」

他把兩幅日本畫放回去，闔上櫃門時又嘆一口氣。

「再等兩年吧。」他說。——那也是我在「春之藝廊」聽過的話。

終其一生，吳耀忠留下不少畫作，生前卻沒舉行過一次畫展。

•

吳耀忠的肝，最終被酒汁浸硬了。一九八七年一月六日，他在和平醫院辭世，得年五十歲。一月十七日（六）下午一時，告別式在板橋殯儀館舉行。詩人施善繼在「哀思告別會」場為他舉行了小型音樂會，於公祭之前先播幾首他喜歡的交響樂和民謠。程序單的底面還印了一首附有歌譜和歌詞的民歌：〈安息吧，親愛的朋友〉，讓大家在瞻見遺容之後合唱，送靈遠行。這是「故吳耀忠先生治喪委員會」主任委員陳映真特為安排的。大頭送小頭，青春夥伴，革命同志，繫獄蒙難的七年裡，他們曾為多少走向刑場的獄中難友唱過這首〈安息吧，親愛的朋友〉？我們持著向日葵，為吳耀忠唱起這首送別歌時，大多是哽咽不成調的；這是一幅如何暗鬱的畫面啊。

炙熱的胸膛燒著一把火，悲涼的時代熄了一盞燈。

在紀念簿上，我寫了這句悼詞。

半年之後，我寫了那篇隱藏版的悼文。

——吳耀忠的苦難已經結束，我的苦難還在踉蹌而行。

低音小喇叭——「單槓」陳逑孔（1941-1983）

在永和樂華戲院的轉角，臨著永和路有家「新生食品行」，門邊藤椅上坐個胖子，左手橫在腹部，右手夾著香菸，眼睛瞇著，整顆頭往右傾，不知是不是睡著了。那支菸並沒點燃，夾在指間像個裝飾品。

我站在「新生食品行」對面的騎樓下，兩個問號在腦袋裡旋轉。那胖子怎麼那麼眼熟？很像是記憶中的單槓——陳逑孔。店裡有個看起來二十多歲的女子，正在跟買餅乾的顧客算錢。——他結婚了嗎？還是他請的店員？

然而我呆站著，沒勇氣跨過永和路。

我不敢去問：你是單槓嗎？或者：你是陳逑孔嗎？

那是一九七七年夏天，我還沒去《聯合報》上班，下午寫稿累了出門走走，偶而逛逛熱鬧的永和路散散心，順便給小孩買些東西。看到單槓那天，我正走出一家童裝行，在騎樓下仰望對面三樓的電影看板。視線往下移到一樓時，那個似乎睡著了的胖子，那個不止是眼熟，而且是曾經很熟的單槓，在我的眼前定格了。

那個畫面，我是永遠不會忘記的。

那個沒有跨過去的自己，我也是永遠不會原諒的。

甚至在他臨終之前到了病床前握住他的手，我都沒有說出這個祕密。

——人生實難而至於此；連向他說出這個祕密，我都是膽怯而羞恥的。

單槓是遼寧人，父親以前是東北軍要員，來台後當過國防部軍醫署長，只有他這個獨子。他說起話來像是鈴鐺響，脆亮的金屬聲聽了好歡喜。如果不是幼時被庸醫切去整隻左腿，也許可朝聲樂的路發展，成為有名的歌唱家。有一次我跟他這麼說時，他那金屬聲又亮亮的笑個不停。

「我告訴妳喲，妳差一點點就說對了，我小時候是真的對音樂有興趣耶，但不是要唱聲樂，是要吹小喇叭耶，小喇叭的聲音也是好亮好好聽，而且吹高音的時候好雄壯不是嗎？後來我變成這幅德行，站都站不直，怎麼吹得起小喇叭呀？勉強能吹幾個低音就不錯了……。」

單槓不只聲音好聽，人也很可愛，永遠笑瞇瞇的，從沒見他發脾氣罵人。他大我三歲，一九六五年在阿肥家認識時，他二十三歲，那隻左腿被切掉，裝了義腿已經十五年。後來他在北醫課堂發現那是誤切，也已六年了。但他沒在我面前罵過醫生。我當時以為，大概是要罵的早就罵完了。後來才知道，他認為罵根本沒用，要以更實際的行動反抗。

我懷孕以後，他和阿肥來我家，常帶菜來做給我吃。他真像個體貼的大哥，細心教我這個台灣鄉下人做菜；譬如炒雪裡紅得放點糖比較不苦澀，燉排骨竹筍湯，起鍋前十分鐘放兩粒八角可以去腥提味，煎魚之前先用老薑擦拭鍋底，魚皮就不會黏住以致破相……。

在「民主台灣聯盟」案判刑最重（十年）的四人裡，單槓最年輕也走得最早。以前我和他最親近，後來我對他的虧欠也最深。

一九六八年他們相繼入獄後，我自顧不暇，不知他們關在哪裡，沒顏面去打聽，也沒能力去探望……。

十年之後，一九七七年夏天，那麼偶然的，在永和路的騎樓下，發現單槓坐在「新生食品行」門口。為了確認是他，第二天黃昏我又去那個騎樓下，躲在柱子旁窺望。藤椅空著，他拖著那隻沉重的左腿，右傾的肩膀，正給一個老太太秤雞蛋。老太太不知對他說了什麼，我聽到那熟悉的，金屬般的笑聲，穿越永和路的車陣，在我的耳邊叮噹響。沒錯，那是單槓，曾經做菜給我吃並教我做菜的單槓。大難歸來，他的笑聲仍是那麼亮，並且有了自己的店面，而且取名「新生」，我是否該走過去，跟他相認敘舊？——推算起來，他已出獄兩年多了。

然而，「楊蔚的陰影」橫在我們之間。終究，終究，我無能跨過永和路。

一次又一次，我站在那騎樓下偷窺。有時他在藤椅上睡覺，有時茫然抽著菸，有時在店裡招呼顧客討價還價，有時不見人影……。

我去《聯合報》上班後，去偷窺的次數少了。在「春之藝廊」和吳耀忠重逢時，很想跟他說單槓在永和路開店的事；到底也什麼都沒說。是的，凡是跟楊蔚，以及和他們那個案子有關的，我絕不，主動說出口。真的，我害怕那無以預測的，是否又會發生什麼迫使我無力承擔的後果。

•

一九八三年夏天，我早已轉去《中國時報》「人間」副刊上班，有個星期日下午，好想再去看看單槓，又走往永和路底偷窺。咦，「新生食品行」的鐵門怎麼拉下來了？是星期日休息嗎？不對啊，以前星期日沒休息的；旁邊的女裝店、皮鞋店，也都開著門呀……。

那一次，我終於，堅決的，走了過去。

「已經二十多日了，」皮鞋店的台灣太太皺著眉頭，「聽講是肺癌，去住病院了……。」我疾走回家給陳映真打電話。那一陣，我跟他的聯絡無非是編輯與作家之間的稿件或演講活動之類的話題，絕不觸及讓我們心痛的任何往事。可是，除了他，我能去問誰呢？那個黃昏是第一次，我忍不住絮絮叨叨對他說起我們的朋友單槓，說起在永和路怎樣發現他，怎樣聽說他肺癌住院了；我想去探望他，不知他住哪家醫院，幾號病房……。

「唉，這真是不幸，聽說發現的時候已經是末期了，」陳映真說：「他現在已經什麼都不能吃，他就喜歡抽長壽菸，妳就帶兩條菸去吧……。」

他住在汀洲路的三軍總醫院。我依台灣人「無三不成禮」的習俗，帶去三條長壽菸，三千元紅包。他的病房排著很多病床，好像住了十多人，他的床前一個人都沒有。他拉著我的手笑開了臉，聲音微弱卻仍如金屬般脆亮：謝謝妳，謝謝妳，淚水一滴滴從那微笑的臉龐淌下來。

三天後，單槓走了。我送的菸，一條都沒抽完。

二十多年來，我不時想起單槓。想起那個低音小喇叭的夢。想起他被誤切的左腿（被捕的左派）。想起在永和路上偷窺的，懦弱的我自己。——我對他的虧欠，或者我們那個時代對他的虧欠，有什麼東西能夠彌補，又有誰能夠彌補呢？

宏遠的中音——「大頭」陳映真（1937-）

如今追索起來，陳映真所稱「幼稚形式的組織」的源頭，其實是李作成。他在一九六三年秋進入強恕中學教英文，認識了年長六歲的李作成，再經由李的介紹認識了陳述孔等「半地下的」台大知識菁英圈，一九六四年夏進入了日本實習外交官淺井基文的租居處，開始與他們更密集的共讀左翼書籍與思想交流，最後導致了一九六八年的「民主台灣聯盟」案。在這個當年驚動海內外的，台灣現代文學史上最著名的白色恐怖案裡，判刑十年的四人，李作成、陳述孔、吳耀忠，皆已抑鬱病逝多年。「大頭」陳映真則於二〇〇六年六月被迫離台，三個月後在北京中風昏迷，住院迄今已近十年。

對陳映真左翼理念影響至深的淺井基文，二〇一一年九月十六日下午在台北月涵堂演講「我所認識的陳映真及一九六〇年代的台灣」（係應清華大學「人文社會學院」之邀來台）。進入正題之前，淺井站起來請與會近百位朋友一起祈禱，「祝福在北京的陳映真早日康復」。接著說，陳映真中風住院後，「我曾想去探望，但是都未能如願。」——在場友人大多面面相覷。

淺井比陳映真小四歲，卻是他心目中「年輕優秀的日本青年」；後來不止一次在文章中提及淺井對其左翼思想深化與實踐的重要影響。淺井開始演講時，也首度公開向「民主台灣聯盟」案被捕入獄的所有受難者道歉。情誼如此深遠，卻連他也未能去探望。

在北京，有權探望陳映真的是一位人民大學教授。起先，她對要去探望陳映真的朋友說，「不方便」；「醫生擔心他看到老朋友很激動，可能刺激腦血管再度破裂……。」後來則說，「他需要復健」，「語言神經受損」，「口齒不清」等等。總之，「入獄」是懲罰，尚能每周接見一次，「入院」是拯救，竟比「入獄」還要嚴格。長年關在病房裡，本質及形式都是與世隔離的，陳映真的苦悶，無奈，我們不能探望唯有體諒。

淺井演講那天，我和阿肥、施淑、施善繼、葉芠芠，以及許多關心陳映真的朋友都去參加。演講結束後，主持人陳光興請聽眾發言、提問。氣氛一時有些僵滯，阿肥站起來，把他當年出獄後跟姊姊如雪說的心得公開再說一次：「我們都不是冤望的。」在那個時代，用短波聽中共的「中央人民廣播電台」，聽美國之音、美軍電台，反越戰，反對蔣家傳子傳孫……；「我們坐牢不是冤望的。」施淑則問淺井：你帶來的毛澤東選集，馬、列之書，陳映真有特別針對哪一本討論嗎？……

我也被主持人點名發言。我的問題很簡單（卻是刻意的）：「你回日本的時候，為什麼沒把那些書帶走？」淺井回答：「基於兩個原因，其一，陳映真希望我留下這些書；其二，當時帶這些書來，也想順便學中文，我和學弟加藤紘一感情很好，希望把書留給他學習。至於加藤為何把書留給畠中篤和齋藤正樹，我就不清楚了。」最後他強調，「確實是齋藤在台灣時，發生了陳映真事件……。」

這個回答，僅僅述及外交官式的，「表層事實」。對於當年日本基於想和中國建交而派他們來台學漢語，以及因文革動盪而改變政策與蔣介石合作抓「匪諜」等等「裡層事實」，則是一字不提。而我自己，其實也只問了一個「表層問題」。當時我最想問的「裡層問題」是這樣的：

「請問你是否知道，陳映真為什麼離開台灣遠走北京？」

也許他不知道。也許他知其原因與「民主台灣聯盟」案有關。那天的會場氣氛，陳映真的朋友們一直是悶悶不樂的。在那樣的場合，我的「裡層問題」也只能沉在心底，繼續面對那已經難以改變的，殘酷的事實。

•

二〇〇六年七月二—十二日，我隨台灣文化界一群朋友去河南省參加文化旅遊活動。陳映真夫婦也從北京去參加。那是他最後一次參加大型的公開活動，也是我最後一次見到他。當時他的身體已經很虛弱，主辦單位特別備了一輛小巴，讓他與醫生、護士、志工及醫療器材同行。參觀一些範圍比較廣的景點（如龍門石窟），他必須時常坐著輪椅。走訪紅旗渠時，山徑狹隘崎嶇，輪椅無法推行，他仍堅持同去，拄著拐杖慢慢端詳；護士、志工、麗娜前後隨行，醫生在附近小巴待命。那兩星期的行程，對體弱的他是夠辛苦的，吃飯還得被請去主桌陪主人應酬。麗娜不喜歡坐主桌，偶而過來與我同桌聊天，才知他們到北京一個月還住在旅館裡，因為人民大學配的宿舍還在大整修；「聽說還要一個多月呢。」麗娜不滿的說。

九月十七日，黃春明收到陳映真來信，簡單告知已搬進新家，當晚春明太太美音轉告我陳家新電話，我立即打去道喜。麗娜說，新家位於朝陽區中站里，房子在三十八樓，三房兩廳，還算寬敞，「你們以後來北京就住我們家……。」我說，想跟永善講幾句話，麗娜說，醫生囑咐他必須躺著，不方便來接電話。我問怎麼啦，麗娜說：「摔跤了啦，這房子新鋪的木地板，漆得太亮太滑了，我叫他走路要扶著牆壁慢慢走他就不聽，從房間出來就在門口滑倒了……。」

原來已經滑倒一個多禮拜，去看過骨科，照過片子，說是脊椎中間兩節挫成一節，必須靜臥不動，慢慢等待復原。

他的心臟不好，又有高血壓，也許不止因為地板太滑，可能腦中風導致身體失衡。我這麼揣測著，卻不好意思說出口。就讓他照醫生的囑咐靜養吧，過一陣再打電話去看看是否好轉些。

過了大約兩星期，電話已經沒人接。其後每隔幾天再撥一次，電話依然空響。十月十四日下午，某報記者來電話：聽說陳映真在北京病危了妳知道嗎……？十月十五日，各報大篇幅報導他二度中風，嚴重昏迷，已在北京朝陽醫院插管……。

時近中午，林懷民應該起床了，我急著告訴他消息，幾次打他手機都沒回應。三個多小時後，回電來了：「季季，我知道了，我在丹麥，不要再打來，電話很貴。」——他的聲音疲弱，也許哭過了。

林懷民把他的偶像陳映真，珍藏在心底四十年，不時回味，左右推敲，終於在二〇〇四年的九一八，把陳映真的小說從幽微的角落，推向了燈光明滅，車聲隆隆的舞台。

雲門舞集《陳映真．風景》首演的日子，你在舞台上看到的，也許是紀律和技巧，也許是意念和意象。但是在那一片白的紅的綠的黑的風景裡，我還看到了一種清澈的溫暖和鼓舞，那是林懷民對一個堅持寫作的靈魂的熱情擁抱。我也從那傾斜的山坡，浪漫的探戈與巨大的撞擊聲中，看到一條讓我不時回首的路，一段讓我終生緬懷的時光；那些只能在記憶裡傾聽的笑聲和話語，喟嘆和眼淚，驚恐和怨恨，如今都與我的血肉合而為一了。……

這是我二〇〇四年九月二十二日在《中國時報》「人間」副刊「三少四壯集」專欄發表〈林懷民的陳映真〉起首的兩段。

九一八那天晚上，國家戲劇院坐了兩千人，陳映真聽到的掌聲，可能是他寫作生命中最多的一次。也可能，是最後一次了。

•

陳映真其實是不在乎掌聲的。從年少到年老，他始終堅持著一條自己想走的路。一九七五年七月出獄後仍不改其志。他入獄前深愛的裴四小姐，協助他回到職場，進入溫莎藥廠工作，後又繼續秉持理念寫作。溫莎也是「美帝」公司（和他入獄前上班的輝瑞藥廠相同），辦公室在忠孝東路四段的大陸大樓。那幢大樓高僅十一層，卻是台北最長的大樓，裡面有無數家跨國公司。他的「華盛頓大樓」系列，背景原型即是大陸大樓。我去《聯合報》

服務後，偶而在附近的大陸大樓一樓西餐廳見到他，他都假裝沒看到我。我知道那是他對《聯合報》在鄉土文學論戰期間的不滿；同時「楊蔚的陰影」也還橫在我們之間。

一九七八年三月，他同時發表〈賀大哥〉與「華盛頓大樓」之一〈夜行貨車〉。出獄後首次發表作品就是兩篇，震動文藝界與出版界。一九八〇年初我轉去《中國時報》服務後，因為編輯事務偶而必須跟他通電話，那年八月讀完「華盛頓大樓」之三〈雲〉，我在電話裡開玩笑問他，「你這幢大樓要蓋幾層啊？」他在那頭輕輕的笑了，「呵呵，十二層。」——呃，比大陸大樓高一層咧，就慢慢的看他起高樓吧。

然而，他的回答也是玩笑的吧；「華盛頓大樓」只蓋到第四層就停工。一九八二年十二月發表〈萬商帝君〉後，他轉而書寫在獄中見聞的五〇年代白色恐怖故事；陸續發表了〈鈴鐺花〉、〈山路〉、〈趙南棟〉。

那些年是他生命的高峰期，除了持續發表小說，也在一九八五年創辦以報導文學為主的《人間雜誌》（1985–1989），並請一向熱心推動報導文學的高信疆擔任總編輯。一九八〇年我從《聯合報》副刊轉到《中國時報》副刊即是高信疆邀請的。他在一九八三年三月卸下「人間」副刊主編之職赴美遊學兩年，返台後陳映真即找上這個「紙上風雲第一人」，於十一月創刊《人間雜誌》。高信疆大我半歲，「人間」副刊同事都尊稱他高公。他委婉的告訴我，《人間雜誌》的主要人力是報導文學寫手，大多在外面奔波於各地採訪，希望我去幫他做些稿件整理、修飾、代筆及座談會文字記錄的工作。他也特別說明，《人間》經費有限，我去幫忙做這些是義工，沒有報酬的，我一口答應了。

1. 二〇〇六年七月，已至北京人民大學任講座教授的陳映真最後一次參加大型的公開活動，也是季季最後一次見到他。圖為旅遊河南時合照，前排右起第九位即陳映真（季季提供）。
2. 二〇〇一年三月，參觀浙江紹興魯迅故居時，陳映真執筆寫下：民族宗師、半生向往（季季攝影）。

①

②

高信疆是夜貓子，習慣晚上工作，我常常從大理街的「人間副刊」下了班，十點半坐計程車去和平東路的《人間雜誌》，十二點多甚至一兩點再坐計程車回永和，與陳映真見面的機會不多。偶而遇到他弟弟，大概是映朝吧，會對我笑著鞠個躬，「謝謝哦。」

我很樂意去做《人間雜誌》義工。其他人可能以為我是去幫高信疆的忙，只有我自己知道，更重要的原因是為了彌補對陳映真的虧欠。但這是說不出口的。一九八七年六月，陳映真在《人間雜誌》發表〈趙南棟〉，我以先讀為快的心情仔細拜讀五萬多字原稿，並選出其中第二節「趙爾平」約兩萬字在「人間副刊」轉載發表；一方面幫《人間雜誌》做宣傳，也讓陳映真有些稿費收入。

那一年，陳映真五十歲了，可能因為應付《人間雜誌》的編務與業務太忙，寫完〈趙南棟〉沒空再仔細修飾，我發現其中有不少敘述邏輯錯誤：包括人名、年齡、情節前後不一的問題。我的讀稿習慣六親不認，像陳映真這樣的名家，更應在編輯作業時嚴格把關。當時他恰好出國開會，我用《中國時報》的電話打去香港，把每一個前後不一之處指出來，讓他了解如何修改，是否同意……。

如此弔詭的，通過〈趙南棟〉這篇五〇年代白色恐怖小說的越洋修改，我與陳映真之間那道「楊蔚的陰影」消失了。後來他每次見到我，都要張開大手擁抱一下，「妳是全台北最好的編輯。」——我不敢以此自豪，只是如實轉述他的用語。

一九八九年九月，《人間雜誌》因不堪虧損停刊，他繼續經營「人間出版社」，同時也還兼任首屆「統聯」主席，活動重心漸漸移往大陸，「統派」標籤更為明顯，引起不少「獨派」

和本土派作家的非議。

以陳映真的文學成就，獲得「國家文藝獎」應是實至名歸。然而，一九九七年後兩次被推薦都錯身而過。據說是獨派評審委員反對「那個統派的」；某委員甚至一開始就把他的案子往旁邊用力一放，大聲說道：「阿這個統派的，放一邊去就好啦……。」——在那個評審文學成就的場合，評審評的不是他的文學，而是他的政治意識。

這些從評審委員溜出來的小道消息，輾轉流傳到海外，也引起一些既非統派也非獨派的文學人士之非議。其中之一是馬來西亞《星洲日報》二〇〇一年開始頒贈的「花蹤世界華文文學獎」。該獎兩年舉辦一次，獎金一萬美元，十八個評審委員是終身制；據說有些委員不平的說，「台灣不給，我們來給好了……。」

二〇〇三年，陳映真以《忠孝公園》獲得第二屆「花蹤世界華文文學獎」。

二〇〇四年，雲門舞集演出《陳映真．風景》。

二〇〇六年，陳映真遠走北京，無法歸鄉。

•

二〇〇六年五月十四日，黃春明來電告知陳映真不得不遠行的消息，我驚嚇莫名，腦袋旋轉著這幾個字：**怎麼會，這樣？**

據說是他弟弟做生意需要周轉，向銀行貸款，請大哥做保。這個弟弟曾受「民主台灣聯盟」案牽連，判刑七年，作為大哥的他一直覺得虧欠。他於溫莎藥廠上班期間，好不容易在偏遠的中和鄉南勢角買了個小樓，登記在妻子名下，麗娜一向很尊敬他，聽從他的話拿出土地權狀去抵押作保。然而，弟弟的生意沒做起來，虧欠銀行的貸款不是小數目，沒人有能力幫上忙，還款的最後期限已至，銀行通知五月底要查封房子；五月三十一日恰好是端午節……。「以後他們就沒房子住了，」春明說：「有收入還得按比例扣款還銀行呢，聽說人民大學安排他去做長期講座教授，會配給一個宿舍，他們不得不去北京住了……。」

我們約好五月二十七日去尉天驄家為陳映真夫婦送行。天驄家比較寬敞，有個橢圓形大餐桌，太太桂芝燒得一手好菜，以前她身體好時，年節常請我們去聚餐。二〇〇五年十二月初，桂芝因「再生不良性貧血」辭世；那年過年，我們三家帶了菜去陪天驄過年。那麼，五月二十七日這天，也兼為陪天驄提前過端午吧。

我們買了粽子，帶了些菜，天驄還做了他最拿手的蔥燒鴨。陳映真神情落寞，吃得不多，說話更少。我們強顏歡笑的說，以後你們在北京有家啦，我們去北京就住你們家啦，聽說北京的秋天很美，我們九月就去找你們玩啦……。

年輕的麗娜倒是比較開朗，說前一陣子快累垮了，整理衣物打包裝運，「他的書又那麼多，好難打包呀。」一個多星期前，好不容易處理妥當，該運的都運走了，本想五月底前就去北京，「是我媽捨不得這個女婿啊，堅持要我們吃了端午粽再走，我們只好把機票改到六月一日……。」

那之間，天驄說起我在《印刻文學生活誌》連載《行走的樹》專欄，已經寫了不少阿肥、陳述孔、楊蔚等等與「民主台灣聯盟」案有關的人、事，陳映真倒是以那宏遠的中音說了一句讓我很感動也很期待的話：

等妳全部寫完，我會寫一篇回應文章。

在台灣，那是我們三家老友最後一次與陳映真相聚。然後是一個多月後，在河南，我最後一次看到陳映真。

二十九歲開始走向左翼實踐之路的陳映真，大概沒料到所謂的「民主台灣聯盟」的結局，陰魂不散的延伸了三十多年；最後導致他失其所有，成了真正的「無產階級」，不得不遠離家鄉，去了已經很資本主義化的左翼首都，病倒在那裡，失去了語言，失去了寫作能力。

我也已經了悟，他所允諾的「一篇回應文章」，不可能得到回應了。足堪告慰的是，他早已一字一句的建構了自己的文學城堡，那是他「永遠的國」，誰也無能摧毀的。

•

陳映真的小說城堡，住著幾位讓人動容的堅強女子。在他的生命裡，仰慕他的紅粉來來去去，真正陪他度過苦難的堅強女子只有兩個。一是婚前的裴四小姐，一是婚後迄今一直照顧著他的麗娜。

陳映真離台五個月後，二〇〇六年十一月，《行走的樹》結集出版。裴四小姐讀完後聯絡上我，說她家就在〈烤小牛之夜〉寫的信義路四段四十四巷，那條巷子只有三家外省人，她家二號山東人，隔壁五號包奕明家四川人，「你們去烤牛那家是八號，房主廣東人，姓陳，有個女兒陳盧寧是鋼琴家，她丈夫廖年賦是台灣人，有名的指揮家，我讀市立女中的時候，還去他們教室學過鋼琴呢。不過你們去烤牛那年，我已經沒住信義路了……。」

裴四小姐說話中氣十足，宏亮且帶磁音，後來我們常電話聊天，得知更多她的故事。她父親裴鳴宇（1890-1983），山東諸城人，十八歲就參加孫中山「同盟會」，曾任山東省參議會議長，後來擔任國大代表至去世。他先後娶三任妻子，第一任生一子兩女：裴淵、溥言、淑言。溥言任教台大中文系時以講授詩經聞名；其夫糜文開曾被外交部派駐印度十年，以翻譯泰戈爾詩聞名。第二任生一子二女：裴源、潤言、深言。第三任生二子三女；其中一女洵言曾是演員，八〇年代後以「裴在美」筆名寫小說成名……。她哥哥裴源是陳映真成功高中同學，一九五七年高三時發生「五二四事件」，曾一起去攻打美國大使館……。

裴四小姐即裴深言，比陳映真小兩歲。一九六一年她從銘傳商專畢業，被校長包德明留任助教，薪水一千元；除了上課還需管理財務，以現金發放全校教職員薪水。當時她與姑母已從信義路家中搬出來，一千元薪水付房租及生活費很拮据。一九六二年春，朋友介紹她到淡水輝瑞藥廠應試秘書，她英文好，考取後即於五月轉去輝瑞上班，薪水三千多。一九六三年聖誕節，她與交往四年半的男友施國華結婚……。

一九六六年在輝瑞認識陳映真之前，裴深言已經歷過兩次悲痛的生命歷練。先是三歲在青島喪母。她聽姑母說，母親裴衣雲美麗優雅，唱歌很好聽，還會彈奏各種樂器，可惜因心臟病早逝，得年僅三十一歲（1911-1943）。

其次是二十四歲喪夫。其夫施國華（1937-1964）是湖北人，成大電機系畢業後，考取民航公司（CAT）擔任飛機維修工作，本預定一九六四年七月赴美深造，卻於六月二十日「神岡空難」喪生；半年後她生下施文彬。

那次是台灣首度大空難，五十七人無一倖存，罹難者包括二十名美國人（多為美國政府及駐台人員）、著名的香港「電懋影業公司」大老闆陸運濤夫婦、台灣省新聞處長吳紹璲夫婦、「台灣電影製片廠」廠長龍芳、「聯邦影業公司」負責人夏維堂，以及許多來台參加第十一屆「亞洲影展」（台灣首次舉辦）的中外影星……。當天早上，他們去霧峰故宮參觀，下午五點一刻搭機回台北，預定出席陸運濤在圓山飯店舉行的六百人慶功晚會。然而飛機起飛五分鐘即墜毀。救難與安檢人員在飛機殘骸及周邊找到兩把〇．四五美製手槍（當時安檢尚無偵測器），兩本很厚的大書，是二戰時美國海軍使用的《雷達識別訓練手冊》；裡面剪成手槍形狀。這兩本書借自澎湖海軍造船廠圖書館，借書人是三十八歲的海軍中尉曾暘及四十八歲的海軍退役軍官王正義…。種種疑點，顯示這是有計畫「劫機」，要以手槍逼迫駕駛轉向，把陸運濤等電影界名流及一群台、美政要人士載往大陸（敵方揣測蔣經國也會陪外賓搭機去霧峰參觀故宮）。可能駕駛不從，結果同歸於盡。由於死難者還包括美國ＣＩＡ人員，華府也派員來台深入調查。國府為了顧全顏面，仍堅稱墜機原因是「駕駛疏忽」、「發動機故障」……。

——那是冷戰年代的另一場國共間諜戰。

而陳映真，那年剛結識日本實習外交官淺井基文，開始跟著他狂熱的閱讀毛澤東選集。弔詭的是，兩年後他在一個他的意識形態所批判的「美帝」公司，愛上一個（可能）中共精心策畫的「神岡空難」喪生者的未亡人，並因而知道她的哥哥是他成功中學同學，兩人曾一起去攻打美國大使館……。

裴深言說，一九六六年，已在輝瑞業務部工作的方森弘，介紹其成功中學同學陳永善到輝瑞業務部任專員，負責廣告文宣。大家叫他Philip。他會彈吉他，唱西洋歌曲，她也喜歡唱，中午休息時就唱起來了。後來他們組了一個四人合唱班，二男二女，陳是男低音，裴是女高音；聖誕節時他們還請附近老人院的老人來工廠唱歌慶祝。當時輝瑞員工一百多人，大多在工廠分裝藥品，辦公室職員僅十多人，很快就熟稔起來；周末的時候，陳開始請她去看電影，跳舞。

那時她的兒子施文彬一歲多了，放假日陳也會帶他們母子去兒童樂園，動物園，海濱等地遊玩。陳很愛她的兒子，買了一把烏克麗麗送他，陪他唱歌，教他畫畫，說故事給他聽。文彬因為從出生就沒見過父親，所以就把陳當爸爸，叫他「爹地」。她漸漸了解，陳二歲時就送給伯父做養子，所以也同情文彬沒父親；「把我的兒子當他的兒子一樣疼愛。」

兩人的感情越來越深濃，一年多之後某日，陳遞給她一張紙條，寫著一句誓言：「我這一生都已獻給一個歷史的道路，我不會結婚，但我有一個老婆，就是妳。」

過後沒多久，陳沒來上班，總經理和業務部的人等著他開會，她四處打電話，都沒找到

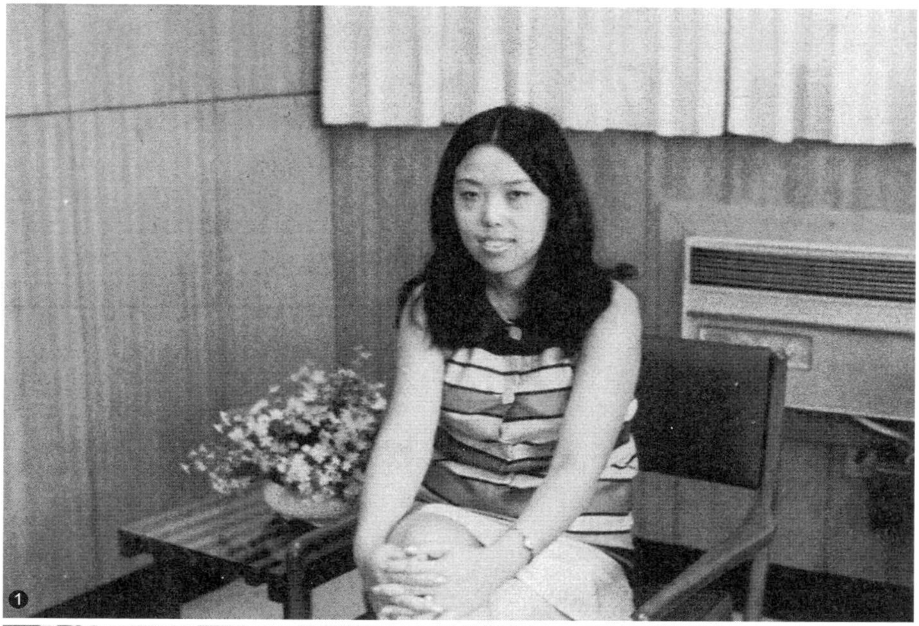

1. 裴深言曾陪伴婚前的陳映真度過苦難歲月。
2. 陳映真（左）一九六八年入獄前於輝瑞藥廠和同仁組成四人合唱班；右一為裴深言。
3. 陳映真一九七五年出獄後於溫莎藥廠同樂會彈吉他。
（裴深言提供）

1. 一九六八年底，陳映真被移送台東泰源監獄，一九六九年夏裴深言（右一）陪同陳映真生母（右二）及陳逑孔父母前往探望。
2. 一九七〇年夏天，裴深言帶其子施文彬，與陳映真之姊映美（右）從台中至台東泰源監獄探望陳映真。

（裴深言提供）

人。下班後，她急匆匆趕去板橋陳家，敲門老半天沒人應，他養母大概去他養姊家了。隔壁鄰居從二樓陽台探出頭對她說，被抓走了，家裡被抄過了……。遭了，出了什麼事？她知道永善以「陳映真」的筆名寫小說；寫了什麼或做了什麼被抓走呢？

第二天，她去問父親。他是老國民黨員，在澎湖「煙台聯中匪諜案」時救過一些學生，也認識一些情治單位的人。如此輾轉，終於從一位王伯伯處打聽到他被拘留在博愛路某處，立即送了一些衣物、食品過去。下星期再送東西去，看到他的簽收條，眼淚涔涔而下。

後來他被移到西寧南路保安處看守所，她也兩次被叫去問話，堅稱陳和她哥哥是成功中學同學，她和陳是同事，後來成為男女朋友，其他的事都不知道。他父親曾給認識的保安處副處長打過電話，所以她沒有遭刑求，每次去問話半天就放出來。

過了不久，陳映真和李作成、吳耀忠、陳述孔、陳映和、林華洲等同案的，都被移到景美看守所。她每星期四去探望，認識了李作成的妻子蕭小姐。後來蕭小姐堅持和李作成離婚，請她作證人。之後陳要求她也給李作成和同案的朋友送些食物和零用金。有時她也看到倪明華去探望其夫柏楊（著名作家），趙岡去探望愛人崔小萍（著名廣播明星）。聽說後來倪明華也堅持和柏楊離婚了。——鐵窗與人性，確是冷硬的考驗。

她的大姊夫糜文開，原在我國駐泰國大使館服務，那年秋天突然奉命返台，據說是因一張照片裡的合影而受《新生報》匪諜案牽連，不久也被送到景美看守所。大姊一家那時還在泰國，所以她也給大姊夫送菜送衣物。有一次收件員很不客氣的問她：「妳是幹什麼的，今天送給這人，明天又送給那人？」她輕聲回答：「我是送牢飯的。」

她的大姊夫被關了十三個月，次年過舊曆年前獲釋返家。陳映真等人則在一九六八年底判刑十年定讞，移送台東「清溪山莊」；就是通稱的「泰源監獄」，四面環山，只有一條小泥路通行，走得灰頭土臉。一九六九年初夏，她在台北和陳逑孔的父母會合，搭車去台中「中台神學院」（永善父親陳炎興在那裡教書）宿舍，接了永善生母，一起坐火車去高雄再轉台東。那時永善已被剃光頭，三十分鐘的探望時間大多讓他生母跟他說話，剩下幾分鐘才換她說。獄卒在旁監聽，探監的人能說的無非是一些叮嚀或鼓勵的話；「但對他們受刑人來說，這已經是很大的安慰了。」

一年後永善被移到綠島，探望更不便了。她不是家屬，無權申請接見，每次都要先去台中接他姊姊映美，或到台南接他在成大讀書的妹妹映紅，到高雄已黃昏，住一晚，第二天坐公路局走南迴公路到台東，再住一晚，第三天早上由台東租只有四個座位的小飛機到綠島，再坐鐵牛車到監獄。輾轉三天，只為了見三十分鐘。有一次恰巧永善被派在外面整理花木，她進去一看到就情不自禁跑過去抱住他，永善嚇得雙手下垂不敢動，裡面的獄卒大吼：「妳再這樣做，下次不讓他接見。」

即使路途那麼遙遠辛苦，有幾次她還帶了文彬同去，讓他叫一聲「爹地」，也讓永善看看他長得多高了。（註）

總之，永善入獄的七年間，她所有的假期都奔波於探望的路上；「但是我一點也不後悔。」

她比較遺憾的是，永善的養母從來沒去探望他。她下班後有時去板橋探望老太太，一頭長髮凌亂披在臉上，指甲黑黑的沒剪，聽說得了帕金森式症……。她有空就帶點水果去看她，幫她剪指甲，梳頭髮，老太太都靜靜的不說話；「我覺得好心酸啊。」

一九七五年七月永善出獄後回到台中生父家，深夜常打電話來台北，低沉的問：「是誰在妳的床上？」然後說一些想念的話，害她每天哭腫了眼睛去上班。輝瑞那時的總經理 Mr. Eric Hahn 也是美國人，也很關心永善的事，就勸她趁周末去台中看他，問他有什麼打算？她跟他約好周末中午在台中火車站見面，再一起搭公路局去溪頭住了一晚。商量的結果，他希望回到台北找個工作。當時的環境，政治犯很難找工作。公家機構不用，私人機構怕惹麻煩，只能找外國公司。輝瑞當時沒有職缺，他的同學方森弘早兩年由輝瑞轉到溫莎藥廠，她就打電話請方再幫忙。經過一些周折，好不容易讓永善有了工作。

溫莎雖也是美國藥廠，但台灣分公司有兩個老闆，一個美國人，一個中國人，情治單位的人不時會去找那個中國人老闆查問。久而久之，永善也不願給人繼續添麻煩，就辭離溫莎，和幾個弟弟合創漢聲印刷廠，主要替輝瑞和台灣氫胺公司等藥廠編印月刊，也替溫莎出報紙型刊物。有了經濟基礎後創辦了《人間雜誌》，可惜因虧損而停刊。

陳映真在溫莎上班期間認識了總機小姐陳麗娜，她年輕漂亮又溫柔，他生母要他早點娶她。一九七七年十一月他們訂婚，十二月五日結婚……。裴深言悠悠的說：「婚禮前一天，永善還來找我，痛哭流涕了半天。那年他已經四十歲了。」

永善婚後，溫莎的中國老闆說，夫妻不能在同一家公司上班，麗娜只好辭職。永善有時還會去找她，說說話，訴訴苦。聽他說起麗娜不得不辭職，她後來還幾次幫麗娜安排工作；

包括她後來自己創業開公司，請麗娜擔任秘書。

說起前塵往事，曾為陳映真付出那麼多的裴深言，從無一句怨言。最近我們還說起他倆在北京快十年了，麗娜整天在醫院照顧永善，確是太辛勞了，裴深言再度嘆了一口氣：「唉，我們都是為了同一個男人。」

註：

喊陳映真「爹地」的施文彬，遺傳了媽媽和外婆的好歌喉，一九九三年與江蕙合唱〈傷心酒店〉一舉成名。他會唱，會作詞、作曲；二〇〇七年曾獲金曲獎「最佳台語男歌手」獎（入圍十次；二〇一五年再次入圍，截稿前尚未知結果。），至今走紅台語歌壇。裴深言說：「我也沒想到這個寶貝兒子會成為台語歌手，大概小時候受到他爹地的一些影響吧？」

附錄

生死皆為君
——讀季季《行走的樹》

劉大任

這不是一篇書評，也不是一個普通讀者的讀後感，只因剛好活在同一個時代，又因緣湊巧，接觸過同一批人和事，讀完季季的新書《行走的樹》（二〇〇六年十一月，印刻出版），內心翻騰起伏，夜不成寐，直覺如不借此挖掘一下走過的歷史，彷彿不負責任。

寄書給我的朱天文，在誠品《好讀》的推薦中，寫了下面一段：

> 人們終於曉得了用記憶抵抗時間，用私密史叛變大歷史。各形各貌的識情錄面世，此中《行走的樹》是極特殊的一本。其特殊在於，台灣簡直的沒有左派，而此書回憶了民國五十年代台北一小撮左派分子的活動。殘酷的是，回憶人是當年告密者的年輕妻子。我還沒有看過像這樣一本告密出賣同志者、其家屬忠實不修飾寫下的回憶。

搜索記憶，首先勾起的是這個畫面：一九六六年八月，我出國前一個月，最後一次見到楊蔚，知道我不久就要走，他對我說：很遺憾沒有更早認識你……。

現在回想，當然有點毛骨悚然。那時，我是蠻感動也蠻遺憾的。

那段時間，我們一批不知天高地厚的文學青年，每天捲在新文學運動的熱潮裡，絞盡腦汁追求新方向、新題材、新方法，為《劇場》的分裂沮喪，為《文學季刊》的催生興奮。這是我認識楊蔚的思想背景。事實上，早在一年多以前，我已經讀到過楊蔚的小說《六萬頭老鼠》和《跪向升起的月亮》，真是佩服得五體投地。雖然嘴上沒露，心裡卻有個定位，認為楊蔚的小說，直接繼承魯迅、茅盾和吳組緗，應該就是我們反對現代主義橫向移植、回歸本土現實創作的道路。當時所以沒把這面旗幟打出來，我自己的心裡有個小小的問號：尤其是《跪向升起的月亮》那篇，總覺讀不通透，裡面那股濃鬱得化不開的「自疚」，究竟意味什麼？根本無解。

我記得，陳映真也曾向我鄭重推薦過楊蔚的小說，還說過：「人家才是貨真價實」這樣的話。但我始終沒有勇氣把心裡的疑惑提出來，跟映真討論。那個年代，好不容易碰到一個「貨真價實」的，怎麼可能追根究柢！

一九七七年，我在非洲開始構思長篇小說《浮游群落》，距映真等人的「民主台灣聯盟」案發已經將近十年，根據輾轉流傳到海外的資訊，推測出楊蔚的告密者身分，決定以此為依據，創造餘廣立這個角色。然而，現在讀到《行走的樹》，看到季季通過自己一生的苦難糾纏剝露出來的那個無比複雜的人物，相對而言，餘廣立這個角色實在太過簡單蒼白了。

《行走的樹》第二一〇至二一一頁記錄了彭湃一九二九年臨刑之前，被蔣介石軍隊押往上海龍華遊街途中，口占五絕：

細雨過江東，狂風入大海，生死皆為君，可憐君不解。

彭湃是廣東海豐縣大地主家族的繼承人，日本早稻田大學留學生，二〇年代農民運動的開山祖師，中國第一個蘇維埃政權的創造者。血淚斑斑的現代中國史上，像他這樣拋棄一切投身革命的優秀青年人不可勝數。今天細想，像他這樣英年犧牲的理想主義者，其實是相當幸福的。真正悲慘的是更大多數陷於理想與現實的夾縫中求生不得求死不能的男男女女。季季記述楊蔚的回憶，名叫梅英的那個像「古典美人」的共產主義者，由第三國際派遣來台，為了隱藏身分、完成任務，必須躲在基隆山上的木屋裡賣淫，患了子宮頸癌無錢醫治，最終也不知道如何了結殘生。楊蔚本人的命運，可能更悲慘，他一輩子到死都無法擺脫每夜莫名恐懼的驚惶喊叫，一輩子在人格分裂的世界裡掙扎。季季雖然沒有明說，我們可以感受到，楊蔚儘管經常說謊、酗酒、濫賭，長期無原則地欺騙自己的妻兒，他的妻兒仍然是他活在這個世界上的唯一支柱。只不過，這個支柱，被當成戰爭的附帶損失（collateral damage），除了引發更深的內疚，隨時可以犧牲。

為什麼本應是無限美好的理想，卻成為無底深淵的夢魘？

季季的書裡，我們找不到答案，她只是忠實地記錄了她個人的經驗。但是，這個經驗如此驚心動魄，迫使我們不得不正視、面對。

彭湃的那首絕命詩，尤其是第三句「生死皆為君」，值得一讀再讀。

問題的核心也許就是「理想主義」。通常，理想主義相對於不理想的現實，往往表現在

理想主義者為大我犧牲小我，這就是「利他主義」，人類社會的道德起源，目前是人類演化史研究的一個重要課題，在此不擬深論。

撇開通常的意義不談，現代中國革命史中出現的「理想主義」，主要兩個內容：追求中華民族的再生和全人類的解放。這兩個內容都受一套意識形態的制約，即「馬克思列寧主義和毛澤東思想」。根據這一套意識形態發展出來的理念、原則、組織方式和行為規範，確定了一名共產黨員的終生任務：作為無產階級的先鋒隊，無條件接受黨的領導，遵守黨的紀律，放棄所有屬於個人和家族的利益和價值，到黨認為有需要的地方去工作。

這一套按照列寧所謂「鐵的紀律」形成的組織及其實行的革命方法，在中國的三、四〇年代，由於日本侵華激起的民族主義抵抗浪潮，發揮了燎原大火作用，燒遍大江南北。抗日戰爭前後，無數有理想、有抱負、有骨氣的年輕人，毅然拋棄個人前途，背叛家庭，冒險犯難，奔向革命的「燈塔」延安。

《行走的樹》記述的楊蔚、梅英和胖子等一批由第三國際派遣來台的地下黨員，就是其中的一小部分。

問題是，如果黨的方向走錯了，黨的領導發生偏差，或者黨派遣的人，到了一個革命時機完全不成熟的地方，這樣的熱血青年，如何自處？

國際共產主義運動是人類歷史規模最大的社會實驗，但它沒有按照馬克思的預測，在成熟的資本主義社會未能實現，卻在落後的農業社會打下了大片天地。到了六、七〇年代，這個運動所建立的政權及其所控制的社會，政治專權腐敗，社會動蕩不安，經濟停滯蕭條，文化僵硬單調，社會主義制度下本應當家作主的人民，想像力和創造力都受到前所未有的壓制，「革命理想」變成了「弄虛作假」，未來的「天堂」變成了無限推遲的「謊言」。

可是，這些變化，是我們在蘇聯和東歐解體、中國文革真相逐漸暴露之後才慢慢明白的。楊蔚和他的同志，投入如此之深，我想到死都不一定能心安理得地接受。他們只能死不破滅，生受分裂之苦。

以上的分析有個假設：即必須相信季季所記憶的楊蔚，就是楊蔚的真實面目。楊蔚既是說謊如家常便飯，他讓季季瞭解的他，是不是事實呢？一九九五年之後，楊蔚六次回中國探親，還見到他成為共產黨員的弟弟，我不免有個疑問：他怎麼向黨交代？黨又怎麼可能不追查這個歷史檔案？我不相信共產黨的組織已經如此鬆懈。那麼，有沒有可能，連他的黨員身分也是謊言的一部分，這樣想，實在太恐怖了。

或者，還是相信共產黨變鬆懈了，比較好些。

原載二〇〇七年二月一日《壹週刊》二九七期A冊劉大任專欄，
收入其二〇〇八年於印刻出版《憂樂》一書

逝去的年代·感傷的歌
——評季季散文集《行走的樹》

向陽

久無作品的季季，近年來復出，以一系列追憶六、七〇年代文壇舊事的散文重獲矚目。季季是一位早熟的作家，十五歲就開始寫作，十八歲以〈明天〉獲《亞洲文學》小說徵文首獎，二十一歲由皇冠出版第一本小說集《屬於十七歲的》，自此成為文壇亮眼的新星。她長於敘事，加上心思細膩、觀察入微，故事在她筆下娓娓道來，每每引人入勝。可惜其後婚姻並不美滿，必須獨力擔負家計，進入媒體工作，因而輟筆。直到退休前夕才重拾彩筆寫作。

《行走的樹》，收近兩年來季季在《印刻文學》所寫回憶性散文。這是季季文學生涯的追記，可說是一個作家和編輯的回憶錄。季季出道甚早，又長期在副刊服務，與文壇重要作家均有交情，熟悉文壇掌故，通過她的筆，六、七〇年代的文壇盛事，逐一撥開沉灰，重見天日。她寫文學獎的故事，讓讀者重回兩報文學獎各領風騷的年代；她寫「朱家餐廳俱樂部」（朱西甯家）、林海音客廳、阿肥（丘延亮）家客廳，都如數家珍，重建當年台北文壇猗歟盛哉的場景。她的文筆細緻，能寫出舊日文壇的文心豪情，筆端又帶感情，已逝的歲月在她筆下，鮮明如露，晶瑩動人。

她也寫戒嚴年代台灣左派知識份子面對思想檢肅的舊事，丘延亮、陳映真等為何被抓，思想脈絡如何，以及她前夫楊蔚如何因思想被抓，又如何成為密告者……的曲折歷程，黑暗年代中的悲劇，透過季季的耙梳，意象益加明晰，她不僅寫活「思想犯」的獄中獄外生活，也刻繪了他們內心世界的複雜與悲哀。此外，書中多篇描述婚姻生活種種坎坷的敘述，以及枕邊人因遭受政治折磨而致人格扭曲的作為，讀來更是令人動容。

季季寫下的，不只是個人的回憶，更是動亂年代台灣文壇的軼聞與變貌。軼聞通常多樂事，少長咸集，曲水流觴，可以無憾；變貌則多苦辛，亂世奔波，驚濤駭浪，難免扼腕。季季寫出這些逝去年代的歡樂與悲痛，或也有將缺憾還給天地的用意吧。

二〇〇六．十一．二十一南松山

——原載二〇〇六年十一月二十五日《中國時報》「開卷」周報

楊蔚最後遺作

季季註：

這是楊蔚去世之前兩個月，在他流亡的印尼東爪哇農村完成的黑色幽默小品。一九五〇年秋天，楊蔚在台中大甲海濱派出所任巡佐時，疑涉「華東軍區人民解放軍台灣工作團」案被捕，裁決「感化三年」卻被繫獄十年。出獄後經林海音介紹進入新聞界做記者。一九六八年涉及陳映真、吳耀忠等文藝界人士之「民主台灣聯盟」案洩密而自我唾面，改以筆名「何索」發表通俗幽默雜文；二〇〇〇年流亡印尼巴里島，二〇〇四年九月十六日病逝東爪哇。

本文的時代背景回溯至他一九五〇年在大甲被捕前後，呈現國府來台初期的肅殺氛圍。從其「前言」看來，這可能是一系列懺悔錄，可惜只完成三個序篇就去世，算是他的最後遺作。那年他七十六歲。臨逝之前寫出「抱歉」兩字，似乎是對「民主台灣聯盟」案相關親友的懇切致意。

我是台灣笨蛋

楊蔚

前言

這故事涉及戰火、殺戮、牢獄、背叛與幻滅；我年老體衰，思緒混亂，筆下難免顛三倒四。故事都是真實的。我們自己人背叛自己人，自己人殺死自己人；這包括我在內。我來日無多，現在對那些含恨死了的或在苟延活著的，只能道一聲無痛無癢的抱歉而已。

一　帶槍的傢伙

三個人都穿便衣，留平頭，臉上刮得很乾淨。身上帶了槍，有的還在腰間露出半個油膩的槍把。一個嘴邊有痣毛的傢伙對我說，他們有一點兒問題得向我請教請教。「長官這麼說的。」接著把我拖拉下床。我衣服沒穿好，也不許繫鞋帶，喀喳一聲給我加上一把手銬，就把我架出門外了。

他們嘴裡的這位長官是甚麼來頭？這幾個傢伙不說，我也沒問。我了解，在這種情況下，還是閉了嘴最好。可是我腦袋瓜裡沒閒著。我想，所謂的長官都是偉大的，但如果真是想請教別人甚麼問題，這麼做是不是不夠禮貌？唉，不過這也罷了，見了長官再說。

二　破鞋和死屍

他們事先沒做任何通告。我也了解，這應該是官方的標準辦案的方式，只要抓的不是一般的刑事人犯，即有如小毛賊去偷雞，絕不讓全台灣的笨蛋們知道。不過，他們在半夜三更把我拖拉到門外後，每家關了燈的民宅的紙窗上，都露出一雙恐懼的眼睛，骨碌碌朝我們瞄。我的媽，我們有好幾千年的歷史啦。其實笨蛋們都不是真正的笨蛋，他們醒過來了。

我被那三人小組又推又拉，繞過一段泥濘的小路，終於走到一輛藏在樹邊的吉普車邊，隨即把我像包裹一般丟進去。

車子也藏，真聰明。不過，我很笨，在路上弄丟了左腳的一隻鞋。

「我丟了一隻鞋喲！」我在車內叫著。

「叫甚麼叫？」

有一個傢伙朝我肋骨狠搗一拳。

「破鞋。」另一個傢伙說。

「一隻嗎？我們補給你，那隻破的沒時間找了。」有痣毛的說。

這大概是他們認為很高級的幽默。逗得三人都在車內哈哈大笑。我也湊上了幾聲笑。我肋骨疼，又是只有右腳穿一隻鞋，其實是對老天苦笑。

我那雙鞋的確是破的。它是老牛皮用手工縫的，渡海來台穿了好多年，皮上有許多破縫和皺紋。我沒錢買新鞋，便在鞋面上加一條豬皮，又抹上豬油和黑墨水。皮鞋還是皮鞋，仍給我不少的面子。且說我，不管我多窮，又沒權力，究竟是鄉公所一個雇員。我穿著唯一的一套灰色制服，腳上是那雙自備的皮鞋，手握公家一條短棍——那是我確保國家安全的武器，每天在海灘附近小心的巡查。是的，長官，我看看防風林很好，電線沒人偷，旗桿也沒倒。是的，長官，沙地上又躺著一個人，又是死了爛了臭了的，又是沒攻擊性也沒危險的，這可以安心的列入常態了。

其實我了解，這一類躺在海灘上的死人，有的是某機構祕密處死之後，半夜裡丟到海邊的。也有的是把活人裝進蔴袋，拋入大海後又飄了回來。我把那死屍觀察一番後，準備回去打電話，做報告，便小心的往辦公室走——可別把我的皮鞋搞破。

有個彎腰駝背的農民和老婆一起遇到了我。「雇員大人，又看到一個死翹翹的嗎？」這笨蛋閒話真多。

「我沒看見，」我板著臉說，「你少胡說，想帶著你老婆去坐大牢？」嚇得他老婆掐他一把，趕快溜了。報告長官，今天平安。

三　來唱領袖歌

我們辦公室只有四、五坪大，中間緊湊著三個雇員的三張桌，右牆角上，有一個小小的三角祭台，擺著一個木雕的觀音菩薩像。打掃得很乾淨，但也很空洞。不過，正對門口的牆壁上，掛著一幅「領袖」玉照，以及黨、國的旗幟各一面。領袖是偉大的，且留著一抹日本式鬍子。

這就夠看的了。我們每天早上八點鐘，都要舉行一次繁雜的早會，哈，也夠看的。三個雇員集合在門口，一人升國旗，兩人舉手敬禮，唱國旗歌：「山川壯麗，物產豐隆……」——你吃不飽那是另一回事。升旗儀式結束，三名雇員排成一個縱隊，哈，踏著正步，進入辦公室。接著，老資格的台灣老林，表情如老狗般嚴肅，雙手高捧一本領袖訓詞甚麼的，精選其中之一，大聲宣讀一番。這等於又給三個雇員一次嚴酷的磨練。原因是，台灣老林不太會講中國話，又掉了好幾顆牙，只聽到他滿嘴的噓——噓，呀——呀，而且他中國字也認得不多，每次都把他累垮。我們呢，挺著腰桿，瞪著雙眼，豎著耳朵聽。但老實說，我們是外省聽半吊子本省，本省聽半吊子外省，當然是有聽沒懂，我們也累呀。

「各位同志，敝人讀完了，」台灣老林宣佈說，用毛巾擦乾臉上的冷汗，「這是一篇偉大的訓詞，日本話就是『一級番』，請問有甚麼寶貴的意見嗎？」

「是的，偉大極了。」我鼓著掌說，同時對台灣老林體諒的望一眼；「不過，我還不算很懂，也許以後再恭讀一遍。」

「對，你是外省，不簡單。」台灣老林感激的說。然後，他望著乾瘦的台灣小吳，等候他也發表一次寶貴的意見。不過，這隻猴子的腦筋有點瘋，說話更怪。

「我嗎？我保證有萬分寶貴的意見，問題是……，」他不停的眨著一對猴子眼，「我一直在想啊想，偉大的領袖就是幹偉大，不過，我的那個萬分的什麼呀什麼，還沒想出個好點子，哈，我報告完了。」

台灣老林傻了。這隻猴子幾乎每天如此這般，叫他不傻怎麼辦。

「好極了，吳同志，那就明天再下你的寶貴結論吧。」台灣老林趕快做一結束，免得麻煩沒個完。

猴子可真不簡單。「林老同志，你所謂寶貴就是明天寶貴嗎？」

我們都聽不懂。不用說，台灣老林又傻了。不過，他屬於老狗層級，猴子不可能逼得他沒路走。

「哈，哈，明天又寶貴，寶貴又明天。」他用力搓著兩隻手，也胡說一通。「現在是『一級番』結束，各位同志，咱們該把寶貴的歌曲唱一遍啦。」

猴子哼了一聲，說，「唱吧，只是別把兩隻手搓得冒煙兒。」台灣老林敲著桌子，一，二，三，領導大家唱起來。其實，唱歌是我們每天最快樂的時刻。台灣小吳說得好，三個喉嚨有粗有嫩有尖，跟打炮叫床差不多。

「老林同志在床上最有經驗。」小吳挖苦的說。台灣老林倒是不但沒生氣，反而聳一聳肩，什麼屁也不放，只擺出一張色瞇瞇的笑臉。

「你怎麼沒表示你的高見？」台灣小吳又說。

「你要我說什麼？」台灣老林又板起了臉，「我連日本姑娘都搞過，你呢？你沒結婚，薪水也不夠打炮，唱歌過癮啦！」

我們唱的是〈偉大的領袖〉，它大概是說：領袖，領袖，你是偉大的領袖，你是什麼民族的救星，又是什麼大時代的舵手，又是什麼什麼的燈塔……。每天唱。每天唱。有中國音，有台灣音，還帶一點兒日本音。台灣小吳只唱不打炮，唱久了，不免有些不服氣。反正大家你聽不懂我，我聽不懂你，於是，他另創一段又一段音調相似的歌詞，我有聽沒有懂。

反正每天都要唱，這是領袖的歌，就這麼回事。

二〇〇四・七・十七於印尼東爪哇小村

後記

張愛玲翻譯的四句話

1

「法規主角永遠給我們這教訓，一言以蔽之，這是人生：你當然是輸了；要緊的是你被毀滅的時候怎樣保持你的風度。」（張愛玲譯〈歐涅斯・海明威〉）

這句引言，是本書序章的開始。

後記再引一次，獻給故去的楊蔚，以及所有那個時代的同行者。

2

一九六七年五月，香港「今日世界出版社」推出《美國現代七大小說家》（*SEVEN MODERN AMERICAN NOVELIST, 1959*）。翻譯者包括林以亮（宋淇）、張愛玲、葉珊（楊牧當年筆名）、於梨華，皆是一時名家。他們四位，只有張愛玲以寫作維生，且一九五五年就在香港翻譯過海明威《老人與海》，所以林以亮特別讓她翻譯了序文及三位作家：辛克萊・

路易士（1885-1951）、歐涅斯．海明威（1899-1954）、湯麥斯．吳爾甫（1900-1938）。

一九七二年，我在台北買到這本書。

當時已經歷了「民主台灣聯盟」案的驚恐與楊蔚的婚姻挫擊，精神仍在備受威脅與極度頹喪之中。菲力蒲．揚（Philip Young）原著、張愛玲翻譯的〈歐涅斯．海明威〉，是我當時最常閱讀的一章。海明威的經歷與勇氣，菲力蒲．揚對他創作理念與作品的剖析，吸引我不斷重讀、畫重點，以致一些頁面已經破損。張愛玲的翻譯文字，也恰如評論家對海明威的讚許：「每一個字都打擊你，彷彿它們是新從小河裡撈出來的石子。」

海明威幼年時代即因學習拳擊傷了一隻眼睛。青年時代任戰地記者，一次大戰與二次大戰皆出入歐洲戰場，因而多次受重傷：「他的腦殼至少打碎過一次；被擊震動腦部至少十二次……；極險惡的汽車出事三次……；兩天內飛機出事兩次……。光是作戰，他身上中彈九次，頭部受傷六次。他十八歲的時候在義大利給炸傷……，醫生一共在他身上拿出二百三十七塊碎片，拿不出的不算。」

楊蔚也許沒讀過這篇海明威。但這使我想起他奉為經典的，歐尼．派爾《大戰隨軍記》裡的那句話：「在攻擊時只有我們記者可以到甲板上去。我們是無用的人而又有特權，所以如果想死的話，我們有被射死的特權。」

3

菲力蒲・揚評寫的另兩處重點，也讓我聯想到楊蔚。

其一是他對《戰地鐘聲》男主角喬登的註腳：

人生是值得活的，而有些目標是值得為它死的。

楊蔚很喜歡電影裡扮演喬登的加利古柏。對於喬登炸橋救人、犧牲自己的英勇，尤其佩服且崇拜。他也確實認同「人生是值得活的」，問題是，他認同過一項「值得為它死」的目標嗎？

其二是他對「海明威的主角」尼克的註解：

這人死前將要死一千次。

菲力蒲・揚對這句話加了註，張愛玲的翻譯尤其簡明：

莎士比亞凱撒劇中名句：

怯懦的人死一千次，勇敢的只死一次。

海明威六十二歲時，用他心愛的獵槍打碎自己的腦袋；「只死一次。」

楊蔚七十六歲時，腦瘤破裂，絕食而亡；也是「只死一次。」

——在那一次之前，他是否已死了一千次？

二〇一五年六月十五日增訂畢

發表與出版索引

一、序章至十一章，原刊二〇〇五年九月至二〇〇六年九月《印刻文學生活誌》；並於二〇〇六年十一月結集出版《行走的樹—向傷痕告別》。

二、本次（二〇一五年）增訂版，上述各章皆再進行大幅度修補。

三、增訂版新稿，發表報刊及日期如後。

1 自序：地球上真的有一種會走路的樹，二〇一五年七月二日，《聯合報》副刊

2 第十二章：亡者與病者

·沉默的高音—「小頭」吳耀忠，二〇一五年六月三十日《鹽分地帶文學》

·低音小喇叭—「單槓」陳述孔，二〇一五年六月三十日《鹽分地帶文學》

·宏遠的中音—「大頭」陳映真

二〇一五年六月二十四日至六月二十六日，《中國時報》人間副刊

二〇一五年六月二十八日，廣州《南方都市報》副刊

二〇一五年七月一日，《香港文學》月刊

二〇一五年七月五日，《星洲日報》副刊

3 楊蔚最後遺作：我是台灣笨蛋（季季註），二〇一五年七月一日，《自由時報》副刊

INK PUBLISHING
文學叢書 448

行走的樹
——追懷我與「民主台灣聯盟」案的時代（增訂版）

作　　者　季　季
總 編 輯　初安民
責任編輯　宋敏菁
美術編輯　林麗華　陳淑美
校　　對　季　季　宋敏菁

發 行 人　張書銘
出　　版　INK 印刻文學生活雜誌出版股份有限公司
新北市中和區建一路249號8樓
電話：02-22281626
傳真：02-22281598
e-mail：ink.book@msa.hinet.net
網　　址　舒讀網www.inksudu.com.tw

法律顧問　巨鼎博達法律事務所
施竣中律師
總 代 理　成陽出版股份有限公司
電話：03-3589000（代表號）
傳真：03-3556521
郵政劃撥　19785090　印刻文學生活雜誌出版股份有限公司
印　　刷　海王印刷事業股份有限公司

港澳總經銷　泛華發行代理有限公司
地　　址　香港新界將軍澳工業邨駿昌街7號2樓
電　　話　852-2798-2220
傳　　真　852-2796-5471
網　　址　www.gccd.com.hk

出版日期　2015年7月　新版一刷
2021年11月30日　新版二刷
ISBN　978-986-387-047-0
定　　價　380元

國家圖書館出版品預行編目(CIP)資料

行走的樹一追懷我與「民主台灣聯盟」案的時代（增訂版）
／季季 著.--新版. --新北市中和區：INK印刻文學，
2015. 07　面；17 × 23公分. --（文學叢書；448）
ISBN 978-986-387-047-0（平裝）

855　　104011415

舒讀網